Hugo & Leberkäs
Veronika Lackerbauer

Hugo & Leberkäs

Kriminalgeschichten

aus der bayerischen Provinz

Veronika Lackerbauer

Impressum:
© 2016 Veronika Lackerbauer, Oberahrain
© „Tödliche Begierden": Veronika und Martin Lackerbauer, erstmals erschienen in „Mörderische Begierden", Schweitzerhaus Verlag, 2012
© „Kriminalistischer Nachmittag": Veronika Lackerbauer, erstmals erschienen in „Unglaubliche Begegnungen, Band II", Schweitzerhaus Verlag, 2008
Mit freundlicher Genehmigung von Karin Schweitzer

1. Auflage
ISBN: 9 7837 3922 2264
Covergestaltung: Grit Richter
Fotografie: Johanna Mühlbauer|| fotolia.de
Lektorat & Korrektorat: Jacqueline Mayerhofer, Melanie Vogltanz
Satz: Ingrid Pointecker
Herstellung und Verlag: BoD - Books on Demand, Norderstedt

Bibliografische Information der Deutschen Nationalbibliothek: Die Deutsche Nationalbibliothek verzeichnet diese Publikation in der Deutschen National-bibliografie; detaillierte bibliografische Daten sind im Internet über dnb.dnb.de abrufbar.

Das Werk, einschließlich seiner Teile, ist urheberrechtlich geschützt. Jede Verwertung ist ohne Zustimmung des Autors/Verlegers unzulässig. Dies gilt insbesondere für die elektronische oder sonstige Vervielfältigung, Übersetzung, Verbreitung und öffentliche Zugänglichmachung.

Alle Personen und Handlungen sind frei erfunden. Ähnlichkeiten mit lebenden oder verstorbenen Personen sind zufällig und vom Autor nicht beabsichtigt.

Besuche die Webseite der Autorin:
http://veronika-lackerbauer.jimdo.com/
oder folge ihr auf Facebook unter "Veronika Lackerbauer Autorin"

Für die beste Familie der Welt

Vorwort

Erst einmal vielen Dank dafür, dass – darf ich du sagen? – *du* mein Buch jetzt in der Hand hältst. Es gibt eine Unmenge von Büchern, *guten* Büchern, die man leider gar nicht alle lesen kann. Ich weiß das. Denn ich bin nicht nur Autorin, sondern auch begeisterte Leserin. Also, dass es aus dem Riesenangebot an Literatur ausgerechnet mein Buch geworden ist, dass du dir näher ansiehst, vielleicht sogar mit nach Hause nimmst und dem du deine Zeit schenkst, macht mich sehr stolz!
Vorausschicken möchte ich hier noch ein paar Zeilen dazu, weshalb ich die Geschichten, die in diesem Band zusammengefasst sind, geschrieben habe und warum es *dieses* Buch jetzt in *dieser* Form überhaupt gibt:
Bayern ist meine Heimat. Bayern ist groß und bunt, es ist modern und es ist mehr als Lederhose und Alpenglühen. Aber die Tradition spielt eine große Rolle. Die Kombination aus Leberkäs (traditionelles bayrisches Gericht) und dem Modegetränk Hugo symbolisiert diese Ambivalenz für mich.
Zwei meiner Geschichten wurden bereits früher einmal veröffentlicht: *Kriminalistischer Nachmittag* und *Tödliche Begierden* sind mit der freundlichen Genehmigung von Karin Schweitzer zum zweiten Mal erschienen, weil sie mir immer noch wichtig sind und ich finde, dass sie gut in diese Sammlung passen.
Hugo & Leberkäs ist das Herzstück dieses Bandes, dabei geht es mir weniger um den Mordfall an sich, als darum, wie sich die Beteiligten entwickelt haben und was letztlich dazu führte, dass sie zu Mördern – oder Opfern – oder gar beidem wurden.
In *Sturm im Wasserglas* behandle ich ein sehr aktuelles Thema, das mir ungemein am Herzen liegt. Diese Geschichte habe ich speziell für diese Anthologie geschrieben. Was da gerade in unserem Land und anderswo passiert, beunruhigt, verstört und bewegt uns wohl alle. Niemand weiß, was noch alles kommen wird und wie das alles ausgeht. Aber egal, was die Zukunft bringt und wo wir in einem Jahr, oder in zehn

stehen mögen, eines weiß ich ganz bestimmt: Hass und Gewalt sind keine Lösung. Und Menschen in Not muss geholfen werden! Nächstenliebe ist alternativlos, denn sonst ist unsere Existenz sinnlos. Alle Religionen der Welt sind auf die Frage ausgerichtet, was uns im Leben nach diesem erwartet, aber ich bin davon überzeugt, es erwartet uns überhaupt nichts, rein gar nichts, wenn wir es nicht schaffen, *dieses* Leben auf *dieser* Welt so zu gestalten, dass alle Menschen überall auf der Welt in Ruhe und Frieden und mit denselben Rechten und gleicher Freiheiten ausgestattet leben können.

Aus diesem Grund geht ein Anteil des Erlöses aus dem Verkauf dieses Buches an eine Hilfsorganisation, die versucht, das Leid der Schwächsten zu lindern: Nämlich das der Kinder. Weil das zum Teil unangenehme Themen sind, weil sich mancher Abgrund auftut und vielleicht die eine oder andere Geschichte zum Nachdenken anregt, endet die Sammlung mit *Rendezvous mit Mord*. Diese Geschichte will ausdrücklich *nicht* ernstgenommen werden. Sie will unterhalten, sie will dir ein Lachen oder wenigstens ein Grinsen entlocken und sie soll dir ein gutes Gefühl geben, wenn du dieses Buch zur Seite legst, um dich einer anderen spannenden Lektüre zu widmen.
Vielleicht wieder aus meiner Feder.
Würde mich freuen.

Und jetzt: *Viel Spaß!*
Eure

Inhalt

Vorwort..7

Hugo & Leberkäs..11
Kriminalistischer Nachmittag............................105
Sturm im Wasserglas..111
Tödliche Begierden...152
Rendezvous mit Mord..173

Danksagung..224
Über die Autorin...225

Hugo & Leberkäs

Prolog

„Herr Kommissar, bitte entschuldigen Sie die späte Störung. Ich dachte nur, Sie sollten das wissen. Ich hatte Besuch von meiner Schwester. Sie wirkte … sehr aufgebracht. Und jetzt, wo sie fort ist, ist mir aufgefallen, dass die Sportpistole meines Mannes nicht mehr da ist …" Marion stockte.

Kommissar Veitl horchte auf. „Wollen Sie damit sagen, dass sie versucht sich etwas anzutun?"

Marion wartete einen Moment, ehe sie antwortete. „Herr Kommissar, ich weiß es nicht. Vielleicht hat mein Mann auch die Pistole wo anders hingetan. Ich weiß es wirklich nicht. Aber ich kann ihn nicht fragen, wie Sie wissen."

Marions Stimme klang bissig, trotzdem glaubte Veitl, ein Zittern darin zu hören. „Ich weiß, Frau Niedermaier. Geben Sie mir die Adresse Ihrer Schwester, ich schicke eine Streife vorbei."

„Danke", hauchte Marion, mühsam gegen die Tränen kämpfend. Dann gab sie dem Kommissar die Adresse. Erschöpft ließ Marion sich auf ihr Bett fallen. Sie fühlte sich unendlich müde. Sie hatte das Gefühl, als hätte sie tagelang durchgemacht. Noch bevor sie einen weiteren Gedanken fassen konnte, war sie auch schon eingeschlafen.

11. November 2009

Kommissar Veitl war ein gestandenes, bayerisches Urgestein. Bereits seit fünfundzwanzig Jahren arbeitete er bei der Kriminalpolizei auf der Dienststelle in Garmisch. Mehr als sein halbes Leben. Inzwischen war er der stellvertretende Amtsleiter. Seine Kollegen schätzten ihn für seine untrüglichen Instinkte und für seine legere Art. Seinen Vorgesetzten überzeugten sein Engagement und sein Sinn für Ordnung. Ebenso lange, wie seine dienstliche Karriere dauerte, hielt seine Ehe mit Margarete. Sie kannten sich noch aus der Schule. Nach der Ausbildung hatten sie geheiratet, ein Haus gebaut, zwei Kinder bekommen. Veitl war stolz auf seine Familie und sein Leben.

Er hob den Telefonhörer wieder ans Ohr und wählte die Durchwahl der Polizeistation.

„Huber", meldete sich der wachhabende Polizist.

„Veitl. Servus Klaus. Ich hab da was für euch. Eine Adresse in Oberau, bitte mal vorbeifahren. Anscheinend Selbstmordgefahr."

„Is notiert", erklärte Huber.

„Noch was, Klaus. Solltest du wissen: Wir ermitteln da in einem Mordfall, und so wie es ausschaut, könnte diese Sache damit zu tun haben."

„Hmmm ...", machte Huber. „Glaubst du, es ist falscher Alarm?"

Veitl zuckte die Schultern. „Keine Ahnung. Schaut's einfach mal hin."

Nach dem Anruf sortierte Veitl die Unterlagen auf seinem Schreibtisch. Es war schon spät und eigentlich hatte er schon vor einer halben Stunde nach Hause gehen wollen, doch er hasste es, wenn auf seinem Schreibtisch Chaos herrschte, wenn er morgens ans Werk ging. Bei dem Mord, den er seit einiger Zeit untersuchte, kam er einfach nicht voran.

Diese Marion war die Ehefrau des Ermordeten, erst heute Nachmittag hatten sie ihren Mann zu Grabe getragen. Die beiden waren nicht einfach irgendein Paar gewesen. Wenn es so etwas überhaupt gab, dann waren sie Garmischs Glamour-Paar Nummer 1. Auf den ersten Blick hatten die beiden alles: ein tolles Haus, Geld, eine scheinbar perfekte Ehe. Scheinbar ... Denn Veitl wusste, dass es nicht so war. Doktor Marcus Niedermaier hatte seine Frau betrogen. Schon eine ganze Weile lang und wohl auch nicht zum ersten

Mal. Und eben jetzt, kurz vor seinem Tod, hatte er die Affäre offenbar beendet, um zu seiner Frau zurückzukehren. Allerdings erwartete seine Geliebte ein Kind. War das ein Mordmotiv? Und die Geliebte? Verlassen, mit dem Kind im Leib. Ein Grund, jemanden umzubringen?

Irgendwie passt das alles nicht, dachte Veitl, während er die einzelnen Seiten abheftete. Beide Frauen hatten weiß Gott Motiv genug für einen Mord. Aber an der jeweils anderen. Vielleicht kam der Mörder auch aus einer ganz anderen Ecke. Menschen wie Dr. Niedermaier hatten immer Neider. Veitl beschloss, sich am nächsten Tag erst noch einmal das berufliche Umfeld von Marcus Niedermaier genauer anzusehen.

Wenig später saß Veitl am Küchentisch. Seine Frau Margarete servierte das Abendessen. Veitl verzog das Gesicht, als die Salatschüssel in sein Blickfeld kam. Seine Frau hielt sich strikt an das, was der Arzt ihm geraten hatte: weniger Fett, weniger tierisches Eiweiß, stattdessen Salat, Obst, Gemüse und vor allem mehr Bewegung. Veitl fand, er übertrieb maßlos. Er war doch gar nicht übergewichtig. Und krank war er schon gar nicht.

„Was ist das?", brummte Veitl.
„Sojasprossen", erklärte seine Frau voller Begeisterung.
„Soja*was*?"
„...sprossen."
„Mit Soja füttert man Schweine, keine Menschen!", knurrte Veitl und stocherte skeptisch mit seiner Gabel in der Salatschüssel herum. „Schlimm genug, dass ich mich von Gurkerln, Tomaten und Salat ernähren soll, wie ein Karnickel. Musst du mir auch noch dauernd dieses neumodische Zeug vorsetzen?"

Margarete machte ein beleidigtes Gesicht. „Du weißt genau, was der Doktor gesagt hat. Willst du frühzeitig an einem Herzinfarkt sterben? Oder an Herzverfettung?"

Veitl sah an sich herunter. „Also hör mal! Ich finde, ihr übertreibt's, du und dein Doktor. Was ist das für ein Leben, wenn ein gestandenes Mannsbild nicht mal mehr ein

ordentliches Stück Fleisch essen darf? Vielleicht *will* ich so gar nicht alt werden?"

Margarete ignorierte seine Proteste und schaufelte ihm ordentlich Salat auf den Teller. Veitl griff in den Brotkorb, zog die Hand aber sofort wieder zurück, als hätte ein giftiges Tier ihn gebissen. „Du weißt doch, dass ich's nicht mag, wenn im Brot so grobe Körndeln sind."

„Vollkorn ist gesund", erwiderte Margarete nur lapidar, griff sich selbst ein Stück und begann zu essen.

Veitl seufzte. Er lud sich die Gabel voll Salat, achtete dabei aber darauf, ja keines dieser schlabbrigen Sprossendinger zu erwischen. Mit Todesverachtung biss er in das Vollkornbrot.

„Gibt's da gar nix dazu?"

Margarete sah ihn über eine Gabel Salat hinweg an. „Was?"

„Zu dem Brot. Gibt's da gar nix dazu?"

„Doch. An Salat." Margarete spießte sich eine Gurke und eine Tomate auf die Gabel, angelte noch eine ordentliche Portion Sprossen obenauf und schob sich das Ganze demonstrativ in den Mund.

„Gretel ... nur a bissl an Butter. Oder a Stückerl Käs. Nur ein klitzekleines", schmeichelte Veitl. Diese Frau konnte doch nicht so herzlos sein!

„Ich habe den ganzen Tag gearbeitet!", schob er mitleidheischend hinterher.

„Ja, am Schreibtisch", ergänzte Margarete unbarmherzig. „Der Doktor sagt, bewegen tust dich auch zu wenig!"

In dem Moment klingelte das Telefon.

„Willst du nicht rangehen?", fragte Veitl hoffnungsvoll.

„Damit du in der Zwischenzeit den Kühlschrank plündern kannst? Ist doch sowieso für dich."

Veitl erhob sich notgedrungen. Es war wirklich für ihn. Huber war dran.

„Tut mir Leid, Flori, dass ich dich noch stören muss. Esst's ihr grad?"

Veitl winkte ab. „I wo. Was ist?"
„Also dein Tipp mit dem Selbstmord …"
„Falscher Alarm, was?"
„Ähhh … nein. Ich glaube, du solltest dir das ansehen."
Veitl war mit einem Schlag putzmunter.
„Is die wirklich tot?"
„Maustot."
„Selbstmord?"
„Sieht ganz danach aus."
„Ich komme sofort." Veitl riss seinen Mantel vom Haken. „Ich muss noch mal weg", rief er seiner Frau zu, die verdattert von ihrem Salat zu ihm aufsah.
„Aber …"
„Erklär ich dir später", rief Veitl und schon war er zur Tür hinaus.

Eine Viertelstunde später hielt Veitl vor dem Wohnblock, dessen Adresse Marion Niedermaier ihm genannt hatte. Vor dem Haus stand das Polizeiauto, das Blaulicht lief noch. In der Hofeinfahrt daneben parkte der Krankenwagen. Ein Sanitäter lehnte an der offenen Tür und rauchte eine Zigarette. Die Anwesenheit von Polizei und Notarzt lockte Schaulustige aus ihren Häusern. Sie standen in Grüppchen herum und glotzten.

Veitl bahnte sich einen Weg zur Haustür. Im Treppenhaus kamen ihm zwei weitere Sanitäter mit einer Bahre entgegen. Sie war leer und die beiden jungen Männer trugen sie lässig unterm Arm. Als sie den Kommissar kommen sahen, setzten sie eine etwas geschäftsmäßigere Miene auf.

„Nichts mehr zu machen", murmelte der eine. Veitl grüßte und drückte sich an den beiden vorbei die Treppe hinauf.

Die Wohnungstür im zweiten Stock stand offen. Auf dem Treppenabsatz standen die Nachbarn. Veitl hielt sich nicht mit ihnen auf, sondern betrat die Wohnung. Im Wohnzimmer traf er auf den Notarzt und Huber. Der Notarzt verabschiedete sich eben: „Hier ist für uns nichts mehr zu tun. Wir schicken besser den Bestatter her."

15

Huber schüttelte den Kopf. „Das machen wir schon, besser es laufen jetzt nicht noch mehr Leute hier rum. Zuerst wird sich die Spurensicherung das ansehen müssen."

Der Arzt zuckte die Schultern. „War doch a Selbstmord."

Huber sah Veitl an, der gerade durch die Tür trat. Der Arzt drehte sich zu ihm um.

„Ah, Kommissar Veitl. Ist das hier Ihre Baustelle?"

Veitl und der Arzt kannten sich flüchtig von verschiedenen Tatorten, daher nickten sie sich grüßend zu.

„Keine Ahnung. Könnte sein. Was ist die Todesursache?"

Veitls Blick wanderte an den beiden vorbei, routiniert nahm er jedes Detail auf. Die Tote lag auf der Couch. Ihr Kopf war zur Seite geneigt. Von seinem Standort aus konnte Veitl nur den Hinterkopf und einen blonden Haarschopf oberhalb der Lehne sehen.

„Ich nehme an, das Loch in ihrem Kopf dürfte die Ursache gewesen sein", sagte der Arzt spöttisch.

Veitl trat einen Schritt näher und beugte sich über die Lehne. Jetzt sah er es auch. An der Schläfe klaffte ein rundes Einschussloch, die Augen der Toten waren zur Decke gewandt. Die Couch verunzierten dunkle Blutspritzer und andere menschliche Bestandteile, von denen Veitl gar nicht erst im Detail wissen wollte, worum genau es sich handelte. Er wandte sich ab.

„Wieso tut ein Mensch sowas?"

Dann durchfuhr es ihn plötzlich. Abrupt drehte er sich wieder der Leiche zu. Er umrundete die Couch, um sie besser sehen zu können. Kein Zweifel, jetzt, da er direkt vor ihr stand.

„Ach du Scheiße ...", entfuhr es ihm.

Der Arzt nickte. „Schrecklich, nicht wahr? Wie verzweifelt muss ein Mensch sein, dass er sich das Leben nimmt, wo er dabei ist, neues Leben zu schenken?"

Veitl verdrehte innerlich die Augen. An dem Arzt war ein Philosoph verlorengegangen. Dem Kommissar waren die Schattenseiten des menschlichen Seins nicht neu, in fünfundzwanzig Jahren hatte er in manchen Abgrund geschaut und

viele Dinge gesehen, die sich seinem Verständnis entzogen. Da war der Selbstmord einer werdenden Mutter noch nicht das Maximum.

Was ihn viel mehr schockierte, war die Tatsache, dass er diese Frau kannte; beziehungsweise gekannt *hatte*.

„Und die Frau Niedermaier ist ihre Schwester?"

Huber sah etwas irritiert aus. „Die Verwandten haben wir noch nicht verständigt."

„Nein, Marion Niedermaier hat mich angerufen, dass ihre Schwester sich etwas antun könnte. Aber da war mir noch nicht klar, dass das die ist!"

Huber sah aus wie ein einziges Fragezeichen. Auch der philosophisch veranlagte Notarzt wirkte verwirrt.

„Schon gut. Passt schon. Nur laut gedacht. Kommt die Spusi?", schlug Veitl wieder einen betont geschäftlichen Ton an.

„Spusi?", echote der Arzt.

„Spu-ren-sich-er-ung", deutschte Huber ihm aus. „Spu-si, so wie Sta-si", fügte er noch erklärend hinzu.

Veitls Blick ließ keinen Zweifel daran, dass er den Scherz für überflüssig hielt. „Ja, meine Herren. Dann kann ich ja wieder, nicht?" Der Arzt klappte seinen Koffer zu und ging hinaus.

„Wiederschaun."

„Soll ich inzwischen der Schwester Bescheid sagen?", fragte Huber. „Nein, das mach ich selbst. Das würde mich jetzt doch interessieren, wie die Gute reagiert", wiegelte Veitl ab.

Huber sah Veitl verständnislos an. „Wie soll sie wohl reagieren? Ihre Schwester hat sich umgebracht!"

Veitl winkte ab. „Huber, du hast das hier im Griff, oder?"

„Ja klar, aber..."

„Bevor wir nix Genaueres wissen, wird hier das volle Programm aufgefahren, verstanden? Obduktion, Gerichtsmedizin, Hausdurchsuchung, et cetera pp."

Huber nickte. „Jawohl, wie du meinst."

Veitl setzte sich in seinen Wagen und fuhr zum Haus der Niedermaiers. Schon zum zweiten Mal an diesem Tag. Erst am

Nachmittag war er dort gewesen, nach der Beerdigung. Da hatte er Marion Niedermaier damit konfrontiert, dass sie im Falle ihres verstorbenen Mannes wegen Mordes ermittelten. Ihm war sie von Anfang an suspekt vorgekommen. Aber in dem kurzen Verhör hatte sie sich nicht auffällig verhalten. Trotzdem wurde er das Gefühl nicht los, dass etwas mit ihr nicht stimmte. Jetzt allerdings wurde ihm gerade einiges klar.

Der feine Herr Doktor fuhr zweigleisig. Auf der einen Seite der Halbgott in Weiß, junger aufstrebender Neurochirurg, preisgekrönte Doktorarbeit, aussichtsreiche Karriere, Villa in Partenkirchen. Auf der anderen Seite betrog er seine Frau regelmäßig, unter anderem auch mit deren Schwester. Wie geschmacklos.

Als Veitl durch die Straßen von Garmisch zur Villa der Niedermaiers fuhr, passierte er einen Imbisswagen. Grillhähnchen drehten nachlässig ihre Runden auf dem Grill, in der Ecke steckte ein Spieß von diesem türkischen Pressfleisch und auf dem Rost brutzelten Schweinswürstel. Veitls Magen gab einen beängstigenden Laut von sich. Bevor er richtig wusste, was er hier eigentlich tat, war er rechts rangefahren und hatte den Gurt gelöst. Er griff sich sein Portemonnaie und überquerte die Straße. Das schlechte Gewissen war nicht zu verleugnen, aber der Hunger nach einem langen Arbeitstag überwog. Er bestellte eine Portion Schweinswürstel mit Kraut. Hungrig stopfte er die fettigen Dinger in sich hinein.

Das flüssige Fett troff ihm vom Mundwinkel auf das Hemd. Na toll. Jetzt konnte er seine kleine Sünde nicht einmal vor Margarete verheimlichen. Der Krach war praktisch vorprogrammiert.

Er setzte seinen Weg fort und hielt wenige Minuten später im Ortsteil Partenkirchen vor der schicken Villa der Niedermaiers.

Über Geld spricht man nicht, Geld hat man, schoss es Veitl durch den Kopf.

Ganz zweifellos traf das auf die Niedermaiers zu. In der breiten, gepflasterten Einfahrt stand ein nagelneuer BMW.

Der Garten machte nicht den Eindruck, als hätte der Herr Doktor dort selbst Hand angelegt. Sicher kümmerte sich eine örtliche Gärtnerei um diese botanische Pracht. Die Hortensien wucherten so hoch und dicht, dass sie den neugierigen Blick vom Gehsteig zum Haus zuverlässig verdeckten.

Veitl sah an der Fassade hoch. Inzwischen war es fast dunkel. Die Straßenlaternen brannten schon. Im Hause Niedermaier aber war kein Licht zu sehen. War die trauernde Witwe noch ausgegangen? Holte sie sich vielleicht Trost bei einer Freundin? Möglicherweise ertrug sie es ja auch nicht, jetzt in dem Haus zu sein, das sie mit ihrem verstorbenen Mann bewohnt hatte. Alles denkbare und nachvollziehbare Begründungen.

Veitl klingelte trotzdem.

Marion schreckte aus dem Schlaf hoch. Hatte es geklingelt? Schlaftrunken rieb sie sich die Augen. Dabei blieben Reste ihres Make-ups an ihren Händen. Wahrscheinlich sah sie jetzt aus wie ein Waschbär.

Es klingelte erneut. Jetzt war sie sich sicher, dass sie sich nicht geirrt hatte. Sie erhob sich benommen und schleppte sich die Treppe hinunter. Ihre Knochen lähmte eine bleierne Müdigkeit. Sie hatte keine Vorstellung davon, wie lange sie geschlafen hatte, aber draußen war es inzwischen finster. Sie knipste das Licht im Flur an und ging zur Tür, die sie nach einem Blick durch den Türspion öffnete. Draußen stand schon wieder dieser Kommissar. Veitl grüßte sie. Er kam ihr höflicher vor als am Nachmittag.

„Herr Kommissar, was kann ich denn schon wieder für Sie tun?", fragte Marion und wusste, dass sie ein wenig respektslos klang.

„Frau Niedermaier, kann ich vielleicht hereinkommen? Ich würde das ungern hier im Hof besprechen."

Marion zog eine Augenbraue hoch, trat aber zur Seite und ließ den Kripobeamten eintreten. Veitl fand, dass sie schlecht aussah. Zur Trauer um ihren Mann kam jetzt auch

noch die Sorge um ihre Schwester. Und er hatte die undankbare Aufgabe, ihr zu sagen, dass diese Sorge berechtigt gewesen war, aber zu spät kam. Diese Art von Gesprächen gehörte zu Veitls Alltag, trotzdem fand er es immer wieder schwierig, den richtigen Ton zu treffen.

Marion führte ihn ins Wohnzimmer, in dem sie auch schon am Nachmittag gesessen hatten.

„Nun?", fragte Marion.

„Frau Niedermaier, wir haben die Wohnung Ihrer Schwester überprüft."

Jetzt horchte Marion auf. „Ja, und?"

„Es tut mir sehr leid, aber Ihre Besorgnis war berechtigt. Ihre Schwester hat sich heute Nachmittag das Leben genommen."

Marion sog hörbar die Luft ein. „Sind Sie sicher, dass es Selbstmord war?", fragte sie.

„Noch nicht. Wir untersuchen das noch. Aber es sieht danach aus."

Marion erhob sich abrupt und begann, im Wohnzimmer auf und ab zu laufen.

„Wie konnte es nur so weit kommen?", fragte sie mehr sich selbst als den Kommissar.

Veitl räusperte sich. „Frau Niedermaier, Sie haben uns verschwiegen, dass die Geliebte Ihres Mannes Ihre Schwester war."

Marion blieb stehen und sah ihn direkt an. „Was meinen Sie wohl? Glauben Sie, das war sehr angenehm für mich? Ich hatte nie ein besonders inniges Verhältnis zu meiner Schwester, aber dass sie mir den Mann ausspannt, damit hatte ich nicht gerechnet!"

Veitl nickte. „Aber Sie wussten schon länger davon, nicht wahr?"

„Ja, verdammt. Ich wusste es. Ich wusste, dass meine Schwester meinen Mann fickt! Und damit nicht genug, er hat ihr auch noch einen Braten in die Röhre geschoben! Wussten Sie, dass er mit mir keine Kinder wollte? Er wollte erst

Karriere machen. Ich durfte keine Kinder bekommen, aber sie, sie hat das Kind in sich getragen, das ich hätte haben wollen!" Marions Stimme war schrill.

Plötzlich brach alles aus ihr heraus, sie schluchzte und weinte hemmungslos. „Ich habe meinen Mann verloren. An meine Schwester! Und obwohl er wieder zu mir zurückgekommen war, hätte dieses Kind auf ewig zwischen uns gestanden. Und jetzt? Jetzt liegt er draußen auf dem Friedhof und sie hat sich einfach aus dem Leben gestohlen. So ist sie immer schon gewesen, hat sich immer verdrückt, wenn es unangenehm wurde."

Veitl wusste nicht, was er sagen sollte. Marion sank wimmernd auf einem Stuhl zusammen. Mit hysterischen, weinenden Frauen konnte Veitl nicht gut umgehen. Obwohl ihm durchaus klar war, dass Frau Niedermaier einiges durchgemacht hatte, war ihm ihr Ausbruch unangenehm. Auch ein Grund, weshalb Ehebruch für ihn noch nie eine Option gewesen war.

Gerade als er überlegte, was er jetzt sagen oder tun konnte, klingelte sein Diensthandy. „Entschuldigen Sie bitte", murmelte er, aber Marion nahm ihn ohnehin nicht wahr.

Er nahm das Gespräch an. Schon wieder war es Huber.

„Flori, stör ich?", fragte er.

„Nein, passt schon. Was gibt's?"

„Wir haben einen Abschiedsbrief gefunden. Demnach ist die Selbstmörderin auch die Mörderin, die ihr sucht."

Jetzt horchte Veitl auf. „Was? Im Ernst?"

„Ja, willst du den Brief gleich heute noch haben?"

„Nein, bring ihn aufs Revier. Ich mach hier jetzt Schluss."

Die beiden Beamten verabschiedeten sich voneinander.

„Frau Niedermaier, kann ich Sie allein lassen?", fragte Veitl. Er wollte unbedingt weg, versuchte es aber nicht allzu offensichtlich zu machen. Marion sah ihn aus tränenverschleierten Augen an.

„Hören Sie mich?"

Sie nickte langsam. Veitl verabschiedete sich schleunigst.

Draußen vor der Tür haderte Veitl eine Weile mit sich, ob es unangenehmer war, jetzt noch einmal aufs Revier zu fahren, oder nach Hause, wo seine Frau sicher vor sich hin granteln würde. Und dann auch noch der Fleck auf dem Hemd, den, das stand außer Frage, Margarete problemlos als das enttarnen würde, was er war. Denn darin stand sie ihrem Kriminaler-Ehemann in nichts nach: Sie hatte eine unglaubliche Spürnase. Gerade bei Dingen, bei denen Veitl sich sicher war, sie tausendprozentig vertuscht zu haben.

Also fiel die Wahl doch aufs Revier. Und der geheimnisvolle Abschiedsbrief interessierte ihn jetzt doch mehr als eine nervenraubende Diskussion daheim.

Als Veitl bei der Polizeistation in Garmisch ankam, wo auch die Kripo untergebracht war, stand das Polizeiauto auch schon wieder davor, mit dem Huber unterwegs gewesen war. Veitl betrat die Dienststelle und fand prompt den Kollegen am Schreibtisch sitzend.

„Na, Klaus, seid ihr schon fertig?"

Klaus Huber sah von seinen Unterlagen auf. „Ach, du bist'as. Mit dir hätte ich heute nicht mehr gerechnet. Ich hab dir den Brief gleich rüber bringen lassen. Liegt schon auf deinem Schreibtisch."

Veitl nickte anerkennend. „Habt ihr irgendwas zum Vergleichen gefunden? Ist es scho die Handschrift von dieser Sandra Prüller?"

Huber nickte seinerseits. „Ja, da lagen noch einige Notizen herum. Soweit wir das beurteilen können, ist es dieselbe Schrift. Aber ich kann natürlich auch ein grafologisches Gutachten …"

„Ich denke, das wird erst mal nicht nötig sein", unterbrach Veitl ihn und winkte ab. „Kommt euch irgendwas an dem Ganzen spanisch vor? Was hat die Spusi gesagt?"

„Wieso? Glaubst du nicht, dass sie die Mörderin ist, die ihr sucht?"

Veitl wiegte den Kopf hin und her. „Doch. Kann natürlich sein. Sie war die Geliebte von unserem Mordopfer."

Huber machte ein triumphierendes Gesicht. „Eifersucht! Ich bin ja kein Kriminaler, aber ist das nicht eines der klassischen Mordmotive? Neben ... Moment ... Neid, Habgier und Rache?"

„Du hast religiösen Fanatismus vergessen", ergänzte Veitl.

„Aber ich denke, den können wir hier ausschließen. Ich geh mir mal den Brief anschauen."

Veitl nickte Huber zu. Der machte eine winkende Handbewegung, dann fiel die Tür hinter ihm ins Schloss. Oben in seinem eigenen Büro fand Veitl den Brief wie versprochen mitten auf seinem Schreibtisch. Er nahm das Blatt und hielt es mit ausgestrecktem Arm von sich. Margarete würde jetzt wieder sagen, dass er endlich seine Eitelkeiten überwinden und sich beim Optiker eine Lesebrille machen lassen sollte. Dabei konnte er die Buchstaben so doch noch gut erkennen.

Der Brief war in einer femininen, sauberen Handschrift geschrieben. Er schien ein bisschen flüchtig verfasst worden zu sein, die Buchstaben waren alle etwas nach rechts geneigt. Veitl las halblaut vor:

Garmisch, den 11. November 2009.
Das Leben hat keinen Sinn mehr. Ich habe das Liebste verloren, das ich in diesem Leben hatte. Marcus Niedermaier war der Vater meines ungeborenen Kindes und ich seine Geliebte. Ich habe die Ehe meiner Schwester zerstört, weil ich Marcus ganz für mich haben wollte. Und am Ende ist er doch zu ihr zurückgekehrt, trotz des Kindes. Da habe ich ihn umgebracht. Ich habe ihm das Gift untergemischt. Ich dachte, wenn ich ihn nicht haben kann, soll ihn niemand haben. Und jetzt bin ich auf mich allein gestellt. Ich kann mit dieser Schuld nicht leben.
S.P.

Veitl ließ den Briefbogen sinken. Vom Mann betrogen, von der Schwester hintergangen und jetzt Witwe und ganz allein auf der Welt. Diese Marion war wirklich nicht zu beneiden. Aber

immerhin war damit sein Mordfall aufgeklärt. Veitl legte den Brief zu den anderen Unterlagen des Falls. Morgen, wenn die Ergebnisse der Spurensicherung und die der Obduktion vorlagen, konnte er die Akte schließen. Tragischer Fall.

Frühjahr 2008

Marion Niedermaier verdrehte die Augen. Sie würde nie verstehen, wieso Marcus sie in diese Trachtenkleididylle verschleppt hatte. Als erfolgreicher Neurochirurg lag ihm die Welt doch zu Füßen, überall. In München, zum Beispiel. Oder wenn es schon das oberbayerische Umland sein musste, dann wenigstens Starnberg. Aber nein, ausgerechnet zurück nach Garmisch wollte er. Und damit nicht genug, er wollte gleich richtig sesshaft werden. Mit Hausbau und allem Drum und Dran.

„Hier mietet man nicht, Liebling", erklärte er ihr als Antwort auf ihre Proteste. „Wie sieht das denn aus? Wir sind doch nicht irgendein Studentenpaar."

Unzählige Male hatten sie diesen Streit geführt und zu guter Letzt hatte Marion ihn verloren.

„Dann will ich aber endlich eine Familie gründen", war ihre Entgegnung.

Wenn sie schon nach Garmisch ziehen musste, ans Ende der Welt, jedenfalls ans Ende der zivilisierten, dann wollte sie wenigstens endlich ihr eigen Fleisch und Blut in die Arme schließen können. Marcus konzentrierte sich auf seine Karriere. Sie hatte ihre schon zu Beginn dieser Ehe zurückgestellt, dabei hätte sie sicher keine schlechteren Aussichten gehabt als er. Aber inzwischen dominierte sowieso ihr Kinderwunsch. Den teilte Marcus nun aber leider so gar nicht.

„Marion, das hatten wir doch schon."

Wenn er sein übliches „Liebling" durch ein formelles „Marion" ersetzte, wusste sie, dass sie ihn verärgert hatte. Sie schmollte deshalb auch ziemlich offensichtlich.

„*Du* hattest das schon. Für dich ist das alles kein Thema. Aber was ist mit mir?"

„Ich bin noch ganz frisch hier in Murnau. Ich hab jetzt wirklich andere Dinge im Kopf, verstehst du das denn nicht? Das ist eine große Herausforderung für mich!"

Marion wurde langsam richtig wütend. „Ach ja? Und was ist mit mir? Vielleicht hätte ich auch gern mal wieder eine *große Herausforderung*! Stattdessen sitz ich den ganzen Tag zu Hause und warte auf dich. Demnächst auch noch in Garmisch, wo sowieso der Hund verreckt ist. Was soll ich da den ganzen Tag tun, hm?"

„Ich sage ja nicht, dass wir nie Kinder haben werden. Aber das ist jetzt wirklich nicht der richtige Zeitpunkt. Versteh das doch." Damit war das Thema für ihn wieder einmal beendet.

Das Paar zog im Frühjahr nach Garmisch. In die neue Villa im Stadtteil Partenkirchen. Schon wochenlang schlichen die Nachbarn neugierig um das feudale Bauwerk mit der monströsen Einfahrt. Marion kniete sich ins Einrichten hinein und verwirklichte alle ihre innenarchetektonischen Träume ohne Rücksicht auf Marcus' Gehaltskonto. Sollte er ruhig bluten dafür, dass er sie in dieser Einöde aussetzte. Marcus überließ das Einrichten und Dekorieren anscheinend gern seiner Frau. Man sah ihn frühmorgens aus dem Haus gehen und mit seinem schicken Sportwagen nach Murnau brausen, wo er den ganzen Tag in der neurochirurgischen Abteilung der Unfallklinik verbrachte. Sein Leben schien perfekt zu sein.

Für Marion war es das genaue Gegenteil. Zwar fand sie ihre neue Unterkunft durchaus standesgemäß, aber auch daran gab es allerhand auszusetzen. Zum Beispiel hatte Marcus auf Sprossenfenster mit Fensterläden bestanden.

„Das hat man hier eben so", lautete die lapidare Begründung.

Vorsintflutlich. Hoffnungslos antiquiert. Hirschhornknopfniveau! Außerdem thronte auf dem Neubau ein rotes Ziegel-

satteldach. Auf einem schicken Pultdach hätte man eine Photovoltaikanlage installieren können, das hätte unheimlich modern gewirkt und dem Haus einen gewissen ökologischen Anstrich gegeben, ohne dabei bäuerlich zu erscheinen. Aber für solche diplomatischen Feinheiten hatte Marcus überhaupt kein Gespür. Er träumte auch von einem naturbelassenen Garten mit alten Rosensträuchern neben Gemüserabatten und womöglich erwartete er auch noch, dass Marion ihre freie Zeit mit Unkrautzupfen und Schneckenbekämpfung verbringen sollte. Dem schob sie jedoch gleich einen Riegel vor, indem sie einen renommierten Münchner Landschaftsgärtner beauftragte, den sie anwies, die knappen 1000 Quadratmeter in eine futuristische Gartenanlage nach den Prinzipien des Feng Shui zu verwandeln. Ihrem Mann gegenüber stellte sie klar, dass sie keinen Finger krümmen würde, um diese Pracht zu erhalten. Dazu musste schon der Gärtner aus München regelmäßig antraben. Marcus schien das nicht weiter zu stören, er ließ sie in allem gewähren. Nur beim Thema Nachwuchs blieb er eisern bei seiner Meinung. Marion erkannte schnell, dass sie dieses Reizthema anders angehen musste. So endeten sie jedes Mal im Streit, was ihren Absichten auch nicht eben zuträglich war. Also änderte sie ihre Strategie.

Sie ließ die Vorhaltungen und Vorwürfe sein und verlegte sich auf Schmeicheleien, vorzugsweise beim oder unmittelbar nach dem Sex. Marcus durchschaute ihre strategische Kriegsführung jedoch und das Ende vom Lied war, dass er weniger Lust hatte. Auch kam er inzwischen kaum einen Abend vor neun oder gar zehn aus der Klinik. Danach aß er lediglich schnell irgendetwas und vergrub sich wieder in seinen Büchern, und Marion saß allein vorm Fernseher. Sie kannte inzwischen das tägliche Fernsehprogramm von morgens bis spät in die Nacht auswendig.

„Geh doch mal raus!", riet ihr Marcus nur, wenn sie anklingen ließ, wie unzufrieden sie war. „Du kennst immer noch keine Menschenseele hier. Meinst du, die Leute hier sind so viel anders als in München?"

Ja, das dachte sie. Das dachte sie nicht nur, sie *wusste* es bereits. Es reichte doch schon, wenn man diese Landfrauen beim Einkaufen beobachtete. Marion hätte nichts gewusst, worüber sie sich mit einer von ihnen unterhalten hätte sollen. Über den Garten? Marion interessierte sich nicht für ihren Garten. Oder über den Haushalt? Auch dafür hatte Marion kein Interesse. Nachdem sie sich innenarchitektonisch ausgetobt hatte, stellte sie eine Putzfrau ein.

Oder sollte sie sich mit ihnen gar über Kinder unterhalten? Dieses leidige Thema. Die Frauen in Marions Alter, die sie bei verschiedenen Gelegenheiten im Ort sah, die hatten Kinder und führten Marion damit jedes Mal schmerzhaft vor Augen, was ihrem Leben zur Perfektion fehlte.

Mit der Zeit wurde aus dem Kinderwunsch eine regelrechte Obsession. Marion sah überall Kinder: In jeder Zeitschrift, die sie aufschlug, las sie Artikel wie: „Natürlich zum Wunschkind", oder: „Schwangerschaft über 40, ein Risiko?". Marion ging zwar erst auf ihren zweiunddreißigsten Geburtstag zu, aber sie sah bereits ihre Felle davonschwimmen. In den Artikeln hieß es, dass die Fruchtbarkeit schon mit Mitte zwanzig deutlich abnahm. Jedes weitere Jahr verringerte also, statistisch gesehen, die Wahrscheinlichkeit, schwanger zu werden.

Auch im Fernsehen wurde sie überall mit dem Thema konfrontiert. Zum Beispiel gab es eine neue Dokusoap, die Schwangere bei der Geburt begleitete. Und selbst in den Werbeunterbrechungen gab es nur eins: Babybrei, Babywindeln, Babys, Babys, Babys und nochmal Babys.

September 2008

Etwa ein halbes Jahr nach ihrem Einzug versuchte Marion einen letzten gewaltsamen Vorstoß. Es wurde langsam Herbst, der Abend brach früher herein und man konnte abends nicht mehr auf der Terrasse sitzen bleiben, da es

ansonsten zu kalt wurde. Trotzdem deckte Marion den Tisch auf der italienisch angehauchten Terrasse mit den schicken Terrakotta-Kübeln, in denen Palmen und andere – für das Oberbayerische jedenfalls – exotische Pflanzen gediehen.

Sie richtete den Tisch besonders liebevoll mit einigen Dahlienköpfen und dem guten Geschirr. Ihr Mann kam ausnahmsweise einmal etwas früher aus der Klinik und wunderte sich über den festlichen Aufriss, den sie veranstaltet hatte. Marion versuchte es im lockeren Plauderton: „Wir sind ja nun schon eine ganze Weile hier, wie geht es dir denn inzwischen in der Klinik?"

Marcus nickte mit vollem Mund und brummelte etwas wie: „Ganz gut."

„Dann kommst du gut zurecht?"

„Ja, sag ich doch." Marcus sah sie fragend an.

„Auch mit den Kollegen?"

„Worauf willst du denn hinaus, du interessierst dich doch sonst nicht für meine Arbeit?"

Marion legte bedächtig die Gabel zur Seite und sah ihren Mann über den Tisch hinweg fest an. „Du hast gesagt, du willst dich erst hier einleben und mit dem neuen Job zurechtkommen, eh du ans Gründen einer Familie denkst."

Marcus verdrehte die Augen. „Oh bitte, nicht schon wieder. Vielleicht wäre ich viel eher für ein Kind bereit, wenn du mich nicht permanent damit bedrängen würdest!"

Marions Augen füllten sich mit Tränen. „Ich bedränge dich ja nur, weil du mir immerzu ausweichst!"

„Ich weiche dir nicht aus. Ich sagte dir doch bereits Dutzende Male: Ich will kein Kind. Aber du willst das nicht hören."

„Du willst kein Kind? Du willst *überhaupt* keines?", fragte Marion fassungslos.

„Ja! Das heißt, ich weiß es nicht. Vielleicht irgendwann. Aber jetzt nicht! Und damit meine ich nicht: *heute* nicht, sondern ich meine: nicht heute, nicht morgen und nicht in einem Jahr."

Marion knallte ihre Stoffserviette auf den Teller und stand so ruckartig auf, dass ihr Stuhl bedrohlich nach hinten kippte. „Wieso sagst du das nicht gleich? Du willst also überhaupt keine Kinder?! Du zwingst mich, hierher zu ziehen, du nötigst mich, hier in diesem Haus zu hocken und zu versauern, und jetzt zwingst du mich tatsächlich noch dazu, meinen größten Wunsch, den einzigen, den ich an dieses Leben überhaupt noch habe, aufzugeben?"

Marcus schloss einen Moment die Augen. „Findest du nicht, du bist ein bisschen theatralisch? Das hier ist nicht der Slum von Buenos Aires, das ist nur Garmisch. Und du fristest dieses unerträgliche Leben in einer 550.000 Euro-Villa, du hast einen Gärtner, eine Putzfrau und einen Mann, der dir dieses Leben ohne mit der Wimper zu zucken finanziert! Such dir ein Hobby! Mach Sport, tritt einem Verein bei, organisier meinetwegen irgendwas Wohltätiges. Aber bitte beschäftige dich. Und hör auf, ständig nach einem Kind zu heulen. Wir sind Anfang dreißig und noch keine fünfundvierzig!"

„So siehst du das, ja?", fauchte Marion. „Ich bin theatralisch? Ich habe den ganzen Luxus, mit dem du mich überhäufst, überhaupt nicht verdient? Weißt du was? Ich scheiß auf dein Geld! Und ich scheiß auf dich!"

Damit stampfte sie von der Terrasse ins Haus und knallte die Tür zu.

Eine Stunde später verließ Marion mit einem gepackten Koffer das Haus. Vorher rauschte sie ins Wohnzimmer, wo Marcus auf der Couch saß, die Füße auf dem Couchtisch drapiert, was sie normalerweise rasend machte, und in einer Fachzeitschrift blätterte.

„Ich habe die Schnauze gestrichen voll", verkündete sie.

Marcus sah von seiner Lektüre auf. „Aha", machte er.

„Ich ziehe aus."

Marcus nickte. „Tu das."

Irgendwie hatte Marion sich ihren fulminanten Abgang anders vorgestellt.

Unschlüssig stand sie in der Tür. „Dann wirst du ja sehen, wohin dich dein Egoismus bringt!"

Marcus sah sie noch einmal an. „Mein Egoismus?"

Wütend drehte Marion sich auf dem Absatz um und verließ das Wohnzimmer. Wenig später fiel die Haustür ins Schloss. Marion setzte sich in ihre A-Klasse. Sie hatte auf dieses Modell bestanden, weil es ein *Familienauto* war. Marcus dagegen fuhr einen Roadster, auf dessen Rücksitzbank kaum eine Sporttasche Platz fand. Irgendwie war ihr Schuss gerade gehörig nach hinten losgegangen, fand Marion. Sie hatte sich gar nicht genau überlegt, wo sie jetzt hinwollte. Eigentlich war sie davon ausgegangen, dass er sie zurückhalten würde. Sie wartete noch einige Minuten im Dunkeln, ob er nicht vielleicht doch herauskäme. Er kam aber nicht.

Marion war so unsagbar wütend. Offensichtlich interessierte es ihn nicht einmal, wenn sie auszog. Es ging also gar nicht nur um ihren Kinderwunsch. Sie selbst interessierte ihn nicht mehr. Nur noch die Klinik galt als wichtig für ihren Ehemann. Der aufstrebende Neurochirurg. Der beste, den Murnau je hatte. Oberarzt, Chefarzt, Klinikleiter. Ihm standen alle Möglichkeiten offen und er brauchte nur zuzugreifen.

Schon während des Studiums hatte es ihn zurück nach Garmisch gezogen, dorthin, wo er als kleiner Junge aufgewachsen war, bevor seine Eltern nach München umgesiedelt waren. Das schönste Haus am Platz trug seinen Namen auf dem Klingelschild. Ja, Marcus hatte alles erreicht.

Und sie?

Heiße Tränen der Wut und des Selbstmitleids rannen Marion über die Wangen. „Aber dir werd ich es zeigen. Dir werd ich es zeigen, hörst du?", brüllte sie gegen die stumme Hauswand.

Sie startete den Motor und setzte das Auto rückwärts aus der Einfahrt. Sie fuhr geradewegs aus Garmisch hinaus und in die Richtung, in der München lag. Sie nahm erst wieder den Fuß vom Gas, als sie am Horizont die Lichter der Großstadt sehen konnte. Sie bog auf den mittleren Ring und fuhr in

Schwabing ab. Ihren Wagen stellte sie in ein Parkhaus, die letzten Meter legte sie zu Fuß zurück. Irgendwann auf dem Weg nach München war ihr ihr Ziel klargeworden: Der Club Vice in der Kauffingerstraße gehörte schon seit ihren Studienjahren zu ihren bevorzugten Adressen. Sie hoffte, dort bekannte Gesichter zu treffen. Andernfalls würde sie eben neue Kontakte knüpfen. Nach sechs Monaten oberbayerischer Einzelhaft stand ihr nun der Sinn endlich wieder einmal nach Party.

Oktober 2008

Eigentlich hatte Marcus Niedermaier alles, wovon er geträumt hatte. Eigentlich. Seit er in Murnau angefangen hatte und sie in das neue Haus in Partenkirchen gezogen waren, ließ seine Ehe empfindlich an Wärme vermissen. Es war schon so weit, dass er lieber noch eine Stunde länger in der Klinik blieb, als zu seiner Frau heimzufahren.

Seine Welt in Murnau blieb einfach immer überschaubar. Es gab ein klar umrissenes Problem, für das es galt, eine Lösung zu finden. Die Fälle konnten noch so kompliziert sein, immerhin litten seine Patienten nicht einfach nur an irgendeinem Blinddarminfekt. Ja, in dieser Welt kannte er sich aus. Da folgten die Dinge logischen Gesetzmäßigkeiten. Zuhause nicht.

Marion reagierte so unberechenbar wie eine afghanische Splitterbombe. Und alles immer nur wegen dieses leidigen Kinderthemas. Ja, er verstand sie. Sie langweilte sich. Aber ein Kind war doch weiß Gott kein Unterhaltungsprogramm für angeödete Hausfrauen! Dass sie mit ihrem Modedesignstudium in Garmisch nichts finden würde, lag auf der Hand. Sie hatten sich aber schon zu Beginn ihrer Ehe darauf geeinigt, dass er die Karriere machen und sie dafür zurückstecken würde. Immerhin ermöglichte er ihr ein sehr bequemes Leben.

Ausgezogen war Marion trotzdem nicht. Nach ihrer durchzechten Nacht in München war sie reumütig und verkatert am nächsten Tag, als sie wieder fahrtüchtig war, zurück nach

Partenkirchen gekommen. Marcus hatte ihre Sauftour nicht einmal kommentiert, er hatte andere Dinge im Kopf.

Es gab aber noch einen zweiten Grund, wieso Marcus lieber in der Klinik als zu Hause war, doch das wollte er sich ungern eingestehen. Susi Bauerle arbeitete seit sieben Jahren in Murnau. Angefangen hatte sie dort mit ihrer Ausbildung zur Krankenschwester nach der mittleren Reife. Nach dem erfolgreichen Abschluss ihrer Ausbildung übernahm man sie als Pflegerin. Sie schloss eine Fortbildung zur Anästhesieschwester an. So landete sie schließlich auf der neurochirurgischen Station, erinnerte sich Marcus an den Werdegang der jungen Schwester, deren Personalakte er sich einmal interessehalber zu Gemüte geführt hatte.

Susi war eine zuverlässige Schwester und eine versierte Anästhesieassistentin. Er lernte sie schnell kennen und schätzen. Susi war ziemlich interessiert an ihm, wie er bemerkt hatte. Sie blieb gern länger, als sie musste, um sich etwas zeigen zu lassen. Sie fachsimpelte gern mit ihm, er ließ sich gerne bewundern. Susi konnte seine fachlichen Erfolge einschätzen und honorieren. Marion konnte das nicht. Nicht nur, dass Marion keine Medizinerin war, sie interessierte sich auch nicht dafür, was ihr Mann leistete. Susi war da ganz anders.

„Was meinen Sie, Herr Doktor?", fragte Susi mit ehrlichem Interesse. „Wird sie wieder aufwachen?"

Marcus beugte sich vor, um die Werte einsehen zu können, über denen Susi saß.

„Ich werde das Gefühl nicht los, dass wir vollkommen im Dunklen tappen", gab Marcus zu. „Die gängigen Behandlungsmethoden schlagen einfach nicht an. Sie dürfte zum Beispiel keine so schlechte Sauerstoffsättigung haben."

„Wir müssen sie immer noch beatmen", pflichtete Susi ihm bei, dabei sah sie ihren Oberarzt vertrauensvoll an. „Sie ist doch noch so jung!"

Marcus nickte.

Die beiden saßen im Stationszimmer der Überwachungseinheit. Eine junge Frau, etwa so alt wie Susi, lag dort seit

einer Woche zur Beatmung. Motorradunfall. Marcus zerbrach sich Tag und Nacht den Kopf über diesen Fall. Es freute ihn, dass Schwester Susi sich genauso um die Patientin sorgte wie er selbst. Für sie waren die Patienten nicht einfach nur Zimmernummern und Symptome. Susi sah den Menschen dahinter. Gleichzeitig war sie keine dieser verklärten Schwester Stefanies, die hundekuchengut durch ihre Station schwebten. Sie stand mit beiden Beinen mitten im Leben.

Marcus lächelte zu ihr hinunter. „Bei Ihrer Pflege wird sie sicher bald aufwachen."

Susi strahlte.

„Danke, Herr Doktor, ich nehme das als Kompliment."

„Das dürfen Sie auch. Sie machen eine fantastische Arbeit."

„Sie aber auch. Wir hatten lange keinen so guten Neurochirurgen mehr. Sie schaffen es eines Tages bis zum Chefarzt!"

Marcus grinste. „Schade, dass Sie nicht in der Personalabteilung arbeiten." Er griff über ihre Schulter nach der Krankenakte. „Da werde ich wohl noch ein paar Stunden drüber brüten."

Er setzte sich in Bewegung in Richtung Arztzimmer.

„Soll ich Ihnen einen Kaffee bringen?", bot Susi an.

„Danke, das wäre sehr lieb. Ich fürchte, das wird eine lange Nacht."

Als Susi mit dem Kaffee kam, saß Marcus bereits in die Akten vertieft am Schreibtisch. Neben ihm lagen zwei aufgeschlagene Fachbücher. Hinter ihm hingen Röntgenaufnahmen am Bildverstärker.

Susi stellte ihm die Kaffeetasse vorsichtig auf den Schreibtisch, dann trat sie an den Schirm und betrachtete die Aufnahmen. „Könnte man nicht doch noch einmal operativ versuchen ...", begann sie.

„Ja, das denke ich auch", unterbrach Marcus sie. „Schauen Sie einmal hier." Er hielt ihr das aufgeschlagene Buch hin. Susi nahm es und begann die Seite zu überfliegen, die er ihr gereicht hatte. Viele Krankenschwestern schreckten vor solcher Literatur zurück, aber Susi schien damit vertraut zu sein.

Sie nickte. „Könnte sein."

„Ich brauche noch mehr Fakten. Am besten, ich ziehe doch noch einen Kollegen aus der Radiologie hinzu ..."

Während dem Fachgespräch wurde der Kaffee kalt. Susi zog sich einen Stuhl heran und sie begannen beide, in den Büchern zu blättern. Sie spielten sich gegenseitig die Bälle zu.

Draußen war es bereits dunkel, als der Chefarzt die konspirative Sitzung unterbrach. „Hoppla. Hier sind Sie! Ich hatte Sie bereits gesucht, Herr Kollege."

Sein Blick fiel auf Susi. „Haben Sie nicht längst Feierabend, Schwester Susi?"

Susi nickte. „Das ist eine private Fortbildung, Herr Doktor, ich schreib mir die Stunden nicht auf. Ich hab schon ausgestempelt."

Wieder nickte Marcus anerkennend. „Von Ihrer Sorte könnten wir mehr gebrauchen", sagte er zu Susi.

„Machen Sie nicht mehr zu lange. Sie haben auch Schlaf nötig." Damit wandte der Chefarzt sich zum Gehen. Bald waren Marcus und Susi die letzten außer den Nachtdienstschwestern.

November 2008

Dass aus dieser beruflichen Beziehung schnell mehr wurde, lag ursprünglich weder in Marcus' noch in Susis Absicht. Doch es kam eben, wie es musste.

Natürlich hatte Marcus ein schlechtes Gewissen. Selbstverständlich hatte Susi auch eines. Vereinzelt versuchte Marcus es damit, guten Willen zu zeigen, indem er früher zu seiner Frau nach Hause kam und sie mit etwas überraschte. Blumen zum Beispiel. Allerdings machte Marion sich nicht viel aus Blumen. Sie fand jedes Mal in kürzester Zeit wieder einen Aufhänger für ihr Lieblingsthema: Kinderkriegen.

Das führte wiederum dazu, dass Marcus doch schnell wieder Ablenkung in den Armen seiner heimlichen Affäre suchte. Nichts hielt die beiden lange davon ab, sich regel-

mäßig zu treffen, und bald ließ auch das schlechte Gewissen nach. Marcus arbeitete ohnehin so viel in der Klinik, dass es Marion erst einmal nicht weiter auffiel. Zu Hause blieb also alles beim Alten. Marion schmollte, Marion bettelte, Marion heulte und Marcus blieb bei seiner Meinung.

Susi schmollte nie, sie hatte es nicht nötig zu betteln und sie legte stets ausgesprochen gute Laune an den Tag, wenn sie sich sahen. Im selben Maß, wie die kleine Liaison wuchs, gediehen im Hause Niedermaier Streit und Ärger. Es war ein Teufelskreis. Trieb ihn das schlechte Gewissen nach Hause, verstand es Marion, ihn dies sofort wieder bereuen zu lassen.

„Es ist halb elf!", empfing sie ihn rasend vor Wut.

„Ich weiß." Marcus warf seine Jacke über einen Stuhl und ließ sich auf die Couch fallen.

„Und glaub ja nicht, dass ich dir ständig hinterher räume!", fauchte Marion und pfefferte seine abgelegte Jacke in eine Ecke.

„Überarbeite dich nicht. Du hast ja so schon so einen schweren Tag, auch ohne meine Jacken." Marcus' Stimme troff vor Sarkasmus.

Marion funkelte ihn böse an. „Was sicher nicht meine Schuld ist!"

Marcus richtete sich auf und knallte die Faust auf den Wohnzimmertisch. „Herrgott nochmal! Dann such dir halt was!"

„Darf ich dich daran erinnern, dass es für mich in diesem Kuhkaff keine Möglichkeiten gibt?"

Marcus verdrehte die Augen. „Mein Gott, dann geh halt putzen oder setz dich irgendwo an die Kasse. Nur hör endlich auf, mir jeden Abend Vorhaltungen zu machen!"

„Putzen?", Marions Stimme schien die Schallmauer zu durchbrechen. „Hast du sie eigentlich noch alle?"

„Ach so, ja, das war abwegig. Wo du dir schon zu fein bist, unser eigenes Haus zu putzen."

Jetzt wirkte Marion, wie eine Bombe kurz vor der Explosion. „Das sieht dir ähnlich ..."

Marcus legte keinen Wert darauf zu erfahren, welche Übereinstimmungen sie festgestellt hatte. Er erhob sich und machte sich auf den Weg ins Schlafzimmer.

Marion schoss hinter ihm her. „Wo willst du hin? So hättest du mich wohl gern, nicht? Als deine Putze! Wir diskutieren das jetzt aus!"

Marcus beugte sich über das Treppengeländer zu ihr hinunter. „Nein, wir diskutieren jetzt nicht. Ich gehe ins Bett. Ich muss morgen früh aufstehen und das Geld verdienen, das du mit beiden Händen ausgibst. Glaube nicht, ich hätte den Mantel und die Schuhe im Flur nicht gesehen. Ich werfe dir das nicht vor. Es ist mir sogar egal. Meinetwegen kannst du jeden Tag einkaufen gehen, nur hör endlich auf, mich die ganze Zeit anzukeifen! Du bist schlimmer als eine alte Marktfrau."

Marion schnaubte. „Schön. Dann zieh dich einfach wieder aus der Affäre. So wie du das immer machst."

Marcus ging kommentarlos ins Bad. Dann machte er noch einmal kehrt und rief zu ihr hinunter: „Und vielleicht fragst du dich dann auch einmal, wieso ich keine Kinder mit dir will, du Furie!"

Dezember 2008

Um Weihnachten herum, seine Affäre mit Susi hielt ungefähr zwei Monate an, kam Marion Marcus auf die Schliche. Erst war es nicht mehr als ein vages Gefühl, die Intuition einer frustrierten Ehefrau, dass irgendetwas nicht stimmte, dann begann sie die Augen offen zu halten und lange musste sie nicht suchen. Die ersten Indizien waren Unstimmigkeiten in seinen Aussagen. Hatte er jetzt Frühdienst oder Spätdienst? Hatte er noch operiert oder Akten durchgesehen? War er mit Professor Hertler zusammen gewesen oder war es doch Chefarzt Luginger?

Marion sprach ihn nie darauf an, aber sie registrierte jede noch so kleine Abweichung. Sie wiegte Marcus in Sicherheit

und der wurde immer unvorsichtiger. War das ein Hauch von Parfüm, der ihn da umwehte? Lippenstift am Kragen? Die klassischen Beweise. Schließlich begann Marion, gezielt Nachforschungen anzustellen. Wenn er behauptete, abends noch spät in der Klinik zu sein, rief sie unter einem Vorwand an, mit dem Ergebnis, dass er nie dort war.

„Dr. Niedermaier? Der ist um achtzehn Uhr gegangen."
Marion ballte die Hand zur Faust. „Sind Sie sich da sicher, Schwester?"

Die junge Frau am anderen Ende der Leitung kontrollierte den Dienstplan. „Ja, er hat sich ausgetragen. Warten Sie einen Augenblick bitte."

Marion hörte, wie sie sich vom Telefon entfernte. Ungeduldig trommelte sie mit einem Bleistift auf die Tischplatte. „Nein, Frau Niedermaier, Ihr Mann ist pünktlich gegangen. Ist er denn noch nicht zu Hause?"

Blöde Frage, würde sie sonst anrufen? „Ach, dann habe ich wohl etwas verwechselt. Macht nichts. Vielen Dank. Und entschuldigen Sie die Umstände." Marion legte auf.

Sie kochte. Er betrog sie wirklich. Und wahrscheinlich wusste diese Schlange am Telefon das auch. Sie konnte sich das mitleidige Gesicht der Krankenschwester bildlich vorstellen, wie sie vor dem Telefon stand und dachte: „Oje, die Arme, ihr Mann belügt und betrügt sie." Bald würde man mit dem Finger auf sie zeigen und sie müde belächeln, im Supermarkt und in der Nachbarschaft. Garmisch war ein Dorf, so etwas sprach sich herum! Wütend lief Marion im Haus auf und ab.

„Aber warte, mein Freundchen. Komm du mir nach Hause."
Eine halbe Stunde später waren Marcus' Koffer gepackt. Sie standen demonstrativ im Flur. Marion saß lauernd im Wohnzimmer. Marcus kam um zehn. Er schloss die Haustür auf und stutzte, als er die Koffer im Flur stehen sah.

„Marion?", rief er.

Sie erhob sich von ihrem Posten im Wohnzimmer und trat mit gemessenem Schritt zu ihm hinaus.

„Ja?"

„Was soll das? Fährst du wieder weg? Sauftour nach München?"

Marion warf einen bedächtigen Blick auf die Koffer. Dann wandte sie sich wieder ihrem Mann zu. „Nein."

„Was machen dann die Koffer hier?"

Marion sah ihm fest in die Augen. „Betrügst du mich?"

Sie beobachtete jede noch so kleine Regung an ihm. Er schluckte. „Wie kommst du denn darauf?"

„Du hast also heute Überstunden gemacht?"

Es war offensichtlich, dass ihm unwohl zumute war. „Ja. Nein. Nicht direkt. Ich war … noch … äh … was trinken. Mit dem Chefarzt."

„Ach. Seltsam. Wie hat Professor Luginger das wohl gemacht?"

„Was?", Marcus Stimme war anzuhören, dass er sich in die Enge getrieben fühlte; sie klang kläglich.

„Dass er pünktlich um halb sieben bei seiner Familie am Abendbrottisch saß, während er zeitgleich mit dir noch auf einem Umtrunk war!"

„Du spionierst mir hinterher?" Marcus versuchte, empört zu klingen.

„Ja. Und offenbar mit gutem Grund, oder? Wo warst du?"

„Ich bin dir keine Rechenschaft schuldig."

Marion machte einen Schritt auf ihn zu, unwillkürlich wich er zurück und stieß gegen einen der Koffer.

„Ach nein? Korrigier mich, aber sind wir nicht verheiratet?"

Da platzte es aus Marcus heraus. Wie ein Hund, der sich in die Ecke gedrängt fühlt und keinen anderen Ausweg mehr sieht, als zu beißen. „Das hast du dir doch selber zuzuschreiben! Du bist unausstehlich! Jeden Tag, wenn ich von der Arbeit komme, hast du nichts andres für mich übrig als Streit. Wann wir das letzte Mal Sex hatten, weiß ich schon gar nicht mehr. Und selbst wenn, geschieht es immer nur, um mich endlich von deinem Kinderwunsch zu überzeugen. Ich bin nur ein Samenspender für dich. Ein Samenspender und ein Prügelknabe!"

„Nimm deine Koffer und verschwinde", sagte Marion ruhig.

„So, bin dieses Mal ich dran?", Marcus machte keine Anstalten zu gehen. „Soll ich auch nach München fahren und mir die Nacht in irgendwelchen Bars um die Ohren schlagen, so wie du letztens?"

Marion zuckte zusammen. Jetzt war es an ihr, betreten auszusehen. Nach ihrem Streit hatte sie im Vice gefeiert und getrunken. Viel getrunken. An Genaueres konnte sie sich auch nicht erinnern, nur dass sie dann einen ehemaligen Kommilitonen getroffen hatte. Zusammen waren sie noch durch ein paar andere Kneipen gezogen und am nächsten Morgen war sie mit einem riesen Brummschädel aufgewacht. In Chris' Wohnung. Genauer gesagt, in seinem Bett. Marcus wusste von ihrem Ausflug, Details kannte er nicht. Wie auch, sie konnte sich ja selbst nicht erinnern.

„Ich hab einen Abend lang in München gefeiert. Das wirst du jetzt ja wohl nicht mit deiner Affäre gleichsetzen! Wie lange geht das überhaupt schon?", fuhr sie ihn an, um von sich abzulenken.

„Lass uns doch in Ruhe reden", schlug Marcus versöhnlicher gestimmt vor.

„Ich habe es satt zu reden. Das bringt doch nichts!" Damit drehte sie sich um und lief zurück ins Wohnzimmer, wo sie die Tür hinter sich zuknallte.

Marcus nahm seine beiden Koffer und trug sie hinauf ins Gästezimmer. Er sah überhaupt nicht ein, wieso er jetzt gehen sollte. Immerhin war das hier sein Haus. Im Gästezimmer richtete er sich halbwegs gemütlich ein. Marion ließ sich nicht blicken. Marcus zog sein Handy heraus und wählte Susis Nummer. „Hallo, ich bin's."

„Marcus!", rief sie erfreut, und dann: „Ist irgendetwas passiert?" Sie schien schon an seiner Stimme zu hören, dass etwas vorgefallen war.

„Wie man's nimmt. Meine Frau weiß Bescheid."

Susi horchte auf. „Du hast ihr von uns erzählt?"

Marcus lachte. „Nein, wirklich nicht. Sie ist selber draufgekommen. Ich bin kein allzu geschickter Lügner, fürchte ich."

„Und jetzt?"

Marcus ließ sich auf das Gästebett fallen. „Jetzt bin ich ins Gästezimmer verbannt worden."

„Willst du nicht lieber herkommen? Du kannst bei mir schlafen", schlug Susi vor.

„Nein, nein. Lass mal. In deinem Schwesternzimmer kannst du dich ja selbst kaum umdrehen. Ich würde dir nur auf den Geist gehen. Ich hab's ganz gemütlich hier."

„Wie geht's denn nun weiter?", fragte Susi vorsichtig.

„Wie meinst du das?", fragte er zurück.

„Lässt du dich scheiden?" Die Hoffnung, die in dieser Frage mitschwang, war unüberhörbar.

Marcus setzte sich mit einem Ruck auf. „Würdest du das denn wollen?", fragte er vorsichtig.

„Willst du es denn?", fragte Susi zurück. Es war wie Ping-Pong.

„Nein! Nein, natürlich nicht. Ich liebe meine Frau."

Stille. Marcus horchte. Susi antwortete nicht.

„Susi? Bist du noch dran?" Er hörte sie schniefen.

„Susi?" Das Schniefen wurde geräuschvoller, aber sie antwortete immer noch nicht.

„Susi, was ist denn jetzt los? Ich dachte, wir wären uns einig?"

„Da dachtest du wohl falsch." Ihre Stimme zitterte, als sie endlich antwortete.

„Mein Gott, Susi, wir haben eine Affäre! Du hast gewusst, dass ich verheiratet bin!"

„Ja. Ja, das hab ich gewusst. Aber dass du deine Frau liebst, war mir neu." Susi klang bitter.

„Susi ... Ich hab das doch nicht so gemeint. Wir hatten doch nie von einer Scheidung gesprochen. Mir war nicht klar, dass du darauf hoffst."

„Schon okay. Nichts passiert." Sie bemühte sich, fröhlich zu klingen. „Kommst du trotzdem vorbei?"

Marcus überlegte. Er sah sich im Gästezimmer um. „Wieso eigentlich nicht?"

Im Nachhinein fragte sich Marcus wie das, was dann kam, hatte passieren können. Er hielt die Affäre mit Susi aufrecht, obwohl immer deutlicher wurde, dass Susi sich mehr erhoffte, als die Stellung der Geliebten. Marion machte ihm derweil zu Hause die Hölle heiß. Sie sprach von Scheidung. Der Wintereinbruch, der Bayern seit einigen Tagen fest im Griff hatte, wurde nur noch übertroffen von der Gefühlskälte und der eisigen Verachtung im Hause Niedermaier.

„Wo willst du hin? Zu deinem Flittchen?" Marion verstellte ihm den Weg.

„Nein, zur Arbeit."

„Und wer soll dir das glauben?"

Marcus versuchte, sich an ihr vorbeizudrücken.

„Pass mal auf, mein Lieber, wenn du glaubst, du kannst mich verarschen, dann hast du dich geschnitten!" Marion blieb ausnahmsweise ganz ruhig. Üblicherweise wechselten sie keine drei Sätze, bis sie hysterisch anfing zu schreien und zu weinen. Heute nicht. Heute sah sie ihn aus ruhigen, kalten Augen an. Marcus spürte instinktiv, dass etwas anders war.

„Ich hab's endgültig satt. Du hast die Wahl: sie oder ich. Heute Nacht, wenn du nach Hause kommst, hast du deine Affäre beendet, sonst brauchst du dich hier gar nicht wieder blicken zu lassen." Damit trat sie zur Seite und ließ ihn vorbei.

Auf der Fahrt nach Murnau gingen Marcus ihre Worte durch den Kopf. Sie hatte recht. Natürlich hatte sie recht. Es konnte nicht ewig so weitergehen. Was hatte er erwartet? Dass sie sagen würde: Ist okay, mach ruhig so weiter?

Er wusste auch, dass es unfair war, beiden Frauen gegenüber. Doch wenn die Entscheidung so einfach gewesen wäre, hätte er sie schon längst getroffen. Irgendwie gab Susi ihm das, was er in seiner Ehe schon länger nicht mehr fand. Trotzdem war Marion die Frau, die er geheiratet hatte und die er auch nach wie vor wollte.

Vorerst entschied er, dass er Abstand brauchte. Er kehrte abends in das gemeinsame Haus zurück und packte seine Sachen aus dem Gästezimmer. Marion gab sich beschäftigt.

Er hörte, wie sie unten in der Küche herumklapperte. Dass sie wirklich mit Kochen beschäftigt war, hielt er für ausgeschlossen. Als er fertig war, betrat er die Küche. „Können wir kurz reden?"

Marion sah auf. „Ich wüsste nicht worüber. Ich sagte: Entscheide dich. Du hast dich entschieden. Du gehst." Alles an ihr war kalt. Ihre Stimme, ihr Blick, ihre ganze Haltung.

„Das interpretierst du falsch. Ich habe nachgedacht. Und du hast vollkommen recht. So kann es nicht weitergehen. Ich gehe nicht zu ihr. Ich gehe in ein Hotel. Ich möchte mir über einige Dinge klar werden."

Marion nickte. „Tu das. Aber lass dir nicht zu viel Zeit damit. Sonst bin ich mir vielleicht schon über so einiges klar geworden." Marcus unternahm einen Versuch, sie auf die Wange zu küssen, doch Marion wehrte ab. „Mach es nicht noch schlimmer, als es ist."

Marcus blieb zwei Wochen fort. Er zog durch, was er sich vorgenommen hatte. Er sah weder Marion noch Susi, obwohl letztere permanent anrief. In der Klinik ging er ihr ebenfalls aus dem Weg. Er schaffte es, sie nur in Gesellschaft anderer zu treffen und somit jeder Konfrontation auszuweichen.

Schon sehr bald realisierte Marcus, dass es seine Ehefrau und seine Ehe waren, die er vermisste, nicht die heimlichen Treffen mit der Geliebten. Susis verzweifelte Versuche, ihn zum Reden zu bringen, nervten ihn sogar zusehends.

Eines Abends fing sie ihn auf dem Parkplatz ab. „Bitte Marcus, können wir reden?"

Marcus verlangsamte seinen Schritt. „Susi, ich habe dir doch gesagt, ich brauche Abstand. Lass mir doch einfach Zeit!"

Susi packte ihn am Ärmel. „Bitte, ich kann so nicht weitermachen. Ich muss wissen, woran ich bin!"

Schließlich blieb Marcus stehen. „Woran du bist? Susi, wir hatten eine Affäre. Ich bin verheiratet. Meine Ehe steht auf dem Spiel."

„Das hat dich vorher nicht gestört." Ihre Stimme klang kleinlaut und weinerlich.

„Ja, vielleicht. Aber jetzt, jetzt stört es mich. Jetzt ist mir klargeworden, dass ich zu viel riskiere."

Susi ließ seinen Ärmel los und trat einen Schritt zurück. Erkenntnis machte sich auf ihrem Gesicht breit. „Es ist zu spät, nicht? Du hast dich bereits entschieden."

Marcus überlegte einen Moment. In der Tat, das hatte er. Wortlos ließ er Susi stehen und ging zu seinem Roadster. Er setzte sich hinein, ließ den Gurt fest einrasten und startete den Motor. Plötzlich war ihm klar, was er zu tun hatte. Als er wegfuhr, blickte er nicht in den Rückspiegel.

Hätte er es getan, hätte er dort eine fassungslose Susi stehen sehen. Sie warf ihre Handtasche mit voller Kraft nach dem davonfahrenden Wagen. Diese knallte auf den Asphalt des Klinikparkplatzes, öffnete sich und der Inhalt ergoss sich über den Boden. Tränen liefen Susi über das Gesicht, vermischten sich mit Make-up und verzerrten es zu einer Fratze.

Jahreswechsel

Marion legte den Streifen zur Seite. Es gab keinen Zweifel. Ungläubig sah sie auf die beiden Testergebnisse, die nebeneinander auf dem Waschbeckensims lagen und beide dasselbe Ergebnis anzeigten.

Schwanger.

Wie benommen fuhr sie mit der Hand über ihren Bauch. Noch war er flach und straff wie eh und je. Aber schon bald würde er sich wölben. Dann würde darin ein kleiner Mensch heranwachsen, bis es Zeit war, ihn in die Welt zu entlassen. Tränen stiegen ihr in die Augen. Sie blickte in den Spiegel über dem Waschtisch und betrachtete ihr Gesicht. Es sah aus wie immer. Und doch sah sie es mit völlig anderen Augen.

Nachdem die erste unfassbare Euphorie wie eine Welle über ihr zusammengeschlagen war, holte die Realität sie wieder ein. Was nun?

Ihre Ehe lag in Trümmern.

Sie selbst hatte noch vor wenigen Tagen von Scheidung gesprochen. Ihr Mann betrog sie. Und nun trug sie sein Kind.

Da durchfuhr Marion ein weiterer Schrecken: Was, wenn es gar nicht *sein* Kind war?

Was war bloß in jener Nacht in München passiert?

Sie erinnerte sich nicht. Reflexartig griff sie sich an den Hals. Sie hatte das Gefühl, als schnüre ihr etwas die Kehle zu. Wenn Marcus davon erfuhr ... dann war alles aus.

Endgültig.

Er hatte sie hintergangen, aber nichts würde so schwer wiegen wie ein Kind, das nicht seines war. Er wollte doch sowieso keines. Und dann noch das eines Fremden. Jetzt weinte Marion haltlos. Sie krümmte sich zusammen, schlang ihre Arme schützend um den Bauch und weinte, bis sie nicht mehr konnte.

Als sie wieder zu sich kam, funktionierte ihr Verstand wieder. Es war ja überhaupt nicht gesagt, dass es nicht Marcus' Kind war. Es war noch nicht einmal sicher, ob sie ihn in dieser verdammten Nacht in München wirklich mit Chris betrogen hatte. Er jedoch *hatte* sie betrogen, und das würde sie gegen ihn anführen. Er wollte kein Kind, sie war schwanger, dafür hatte er sie betrogen.

Quid pro quo.

Er würde zu ihr zurückkommen. Er *musste*. Als sie diesen Gedanken zu Ende gedacht hatte, klingelte es an der Haustür.

Marcus war die Strecke zwischen Murnau und Garmisch noch nie in solchem Rekordtempo gefahren. Die Polizei hätte ihn dabei nicht erwischen dürfen. Als er endlich in der Hofeinfahrt seiner Villa parkte, keuchte er, als ob er die ganze Strecke gelaufen wäre. Er stürzte aus dem Wagen und kramte nach dem richtigen Schlüssel. Doch als er ihn eben ins Schloss stecken wollte, hielt er inne. Er wollte Marion nicht ungelegen kommen. Er wollte sie nicht überrumpeln. Also steckte er den Schlüssel weg und klingelte.

Marion wischte sich die Tränen aus dem Gesicht. Bespritzte sich mit kaltem Wasser und kniff sich nach Rokkokokokottenart in die Wange, um etwas frischer auszusehen. Dann öffnete sie die Tür.

Mit jedem Menschen hatte sie gerechnet, aber nicht mit Marcus. Marcus sah ihr das Erstaunen an. Obwohl sie versucht hatte, es zu verbergen, sah er auch, dass sie geweint hatte.

Plötzlich war Marion kein bisschen verbittert oder streitsüchtig mehr, sondern einfach nur unendlich froh, ihn zu sehen. Marcus machte einen Schritt auf sie zu, sie kam ihm entgegen und ehe sich beide versahen, lagen sie einander in den Armen. Als Marcus Marion küsste, liefen ihr wieder Tränen über die Wangen. Doch dieses Mal waren es Tränen der Erleichterung.

Sie machten keinen Umweg, sondern stolperten küssend die Treppe hinauf zum Schlafzimmer. Unterwegs entledigten sie sich gegenseitig aller störender Kleidungsstücke. Sie fielen zu Boden, wo sie nicht mehr gebraucht wurden und bildeten ein anschauliches Stillleben.

Einen winzigen Augenblick lang durchfuhr es Marcus, dass das hier viel zu leicht ging. Genauso flüchtig dachte Marion noch einmal: *Was, wenn es doch nicht von ihm ist?*

Dann gaben sie sich ihrer Leidenschaft hin.

Marcus döste mit geschlossenen Augen, trotzdem spürte er, dass es draußen schon wieder hell war. Neben sich hörte er die gleichmäßigen Atemzüge seiner Frau. Oder war es seine Geliebte? Erschrocken fuhr er vom Kissen hoch. Als er Marions blonden Haarschopf auf dem Kissen neben sich erblickte, ließ er sich erleichtert wieder zurücksinken. Jetzt würde alles gut werden. Er wusste es.

In die Stille hinein piepste sein Handy. Er kroch aus dem Bett und suchte danach, damit Marion nicht aufwachte. Er fand es draußen vor der Schlafzimmertür auf dem Boden in seiner Jeans. Lächelnd betrachtete er die Spur aus Kleidungsstücken, die vom Flur herauf bis vor die Tür führte.

Reflexartig führte er das piepsende Telefon ans Ohr und nahm ab.

„Marcus, wo bist du? Ich muss dich sehen!"

„Susi!" Fast klang es wie ein Vorwurf.

„Marcus, bitte!"

Erschrocken warf Marcus einen Blick zurück auf die schlafende Marion. Leise zog er die Tür zum Schlafzimmer zu. Dann flüsterte er ins Telefon: „Lass das, hörst du? Hör auf, mich ständig anzurufen."

„Ich liebe dich!" Susis Stimme klang verletzt.

Marcus seufzte. Aber nach der letzten Nacht war ihm glasklar, was zu tun war. „Susi, es tut mir leid. Aber ich weiß jetzt, dass ich dich nicht liebe. Bitte versteh das!"

Der hysterische Heulkrampf, der nun folgte, legte nahe, dass Susi ganz und gar nicht verstand. Sie flehte: „Bitte, lass uns doch darüber reden! Können wir uns sehen? Wo bist du?"

Marcus wollte das Gespräch gern beenden, daher willigte er ein: „Schön. Lass uns reden. Wenn du meinst, dass das was bringt. Aber nicht hier und jetzt. Ich meld mich später bei dir. Okay?"

„Und du rufst sicher an?"

„Ja."

„Und du bist auch nicht bei deiner Frau in der Zwischenzeit?"

Marcus zögerte. „Nein", log er dann mit fester Stimme.

„Ganz sicher nicht?"

„Nein!"

„Gut, dann bis später. Ich liebe dich."

Die Erwiderung, die er ohnehin nicht gegeben hätte, wartete Susi nicht mehr ab, sondern legte vorher auf.

Marcus atmete durch. Er würde sich später ein paar wohlüberlegte Worte zurechtlegen, mit denen er Susi abspeisen würde. Jetzt zog es ihn zurück ins Schlafzimmer.

Da Marion noch selig schlummerte, sammelte Marcus die Klamotten von der Treppe und ging in die Küche, um Früh-

stück zu machen. Er gab sich Mühe dabei, briet Rührei mit Speck und frischem Basilikum. Presste Orangen aus, bräunte Toast und bestrich ihn dünn mit Butter und dick mit Marmelade, so wie Marion ihn mochte. Als der Kaffee durch war, stellte er alles zusammen auf das Tablett und balancierte seine Kunstwerke hinauf ins Schlafzimmer.

Wie in einer Kaffeewerbung bewegte Marion sich schlaftrunken, als er ihr den Dampf des frischen Kaffees vor die Nase fächelte. Sie blinzelte verschlafen, hob schnuppernd die Nase und schlug schließlich die Augen auf. „Oh Schatz! Wie lieb von dir!"

Marcus stellte das Tablett vorsichtig auf den Boden und schlüpfte zu ihr unter die Decke. „Iiiihhhh ... Du bist ja ganz kalt!"

Auf dem Boden wurde der Kaffee langsam auch kalt.

Nach dem ausgiebigen Frühstück im Bett, mit zwei noch ausführlicheren Unterbrechungen, tapste Marion ins Bad. Sie ließ sich die Wanne einlaufen und betrachtete sich in der Zwischenzeit vor dem Spiegel. Sie drehte sich zur Seite und betastete ihren Bauch, während sie auch ihr Profil musterte. Wie groß das Würmchen wohl jetzt war? Es war höchste Zeit, zum Arzt zu gehen. Marcus kam dazu, er grinste, als er sie vorm Spiegel sah. „Was ist? Hat das Frühstück schon angeschlagen? Pass mir nur auf, dass du nicht fett wirst!"

Marion warf ein Handtuch nach ihm. „Pass du lieber auf, was du sagst!"

Marcus fing das Handtuch in der Luft, schlang es um ihren Bauch und zog sie damit an sich heran. „Ab in die Wanne mit dir."

Er küsste ihren Nacken und gab sie frei. Sie stieg in die heiße Wanne.

„Ich muss übrigens nachher noch einmal kurz weg", sagte er so beiläufig wie möglich.

Marion sah ihn forschend an. „So?"

Er ging neben dem Badewannenrand in die Hocke.

„Es ist vorbei. Ich verspreche es dir."

Ihre Hand glitt unwillkürlich über ihren Bauch. Sie zuckte nur die Schultern. „Ich will's gar nicht wissen."

Er küsste sie auf die Stirn und verließ dann das Bad.

Als Marcus aus dem Haus war, rief Marion bei ihrem Frauenarzt an und machte einen Termin. Sie wollte erst Gewissheit haben und vielleicht auch eine konkrete Angabe zum Zeugungstag. Dann würde sie Marcus über seine bevorstehende Vaterschaft in Kenntnis setzen. Etwas mulmig war ihr schon. Jetzt zeigte er sich von seiner liebsten Seite, so harmonisch war es seit einer Ewigkeit nicht mehr gewesen. Aber was würde er wohl dazu sagen, dass er doch Vater wurde? Ungewollt. Ob er ihr vorwerfen würde, sie hätte es drauf angelegt?

Als sie aus der Wanne stieg und sich abrubbelte, rechnete sie nach, wann sie das letzte Mal mit Marcus geschlafen hatte. Also abgesehen von heute. Und von gestern. Zuvor war er zwei Wochen fort gewesen. Und davor?

Die Sprechstundenhilfe ihres Frauenarztes machte ihr keine großen Hoffnungen auf einen baldigen Termin. „Alles voll, Frau Niedermaier. Tut mir leid. Wie sieht's denn Mittwoch in zwei Wochen aus bei Ihnen?"

Marion schluckte. *Zwei Wochen?* „Geht das denn nicht schneller? Es ist wirklich dringend!"

Sie hörte, wie das Mädchen hin und her blätterte. „Was für Beschwerden haben Sie denn?", fragte sie.

„Ich habe gar keine Beschwerden. Ich muss wissen, ob ich schwanger bin!"

„Na, das ist was anderes. Da können Sie jederzeit vorbeikommen. Das machen wir schnell zwischenrein."

Marion atmete auf. „Ginge das auch gleich heute?"

Eineinhalb Stunden später saß Marion im Wartezimmer ihres Frauenarztes in München. Sie hatte sich noch nicht überwinden können, sich in Garmisch einem Arzt anzuvertrauen. Irgendwie hielt sie es in dieser Situation ohnehin für besser,

wenn sie etwas Abstand zu Murnau wahrte. Man wusste ja doch nie, wie die Ärzte untereinander bekannt waren.

Sie musste doch eine Weile warten. Im Wartezimmer stapelten sich die Baby-Zeitschriften. Normalerweise machte sie darum wohlweislich einen großen Bogen, heute griff sie geradezu feierlich danach. Sie war vollkommen in die Lektüre vertieft, als die Sprechstundenhilfe sie aufrief. „Frau Niedermaier bitte."

Marion folgte ihr ins Labor.

„Bitte gehen Sie nach nebenan und geben Sie eine Urinprobe ab. Den Becher stellen Sie dann bitte einfach in die Klappe neben der Toilette."

Geradezu zeremoniell gab Marion die gewünschte Urinprobe ab.

„Wie lange dauert das denn jetzt, bis Sie Bescheid wissen?", fragte sie die Sprechstundenhilfe, als sie wieder herauskam.

„Gar nicht lange. Wir machen nur einen Test. Ganz ähnlich wie die für zu Hause. Der HCG-Wert im Blut wird gemessen und schon wissen wir, ob sich da etwas eingenistet hat." Sie schickte Marion noch einmal kurz ins Wartezimmer zurück.

Etwas später war Marion wieder auf der Autobahn auf dem Weg nach Hause. Auf dem Beifahrersitz stand ihre Handtasche und in dieser befand sich ihr Mutterpass und das erste Foto ihres Babys: ein winziger schwarzer Punkt umgeben von weißen Schwaden. Aber trotz allem ihr Baby. Beschwingt fuhr Marion zurück nach Garmisch. Aus dem Radio ertönte Joe Cockers *Summer in the City* und Marion bedauerte, dass sie den Text nicht konnte. Singen konnte sie allerdings ohnehin auch nicht, daher brummte sie dissonant mit. Sie war glücklich. Sie war so glücklich wie noch nie in ihrem Leben.

Anfang November 2009

„Ja, Veitl", der Kommissar nahm den Hörer ab.

Dem Klingeln nach zu urteilen, war es ein internes Gespräch, daher sparte er sich die offizielle Meldung.

„Flori, servus."

„Ah, Klaus, was gibt's?" Veitl lehnte sich zurück.

Der Kollege vom hiesigen Polizeirevier räusperte sich. „Ach, hässliche Sache. Der Ali aus der Rechtsmedizin ist in der Leitung. Er will selber mit dir sprechen."

„Aha", machte Veitl. *Warum ruft er dann nicht direkt bei mir an*, fragte er sich, sagte aber nichts. „Stellst ihn halt durch."

Es knackte in der Leitung, dann hörte Veitl die Stimme des Pathologen. Alle nannten sie ihn hinter seinem Rücken Ali, dabei hieß er eigentlich Peter, aber sein Nachname lautete Mohsani und seine Eltern waren Türken. Peter Mohsani selbst war in Kempten geboren und aufgewachsen, er sprach Deutsch mit starkem bayerischen Akzent und hatte einen deutschen Pass, nichtsdestotrotz war er für die Kollegen in Garmisch nur *der Ali*.

„Mohsani, habe d'Ehre, Herr Veitl. Ich stör Sie nur ungern, Sie ham sicher glei Feierabend, gell?", eröffnete Ali das Gespräch.

„Ja, mei", antwortete Veitl lapidar.

„Wir ham da einen, der geht jetz euch an."

„Aha?"

„Ja, den hams vergift." Jetzt hatte Ali Veitls volle Aufmerksamkeit. „Vergiftet? Seid's ihr da sicher?"

„Ja, auf jeden Fall."

„Geh, wer macht denn sowas?"

„Ja, des weiß ich ned. Des is ja euer Job, ned?"

Veitl nickte. „Ja, sauber. Und? Was is das für einer?"

„Der is von uns do", gab Ali zur Antwort.

„Ja, des denk ich mir schon. Sonst hätten'S ja nicht mich angerufen, gell? Wie heißt denn der Tote, wissen'S des?"

„Mei, halten'S Ihnen fest, Herr Veitl. Des glauben Sie nie!"

Veitl verdrehte die Augen. „Ja, raus mit der Sprache!"

„Der Herr Doktor aus Patenkirchen! Wissen'S schon!"

Veitl runzelte die Stirn. Ein Doktor aus Partenkirchen?

„Wer?"

„Ja, der Niedermaier!"

„Was? Der?", rief Veitl alarmiert.

„Ja!", entgegnete der Gerichtsmediziner triumphierend.

„Ich wusste gar ned, dass der zur Obduktion musste."

„Mei, wenn so a junger Mensch plötzlich einfach hin is ..."

Veitl erinnerte sich düster daran, dass seine Frau beim Abendessen gestern schon von dem Todesfall gesprochen hatte, oder war es vorgestern gewesen? Sie las ja mit Vorliebe die Todesanzeigen in der Zeitung. Doch, jetzt erinnerte er sich wieder. Das war vorgestern beim Abendbrot gewesen.

„Mei, so ein junger Mensch", hatte sie gesagt. „Einfach tot. So ein Unglück!"

Veitl hatte von seinem Knäckebrot aufgesehen. Er hasste dieses bröselige Zeug. Als er sich mehr auf das konzentrierte, was seine Frau eben gesagt hatte, als auf sein Brot, brach es ihm prompt in der Mitte auseinander und der Quark, den er drauf hatte, pappte ihm an den Fingern. „Zefix!", entfuhr es ihm spontan.

Margarete hatte ihren Mann tadelnd angesehen.

„Ja, is doch wahr! So ein Bröselzeug!"

Er hatte versucht, die Überreste des Brotes mit dem Quark wieder zusammenzukleben, dabei aber die Sauerei nur noch verschlimmert. Irgendwie waren sie über das Brotmalheur dann von dem Toten abgekommen.

Ali hatte irgendwas gesagt, aber Veitl hatte es nicht mitgekriegt. „Was? Tschuldigung, ich bin jetzt grad geistig rechts rangefahren. Was ham Sie gsagt?"

„Nervengift. Des war bestimmt a Nervengift bei dem jungen Doktor. So ein junger Mensch, dem hört doch ned einfach auf amal das Herz auf zu schlagen."

Veitl nickte. „Was für ein Gift war das? Wissen Sie das schon?"

„Methamidophos."

„Ha?"

„Des is des Gift."

„Aha." Veitl versuchte, das Wort zu notieren. Mett ... „Was is des genau?"

„Also des is eine chemische Verbindung aus der Gruppe der Thiophosphorsäureamide. Genauer gesagt ein Ogranophosphat", begann der Ali seine Erläuterung.

Veitl legte den Stift zur Seite. „Okay, so komm i ned weiter. Wo ist des drin? Wo kriegt man sowas her?"

„Des is in allen gängigen Pflanzenschutzmitteln drin", sagte Ali, hörbar enttäuscht, dass seine wissenschaftliche Erklärung nicht gefragt war.

„Wow ... Mit Pflanzenschutzmittel vergiftet. Krieg ich nen Bericht von euch? Oder wie mach'ma das?"

Ali sagte Veitl seinen Bericht bis zum nächsten Morgen zu. Anschließend fuhr Veitl nach Hause.

„War was?", fragte Margarete, die eben das Abendessen anrichtete. Veitl schaute ihr hungrig über die Schulter. „Uhi. Was is denn heute los? Ich dachte, wir sind jetzt auf Öko? Das schaut ja richtig gut aus!"

Margarete grinste. „Gell? Is ja nicht alles schlecht, was gesund ist."

Veitl machte ein Gesicht, das verriet, dass er an dieser Aussage zweifelte. „Und was gibt's zu den Fleischpflanzerln dazu?" Er ließ sich auf die Küchenbank fallen.

„Das sind keine Fleischpflanzerln."

„Ned?"

„Nein. Das sind Grünkernbratlinge. Du weißt schon, dass du morgen noch einmal einen Termin hast?"

Veitl sank in sich zusammen. Grünkern ... „Einen Termin? Ich? Wieso?"

„Wegen dem Belastungs-EKG. Du weißt doch ..."

Veitl seufzte. „Ja, wenn du meinst ..."

Margarete servierte ihre Kreation.

Veitl betrachtete die Pflanzerln skeptisch. „Schaut aber aus wie Fleischpflanzerl."

Margarete nickte. „Schmeckt auch so ähnlich."

Beherzt griff Veitl nach Messer und Gabel. Als er das erste Stück im Mund hatte, verzog er das Gesicht. „Stimmt ja gar ned. Schmeckt überhaupt ned wie Fleischpflanzerl."

Er kaute ziemlich angewidert. Margarete kannte seine Vorbehalte gegen gesunde Ernährung. Wenn es nach Veitl gegangen wäre, hätte es zur Brotzeit nur kalten Braten, Rauchfleisch und Bratwürstel geben dürfen. Aber sein Hausarzt war ganz der Meinung seiner Frau. Der Blutdruck war zu hoch, der Cholesterinwert überirdisch und seine Kondition ließ mächtig zu wünschen übrig. Der Arzt drohte damit, dass er sich irgendwann einen Altersdiabetes einfangen würde; der Zuckerwert deutete schon darauf hin. Zugegeben, das hatte Veitl auch erschreckt. Aber deshalb nur noch Grünzeug und Körner essen?

„Wenn Gott gewollt hätte, dass ich Körner esse, hätt er mir einen Schnabel wachsen lassen." Aber seine bestechende Logik ließ Margarete nicht gelten. Sie hatte sich mit ihren Freundinnen ausgetauscht und ruckzuck war die eheliche Kombüse in eine Diätküche verwandelt worden.

„Ah, aber morgen is ja ganz schlecht", fiel Veitl plötzlich sein Gespräch mit Ali aus der Pathologie wieder ein.

Margaretes Blick verhieß nichts Gutes. „Es ist immer schlecht, wenn es nach dir ginge."

„Nein, wirklich. Ich hab da einen neuen Fall auf dem Tisch, das ist fürchterlich wichtig."

Das weckte jetzt doch Margaretes Neugier. „Ja? Was denn?"

Veitl setzte eine gewichtige Miene auf. „Ein Mord!"

Margarete machte große Augen. „Ein Mord? Hier bei uns? In Garmisch?"

Veitl nickte. „Jawohl. Ein Mord hier in Garmisch."

„Ja, wer is's na?"

Veitl verdrehte die Augen. „Ja, aber das weiß ich doch eben noch ned. Das muss ich doch rausfinden."

„Nein. Ich mein doch, wer ermordet worden is, nicht wer's war!"

Jetzt spielte Veitl seinen letzten Trumpf aus. Er wusste, dass er über laufende Ermittlungen eigentlich nichts erzählen durfte. Aber er hatte das mit seiner Frau schon immer etwas lockerer gehalten. Sie war ja auch kein Tratschweib. „Ja, da hamma doch erst davon gesprochen. Der Doktor da. Aus Partenkirchen."

„Nein!" Margarete fiel die Gabel aus der Hand vor Erstaunen. „Hör auf. Der Doktor? Ermordet? Geh, wer macht denn sowas?"

„Ja, das muss ich ja eben rausfinden. Und deshalb kann ich morgen nicht zum EKG, das verstehst du doch, oder?"

Margarete wiegte den Kopf hin und her. „Na ja, dann gehst halt übermorgen. Ich ruf morgen früh gleich in der Praxis an."

Veitl seufzte. Immerhin verschoben. Gefahr erkannt, Gefahr gebannt. Halbwegs zufrieden mit dem Ausgang des Gesprächs, machte er sich tapfer wieder über seine Bratlinge her.

„Schmeckt doch gar ned so schlecht, oder?", versuchte Margarete noch einmal, ihm ein Lob für ihre Kochkünste zu entlocken.

„Mei, ja, der Hunger treibt's eine", erwiderte er. Und ergänzte in Gedanken: *und der Ekel runter!*

Am nächsten Morgen lag der Bericht der Pathologie bereits auf Veitls Schreibtisch. Er begann darin zu blättern. „Meine Herrn …", murmelte er. „Das versteht doch kein Mensch!"

Er griff zum Telefonhörer und wählte die Durchwahl seiner Sekretärin. „Verbinden Sie mich mit dem Ali, bitte."

„Was für ein Ali?", fragte die Sekretärin zurück.

„Was für ein Ali? Ja, der Mohaaa… Dingsbums halt, aus der Pathologie."

„Mohsani", verbesserte sie.

„Ja, genau."

„Der Herr Mohsani heißt aber Peter, nicht Ali."

Veitl verdrehte die Augen. „Ja, ja, verbinden'S mich halt."

Es klackte in der Leitung.

Keine halbe Minute später klingelte das Telefon, die Sekretärin war wieder dran. „Herr Mohsani ist dran, Herr Kommissar."

„Mhm."

„Pathologie. Mohsani. Servus, Herr Veitl. Was kann i für Sie tun?"

„Es geht um den Bericht", eröffnete Veitl das Gespräch.

„Ham'S den noch ned?"

„Doch."

„Stimmt was ned?"

„Doch, doch."

„Was na?"

„Ich versteh's ned."

Ali lachte. „Ah so. Was genau verstehn'S denn ned?"

„Wenn jetz der Herr Doktor da dieses Zeug genommen hat. Hat er das nicht gemerkt? Wie muss ich mir das vorstellen?"

Ali überlegte. „Mei, i stell mir halt vor, dass ihm das wer ins Essen getan hat. Oder auch ins Bier, vielleicht."

„Merkt man das da nicht?"

„Im Bier? Also das weiß i jetz ned ..." Veitl fragte sich insgeheim, wie Ali sein Studium geschafft hatte.

„Nein. Allgemein. Schmeckt man das nicht?"

„Nein."

„Das könnte man einfach so jemandem unterjubeln?"

„Ja, genau. Also wenn man halt nicht zu viel auf einmal nimmt."

Veitl machte sich ein paar Notizen am Rand des Berichts. „Und wie läuft das dann ab? Also, was passiert da mit dem Opfer?"

„Wenn das Gift in kleinen Dosen verabreicht wird, dann wirkt's halt recht langsam. Da kann der scho a Weile weiterleben."

„Nervengift, haben Sie gesagt, oder? Was heißt das genau?"

„Also wissen'S die Excitotoxizität beschreibt die schädliche Wirkung auf Neuronen ... aber des ham'S eh alles in dem Bericht ..."

„Ja, und des versteh i ja eben ned. Also bitte so einfach, dass ich's auch versteh."

„Hmm ... also einfach gesagt ... Es macht Zellen kaputt."

„Okay ..."

„Wenn ma's langsam macht, dann geht des a ganz langsam. Aber nach und nach gehn dann die Organe flöten."

Veitl schauderte. „War das so beim Doktor?"

„Ja, des war so. Schaut aus wie Herzversagen. Is auch eins. Aber halt kein natürliches."

„Das ist ja ... Also ich bin sprachlos." Veitl schüttelte sich.

Garmisch hatte immer so freundlich auf ihn gewirkt. Die Berge, die Natur, die Menschen, so als könnte niemand dort wirklich jemandem schaden. Natürlich wusste Veitl es besser. Schließlich war er seit so vielen Jahren damit beschäftigt, Verbrechen aufzuklären. Aber das schien ihm jetzt doch zu brutal für Garmisch. Ali schien ähnliche Gedanken zu haben.

„I mag ned wissen, was für a Saukerl des war."

„I weiß auch ned, ob i das wirklich wissen will. Aber ich werd's herausfinden müssen. Also, was können Sie mir zu dem mutmaßlichen Mörder sagen?"

Ali überlegte. „Giftmörder sind oft Frauen", sagte er dann.

„Frauen?", echote Veitl.

„Ja. Weil's ned de Kraft ham, jemand zu erwürgen und oft ned den Mut, jemand zu erschießen. Wenn Frauen Selbstmord machen, dann nehmen's a oft Tabletten, Männer gehen in Wald und hängen sich auf."

Veitl verzog das Gesicht. Wald- und Wiesenpsychologie. „Das scheint mir jetzt aber schon ein bisschen klischeehaft ..."

„Ja, i weiß es ja ned. Natürlich kann's a ein Mann gewesen sein. Vielleicht ein schwuler?"

Veitl versuchte, einen Lachanfall als Husten zu vertuschen. Ein schwuler Mörder? Vielleicht hatte der Herr Doktor einen gleichgeschlechtlichen Verehrer brüskiert? Veitl hatte genug gehört. Dass sein Kollege aus der Pathologie mit seiner seltsamen Fantasie den Fall lösen würde, hielt er für eher unwahrscheinlich.

Kaum hatte er aufgelegt, klopfte es an der Tür. Johann Wachter steckte seinen Kopf herein. „Servus, Flori. Geht's voran mit dem Mord an dem Doktor?"

„Servus, Johann. Ich weiß ned recht …"

Der Kollege schob sich ganz durch die Tür. „Willst du mal zu seiner Witwe rausfahren?", fragte er.

„Nein. Heute nicht. Ich fahr erst mal nach Murnau."

Wachter nickte. „In die Klinik. Denkst du, der Mörder kommt aus der Ecke?"

Veitl zog seufzend die Schultern hoch. „Ich habe keine Ahnung."

„Wiss ma scho irgendwas? Irgendeinen Anhaltspunkt?", fragte Wachter weiter.

„Wahrscheinlich a schwuler Verehrer", sagte Veitl und zog eine Grimasse.

Der Kollege runzelte die Stirn.

„Vergiss's, war a Schmarrn", winkte Veitl ab. Er erhob sich und griff nach seiner Jacke.

Wachter fragte: „Soll ich mitkommen?"

Veitl überlegte einen Moment. „Ja, wieso eigentlich nicht. Vielleicht sehen vier Augen doch mehr als zwei."

„Ich sag nur kurz dem Mayer Bescheid." Wachter trollte sich den Gang hinunter.

Veitl machte noch einen kurzen Abstecher ins Sekretariatszimmer. „Wir sind dann weg, der Wachter und ich. Wir fahren rüber nach Murnau."

Anfang Januar 2009

Marion bog in die Hofeinfahrt ein. Marcus' Wagen war noch nicht wieder da. Immer noch pfeifend schloss sie die Haustür auf. Am liebsten hätte sie Marcus sofort erzählt, dass sie schwanger war. Auf der anderen Seite fürchtete sie sich vor seiner Reaktion. Da er ohnehin nicht zu Hause war, kochte sie sich einen Tee zur Entspannung und legte sich mit einem Buch auf die Couch.

Sie musste einen Moment eingenickt sein, das Telefon schreckte sie auf. Etwas benommen erhob sie sich, um nach dem schnurlosen Apparat zu suchen. Sie fand ihn auf der Kommode im Flur. Die Nummer am Display kannte sie nicht.

„Niedermaier."

Der Anrufer gab keine Antwort. „Hallo? Wer ist denn da?", fragte Marion. Doch aus dem Lautsprecher ertönte nur noch das Freizeichen. Ungläubig starrte Marion das Telefon an. Kopfschüttelnd legte sie es wieder auf die Anrichte und ging zurück ins Wohnzimmer. Sie grübelte noch darüber nach, was eben passiert war, als es erneut klingelte. Genervt erhob sie sich wieder und ging zurück zum Telefon. Es zeigte dieselbe Nummer. Marion holte tief Luft.

„Niedermaier", sagte sie energischer als vorher. Wieder nichts. „Hallo? Hören Sie, das ist nicht komisch!" Sie legte wieder auf. Dieses Mal nahm sie das Telefon gleich mit. Es dauerte auch nicht lange, da klingelte es schon wieder. Natürlich erschien auch wieder dieselbe Nummer.

„Herrgott nochmal! Lassen Sie mich in Ruhe!", fauchte sie in den Hörer.

„Das wirst du büßen, du blöde Schlampe!"

Marion hatte nicht mit einer Antwort gerechnet, schon gar nicht mit einer solchen. Erschrocken hielt sie die Luft an. „Also hören Sie mal!"

Doch der Anrufer hörte gar nichts mehr, er hatte die einseitige Konversation bereits beendet. Marion schnaubte vor Wut. Allerhand!

Marcus nahm seinen Kittel aus dem Spind. Er streifte seine Straßenschuhe ab und schlüpfte in die weißen Sandalen mit dem Fußbett. Vielleicht war er zu hart gewesen. Susi konnte ja nichts dafür. Sie hatte sich eben in ihn verliebt. Er hätte mit so etwas rechnen müssen. Irgendwie verstand er selbst nicht mehr, weshalb er sich auf diese Affäre eingelassen hatte. Marcus schüttelte energisch den Kopf. Wie auch immer, es war vorbei. Zeit, nach vorne zu blicken.

Er verließ die Umkleideräume und betrat den Fahrstuhl, um zu seiner Station zu kommen. Im ersten Stock hielt der Aufzug, ein Kollege hetzte herein. Er beachtete Marcus gar nicht, sondern hämmerte ungeduldig auf den Knopf mit der Nummer drei.

„Ärger?", fragte Marcus.

Sein Kollege zuckte erschrocken zusammen. Anscheinend nahm er seine Anwesenheit jetzt erst wahr. „Was? Entschuldige. Ich war grad mit den Gedanken ganz woanders."

„Habt ihr Ärger?", wiederholte Marcus.

„Kann man so sagen ... Wir haben grad ein Mädchen reingekriegt. Selbstmordversuch. Üble Geschichte ..."

Marcus nickte. „Sowas ist immer furchtbar."

„Besonders, wenn man das Opfer kennt."

„Du kennst sie? Ach herrje ..."

Der andere Arzt sah Marcus mit einem Ausdruck an, den der nicht deuten konnte. „Ja. Und du kennst sie auch."

Der Aufzug hielt im dritten Stock. Der Arzt hastete hinaus. Über die Schulter rief er Marcus noch zu: „Es ist Susi Bauerle von deiner Station."

Die Neuigkeit verbreitete sich wie ein Lauffeuer. Was das betraf, war auch die Unfallklinik Murnau nichts weiter als ein kleines Dorf. Und obwohl Marcus der Meinung gewesen war, er hätte sich äußerst diskret verhalten, schien der Flurfunk bestens informiert.

Tuschelnde Kollegen verstummten, sobald er einen Raum betrat. Verließ er ihn wieder, setzte hinter ihm ein verbales Brummen ein, wie in einem Bienenstock. Ein einfacher Gang durch die Kantine fühlte sich plötzlich an wie ein Spießrutenlauf. Marcus war froh, als sein Dienst um war und er nach Hause fahren konnte.

Marion war sehr aufgebracht, als er ankam. „Was ist denn los?", fragte er geistesabwesend.

„Stell dir vor, da ruft so eine komische Tussi dauernd bei uns an! Und wenn ich rangehe, legt sie auf. Oder schlimmer,

sie beschimpft mich!" Marcus antwortete nicht. „Hörst du mir überhaupt zu? Jemand belästigt uns!"

Als ihr Mann immer noch keine Antwort gab, musterte Marion ihn und stellte fest, dass er sehr mitgenommen aussah. „Schatz, ist alles in Ordnung bei dir?", fragte sie sanfter.

„Ach, nur die Klinik ...", versuchte er abzuwinken.

„Was war denn?"

„Ein Selbstmordversuch", gab Marcus schließlich zu.

Marion zuckte die Achseln. „Ist ja nicht so selten, oder? Wieso nimmt dich das so mit?"

Normalerweise konnte er gut trennen zwischen seinem Beruf und seinem Privatleben. Seine Patienten raubten ihm selten den Schlaf. „Ich kenne sie", gestand er.

Marion wirkte alarmiert. „Sie?"

Marcus lief unruhig vor dem Fenster auf und ab. „Ich mache mir Vorwürfe, Herrgott!"

Unwillkürlich schlang Marion ihre Arme um ihren Bauch. Sie wusste instinktiv, dass sie nicht hören wollte, was er ihr zu sagen hatte. „Wer?", fragte sie unter Aufbietung all ihrer Kräfte.

„Susi. Susi Bauerle. Sie ist Krankenschwester auf meiner Station." Gerade wollte Marion aufatmen, als er hinzufügte: „Und sie war meine Geliebte."

Marion wusste nicht, was sie sagen sollte. Fassungslos starrte sie ihren Mann an. Marcus stand wie ein Häuflein Elend vor ihr.

„Ich wollte das nicht ...", flüsterte er.

Marion wusste, dass er Trost suchte, aber den konnte sie ihm nicht geben.

„Du hast sie in den Selbstmord getrieben?", fragte sie, aber es klang mehr wie eine Anklage. Sie griff nach dem Telefon und rief die Liste mit den angenommenen Anrufen auf.

„Ist das vielleicht zufällig ihre Nummer?" Sie hielt ihrem Mann das Telefon unter die Nase.

„Sie muss versucht haben, hier anzurufen. Wahrscheinlich wollte sie mich erreichen und nicht dich ...", murmelte er, als er die Nummer erkannte. „Und dann hat sie ..."

„Ist das ihre gottverdammte Nummer?", schrie Marion erbost. Das Telefon knallte gegen die Wand, die Hartschale brach und die Batterien regneten auf den Boden.

„Wie viele Leben willst du eigentlich noch zerstören?"

In dieser Nacht lagen beide ziemlich betroffen nebeneinander im Bett. Keiner von ihnen fand Schlaf.

„Wie schlimm ist es?", fragte Marion in die Stille hinein.

„Ziemlich schlimm. Sie liegt im Koma."

Marion atmete tief ein. „Was hast du jetzt vor?"

Marcus drehte ihr das Gesicht zu, obwohl er sie im Dunklen nicht sehen konnte. „Was soll ich jetzt vorhaben?"

„Hat diese ... diese Sache irgendeine Auswirkung auf uns?"

Marcus' Stimme war weich, als er antwortete: „Liebling, ich habe einen wirklich fürchterlichen Fehler gemacht. Aber ich habe ihn eingesehen. Und du hast mir verziehen. Das hast du doch, oder?"

Marion beugte sich zu ihm hinüber. Sie küssten sich anstelle einer Antwort.

„Musste ich doch ...", flüsterte Marion, als sie sich wieder von einander lösten.

„Du musst nicht."

„Aber was würde denn dann aus unserem Kind werden?"

Marcus zuckte zurück.

„Unser Kind?"

Marion nahm seine Hand und legte sie sich behutsam auf den Bauch. „Wir bekommen ein Kind, Marcus."

Er zog die Hand zurück, als hätte er auf eine heiße Herdplatte gefasst. „Du bist gestern Nacht schwanger geworden und das weißt du heute schon?"

Marion wirkte verletzt. „Nein, natürlich nicht. Ich bin in der sechsten Woche."

Marcus sprang aus dem Bett. „Willst du mich verarschen?"

Marion tastete nach der Nachtischlampe. „Was soll das denn jetzt?"

„Was das soll? Das frage ich dich! Für wie blöd hältst du mich eigentlich? Spielst dich hier als der Moralapostel auf! Erinnerst du dich zufällig daran, wann wir das letzte Mal miteinander geschlafen haben? Vor gestern?"

Marion sog hörbar die Luft ein. Das war der weiße Fleck auf ihrer Liebeslandkarte. Sie erinnerte sich nämlich nicht genau daran.

„Also? Ich warte."

„Schatz, was weiß ich. Wahrscheinlich vor sechs Wochen, oder?"

Marcus begann, vor dem Bett auf- und abzulaufen. Marion saß im Bett, die Decke bis ans Kinn gezogen.

„Ich kann mich an etwas anderes erinnern, was vor sechs Wochen war", fuhr Marcus sie an. „Zum Beispiel dein kleiner Ausflug nach München!"

„Du willst doch nicht etwa behaupten, ich hätte dich dort betrogen?"

Doch Marions Protest klang etwas lahm.

„Kannst du mir in die Augen sehen und sagen, dass dieses Kind hundertprozentig meines ist?"

Marion schwieg.

„Überzeugt mich nicht."

Marcus ging ins Bad. Er drehte den Wasserhahn auf und ließ kaltes Wasser über sein Gesicht laufen. Marion blieb im Schlafzimmer zurück. Sie lag zusammengekauert im Bett und starrte die Decke an. Sie hatte das Bedürfnis zu weinen, konnte aber nicht. Ihre Gedanken kreisten nur um einen Punkt: *Ich will dieses Kind.*

In diesem Moment wurde Marion klar, dass es ihr egal war, ob Marcus der Vater war. Mehr als ihren Mann, mehr als diese Ehe, wollte sie dieses Kind. Notfalls eben ohne Vater. Entschlossen rappelte sie sich auf und folgte ihrem Mann ins Bad. Sie klopfte. Als er nicht antwortete, öffnete sie die Tür.

„Marcus? Können wir reden?"

Marcus wandte ihr den Rücken zu. „Worüber willst du reden?"

Er klang eiskalt.

„Bitte. Ich habe mir immer ein Kind gewünscht. Jetzt, wo ich schwanger bin, spüre ich, dass mein größter Wunsch in Erfüllung geht. Ich war nie so glücklich."

Marcus drehte sich in ihre Richtung. „Schön für dich. Aber glaube nicht, dass ich den Bastard eines andren aufziehen werde. Ich habe dir gesagt, ich will keine Kinder. Und daran hat sich nichts geändert."

Marion versuchte es erneut. „Du hast gesagt, du willst im Moment keine. Aber nun ist es eben anders gekommen. Lass uns dieses Geschenk annehmen."

„Das Geschenk eines Unbekannten aus einer Sauftour? Danke, ich kann mich beherrschen", erwiderte er sarkastisch.

Marion funkelte ihn wütend an. „Weißt du, es ist mir egal, was du sagst. Was willst du tun? Willst du mich zur Abtreibung zwingen? Ausgerechnet du? Der Superarzt? Wie würde das wohl aussehen, hm?"

„Ich zwinge dich zu gar nichts. Aber ich lasse mir auch nichts aufzwingen. Ich will dieses Kind nicht. Du willst es. Dann werden sich unsere Wege hier trennen."

Marion schäumte. „Na schön! Das ist mir egal. Aber ich sage dir heute schon, du wirst blechen, bis du schwarz wirst."

Marcus lachte müde auf. „Als ob ich das nicht ohnehin täte."

Dieses Mal war es Marion, die ins Gästezimmer auswanderte. Obwohl ihre eben erst gerettete Ehe dabei war, endgültig zu zerbrechen, war sie so glücklich wie nie zuvor. Sie bekam ihr Baby. Und es würde *ihr* Baby sein. Ihres ganz allein. Niemand würde sie daran hindern, dieses Kind aus ganzem Herzen zu lieben. Und dieser kleine Mensch würde sie zurücklieben. Viel mehr und viel ehrlicher, als jemals irgendein Mann das könnte. Und ganz sicher mehr als Marcus. Und das würde ihr niemand mehr nehmen.

Niemand.

Marcus verließ das Haus früh am nächsten Morgen. Marion schlief noch und Susis Zustand war unverändert. Sie lag schlaff in dem großen Krankenbett, um sie herum tickten und piepten Apparate.

Marcus trat vorsichtig an ihr Bett. „Warum hast du das gemacht?", flüsterte er.

„Vielleicht können Sie uns diese Frage besser beantworten", antwortete eine harte Stimme hinter ihm. Marcus fuhr herum. Hinter ihm stand Professor Luginger.

Marcus schluckte. „Wie meinen Sie das, Herr Professor?"

„Ich denke, Sie wissen sehr gut, wie ich das meine."

Marcus öffnete den Mund zu einer Erwiderung, doch Professor Luginger hob abwehrend die Hand. „Wir sollten das nicht hier besprechen, finden Sie nicht auch? Die Patientin braucht Ruhe."

Wie ein geprügelter Hund folgte Marcus seinem Vorgesetzten in dessen Büro. Luginger nahm hinter seinem Teakholz-Schreibtisch Platz. Er bot Marcus keinen Platz an. Dennoch ließ dieser sich zögernd gegenüber auf einem Stuhl nieder.

„Herr Doktor Niedermaier. Ich schätze Ihre Arbeit, ich denke, das wissen Sie. Wir hatten selten einen so begabten und engagierten jungen Kollegen hier. Aber ich kann und ich werde es nicht dulden, dass Sie Ihre Arbeit mit privaten Angelegenheiten belasten."

„Herr Professor Luginger, bei allem Respekt, aber Sie können mich nicht für das verantwortlich machen, was Schwester Susi sich angetan hat …", versuchte Marcus einzuwenden.

„Kann ich nicht?", erwiderte Luginger ruhig. „Herr Doktor Niedermaier, Sie und ich wissen doch beide, weshalb das Mädchen diese Verzweiflungstat begangen hat. Machen Sie mir und vor allem sich selber nichts vor. Ich weiß nicht, wie es um Ihre Ehe steht und es geht mich auch nichts an. Aber ich kann nicht tolerieren, dass sich fähige Krankenschwestern in meinem Haus wegen den amourösen Entgleisungen meiner Ärzte versuchen, das Leben zu nehmen. Ich bin nicht bereit, Sie in dieser Sache zu decken." Luginger erhob sich.

„Was soll das heißen?", fragte Marcus mit brüchiger Stimme. „Das soll heißen, dass Sie ab sofort vom Dienst suspendiert sind." Professor Luginger wies Marcus die Tür.
„Das ... aber das können Sie doch nicht machen!" Lugingers Blick war eiskalt. „Ich kann. Und ich muss. Wir werden abwarten, wie sich Frau Bauerles Zustand weiter entwickelt. Bis dahin werden wir ohne Ihre Anwesenheit auskommen."

November 2009

Wachter und Veitl erreichten den Besucherparkplatz der Unfallklinik gegen Mittag. Über dem weitläufigen Gebäude hingen schwere Herbstregenwolken.
„Mit wem wollen wir als erstes sprechen?", fragte Wachter mit einem skeptischen Blick zum Himmel. Veitl verriegelte die Türen des Dienstfahrzeugs, dann blickte er an der modernen Fassade empor. „Wir suchen uns als erstes die Station, auf der unser Doktor gearbeitet hat. Dann sehen wir weiter."
Die beiden liefen unter der Plexiglasüberdachung hindurch zum Haupteingang, als die ersten Regentropfen über ihnen auf das Überdach platschten.
Drinnen überfiel die beiden Kriminaler sofort der typische Krankenhausgeruch, eine Mischung aus Desinfektionsmittel und anderen Chemikalien, die bei den meisten Menschen sofort unangenehme Assoziationen wecklen. Veitl kümmerte sich nicht darum, sondern suchte nach der Rezeption. Die Dame am Empfang war mit Papierstapeln beschäftigt. Veitl musste sich zwei Mal räuspern, bevor sie ihn wahrnahm.
„Ja?", nuschelte sie.
Die Freundlichkeit lässt hier aber auch zu wünschen über, dachte Veitl und nahm sich vor, in nächster Zeit besonders vorsichtig Auto zu fahren.
Wachter setzte eine dienstmäßige Miene auf, zückte seinen Ausweis und erklärte: „Kriminalpolizei Garmisch. Mein

Name ist Wachter, das ist mein Kollege Herr Veitl. Wir möchten bitte eine Auskunft von Ihnen."

Veitl musste grinsen, als er sah, wie die Frau hinter der Glasscheibe unwillkürlich Haltung annahm. „Selbstverständlich, Herr Wachtmeister."

Fehlt nur noch, dass sie salutiert!, dachte Veitl amüsiert.

„Womit kann ich Ihnen helfen?

Jetzt sah Veitl den Zeitpunkt für gekommen, das Gespräch an sich zu reißen. „Wir kommen wegen Herrn Doktor Niedermaier. Auf welcher Station war er tätig?"

Veitl sah Sensationslust in den Augen der Empfangsdame aufblitzen. „Also ist der umgebracht worden?", flüsterte sie erregt. „Ich wusste es!"

„Könnten Sie bitte meine Frage beantworten?", bat Veitl höflich.

„Oh, aber sicher. Ich will ja nicht die – wie sagt man? – die Polizeiarbeit behindern!" Sie kicherte.

Veitl zwang sich ein freundliches Lächeln ins Gesicht, dachte aber: *Meine Güte, ist die hohl!*

„Doktor Niedermaier war auf der Neurochirurgischen. Das ist im Trakt da drüben. Sie laufen den Gang hier entlang und am Ende gehen Sie nach rechts. Dort hilft man Ihnen dann sicher weiter."

Veitl nickte dankbar, vor allem froh darüber, dass das Gespräch beendet war. Er wandte sich zum Gehen und schaltete auf taub um, als erneut diese lästige Stimme hinter ihnen erklang.

„Wer war es denn?", rief ihnen die Rezeptionistin nochmals hinterher.

Auf der neurochirurgischen Station fragten Veitl und Wachter sich bis zum Chefarzt durch. Professor Luginger führte die beiden in sein Büro. Veitl nahm dem Arzt gegenüber Platz, während Wachter sich ein bisschen umsah.

„Was führt Sie denn her, meine Herren? Sie entschuldigen, aber ich habe gleich eine OP."

Veitl nickte. „Wir werden nicht viel von Ihrer kostbaren Zeit in Anspruch nehmen. Wir sind wegen Ihres verstorbenen Mitarbeiters, Doktor Niedermaier, hier." Luginger ließ keine Regung erkennen.

„Aha", machte er nur. „Wie kann ich Ihnen diesbezüglich helfen?"

„Was für ein Mensch war er? Als Arzt und als Kollege?", wollte Veitl wissen.

Luginger zuckte die Schultern. „Was war er für ein Mensch ... Er war ein hervorragender Arzt. Weshalb wir ihn auch nach seiner Suspendierung wieder zurückgeholt haben." Luginger biss sich auf die Lippen.

Veitl horchte auf. Das lief ja besser als gedacht. „Suspendierung?", wiederholte er.

„Ja ... Es gab da einen Vorfall ... intern. Ich denke nicht, dass das etwas zu sagen hat."

„Das Denken überlassen Sie einmal ausnahmsweise uns, würde ich vorschlagen. Erzählen Sie uns einfach, was passiert ist. Wie lange ist das jetzt her?"

Luginger überlegte kurz. „Ein gutes Jahr, denke ich. Eher anderthalb vielleicht."

„Und weshalb haben Sie ihn suspendiert? Es war doch Ihre Entscheidung, nicht wahr?"

Luginger nickte. „Er war etwas ... lassen Sie es mich einmal so formulieren: Er hatte gewisse private Vorlieben bei seinen Schwestern."

Veitl runzelte die Stirn. „A ... Affäre? Und deswegen suspendieren Sie glei an Arzt vom Dienst?"

„Nein. Nicht deswegen. Das geht mich ja auch alles gar nichts an. Man bekommt zwangsläufig einiges mit, wenn man so eng zusammenarbeitet. Aber was meine Mitarbeiter privat treiben, interessiert mich nicht."

Wachter hatte ein Notizbuch aufgeklappt und begonnen, mitzuschreiben.

„Wieso hat's Sie in dem Fall dann doch interessiert?"

Luginger seufzte.

„Hässliche Geschichte ... Wie gesagt, die Geliebte war Krankenschwester bei uns. Und anscheinend entschied sich Doktor Niedermaier am Ende doch für seine Frau. Na jedenfalls hat das Mädchen dann versucht, sich das Leben zu nehmen."

Veitl und Wachter tauschten einen vielsagenden Blick miteinander. „Das ist ja schrecklich. Aber sie konnte gerettet werden?"

„Sie lag lange hier im Krankenhaus im Koma. Aber darf ich fragen, wieso Sie das alles interessiert?"

Veitl wollte eigentlich noch gern etwas mehr über die Geliebte des Toten hören. Der Themenwechsel störte ihn. Trotzdem befand er, dass der Professor es verdient hatte, die Wahrheit zu erfahren. „Wir müssen ausschließen, dass Doktor Niedermaier vielleicht Opfer einer Straftat wurde."

Lugingers Augen weiteten sich. „Als ich hörte, was mit Doktor Niedermaier passiert ist, war ich tief erschüttert. Ein furchtbares Unglück, dachte ich. Er war ja noch so jung. Aber Mord? Glauben Sie das wirklich?"

„Sagen Sie es mir", schlug Veitl vor.

„Ich?"

„Diese Krankenschwester zum Beispiel. Wäre sie fähig, einen Mord zu begehen?", kehrte Veitl wieder zum eigentlichen Thema zurück.

Luginger stieß einen Laut aus, den Veitl zwischen Lachen und Husten ansiedelte.

„Ist das ein Ja?"

„Wohl kaum. Also, ich meine: Wohl kaum wäre Susi Bauerle in der Lage, jemanden umzubringen. Jetzt nicht mehr."

Veitl sah den Chefarzt forschend an. „Jetzt nicht mehr?", wiederholte er.

„Nein. Sie ist auch tot."

Einen Moment herrschte betretene Stille. Dann fasste Veitl sich und bohrte nach: „Woran ist sie gestorben?"

Der Arzt zuckte die Schultern. „Sie hat einen Selbstmordversuch hinter sich. Danach lag sie lange Zeit bei uns auf der

Intensivstation, bis ... na ja ... bei so einem langen Koma ist das nichts Ungewöhnliches. Sie hat es nicht geschafft, wieder wach zu werden. Wahrscheinlich fehlte der Lebenswille."

„Also starb sie an den Folgen ihres Suizidversuchs?", hakte Veitl noch einmal nach, nur um ganz sicher zu gehen.

„Ja, im Grunde schon."

Veitl und Wachter wechselten einen Blick. „Gut, dann ziehen wir sie also nicht als Täter in Betracht. Haben Sie sonst irgendwelche Anhaltspunkte für uns?"

Veitl und Wachter kehrten ins Präsidium nach Garmisch zurück, nachdem sie noch die restlichen Fragepunkte mit Herrn Luginger abgeklärt hatten. Wachter zog sich gleich zurück, um seine Notizen etwas sorgfältiger und vor allem auch für andere besser lesbar niederzuschreiben.

Veitl saß zeitgleich in seinem Büro und starrte auf die Tischplatte. Er versuchte, die Informationen, die er aus der Klinik mitgebracht hatte, zu sortieren und sich ein Bild daraus zu basteln.

Um sich klarer zu werden, nahm er ein Blatt Papier zur Hand und begann, darauf herumzumalen. Da war das Ehepaar Niedermaier, jung, erfolgreich, scheinbar glücklich. Aber der Doktor hatte eine Affäre mit seiner Mitarbeiterin in der Klinik. Er zeichnete drei Kreise auf das Blatt, schrieb in jeden einen der Namen und setzte sie durch Striche miteinander in Verbindung. Die Affäre beendete der Arzt schließlich, kehrte zurück zu seiner Frau. Ein stilisierter Blitz unterbrach die Verbindung zwischen dem Kreis für Marcus Niedermaier und dem der Krankenschwester. Diese unternahm daraufhin einen Selbstmordversuch, an dessen Folgen sie schließlich verstarb. Die Ehe des Doktors war gerettet. Wo war das Mordmotiv? Resigniert zeichnete der Kommissar neben die Krankenschwester und den Arzt je ein schwarzes Kreuz. Kein Motiv. Und doch waren zwei Menschen gestorben.

Januar 2009

Wutentbrannt kehrte Marcus zurück in seine Villa. Marion schien außer Haus. Er war froh, ihr jetzt nicht begegnen zu müssen. Noch eine Konfrontation ertrug er jetzt nicht. Er schleuderte sein Jackett über den Sessel im Wohnzimmer. Suspendiert. Bravo. *Bravo, Doktor Niedermaier.*
Er schüttelte fassungslos den Kopf. Er hatte sich um Susi Sorgen gemacht. Dabei hatte sie gar nicht sich schaden wollen, sondern ihm. Da lag sie jetzt, in ihrem Koma und sein ganzes Leben stand auf dem Spiel. Marcus trat an den Wohnzimmerschrank und schob die Rollabdeckung zur Hausbar hoch. In der ersten Flasche, die ihm in die Finger kam, befand sich Himbeerlikör. Er entkorkte die Flasche, roch daran und verzog angewidert das Gesicht. Pappiges Zeug.
Er stellte die Flasche weg, nahm die nächste. Sherry. Ekelhaftes Gesöff. Eignete sich bestenfalls zum Kochen. Schließlich fand er eine Flasche Weinbrand. Er befand, dass der seinen Zweck erfüllen würde und zog sich mit der Flasche und einem Glas aus der Vitrine auf die Couch zurück. Immer noch voller Groll schenkte er sich ein ordentliches Glas Weinbrand ein. Er kippte es in einem Zug hinunter. Als er sich nachschenken wollte, warf er einen abschätzenden Blick auf die Flasche, dann auf das Glas und befand Letzteres als zu unpraktisch. Stattdessen setzte er die Weinbrandflasche direkt an den Mund und trank. Der Alkohol brannte in seiner Kehle. Er setzte ab und musste husten. Vielleicht doch besser Likör? Er holte die verschmähte Himbeerlikörflasche und nahm zwei kräftige Schlucke daraus. Das Zeug war wirklich pappig. Doch der Sherry? Als ihm auch der nicht zusagte, untersuchte er das weitere Sortiment der Hausbar. Er fand eine alte Flasche Gin, probierte und nahm ihn in die engere Auswahl. Dahinter verbarg sich eine Flasche Wodka. Als er beherzt einen großen Schluck davon nahm, merkte er, dass die Wut langsam nachließ. Er trank noch einmal vom

Himbeerlikör, dann vom Sherry und zur Neutralisation noch einmal vom Wodka. Danach kehrte er mit dem Gin und dem Wodka zu seinem Weinbrand auf die Couch zurück. Er machte den Fernseher an und zappte durch das Programm. Unglaublich, was tagsüber für ein Scheiß lief.

Marcus stellte Gin, Wodka und Weinbrand ordentlich nebeneinander vor sich auf den Tisch und trank abwechselnd aus den drei Flaschen, während er sich über das hirnlose Fernsehprogramm amüsierte.

So werden meine Tage jetzt immer aussehen, dachte er voller Abscheu. Untätigkeit hatte er immer schon verachtet, nun war er dazu verdammt.

Marion hatte einen Einkaufsbummel unternommen, aber die Läden in Garmisch vermochten sie nicht zu fesseln. Das einzige, was sie fand, war ein Babystrampler und eine Rassel. In der Apotheke kaufte sie noch einige Vitaminpräparate, die ihr Frauenarzt ihr empfohlen hatte. Dann machte sie noch einen Abstecher in die Buchhandlung und blätterte in den verschiedenen Ratgebern über Kinder und Schwangerschaft. Sie entschied sich schließlich für zwei davon.

Wieder zu Hause stellte sie zuallererst fest, dass Marcus' Schuhe schon wieder kreuz und quer vor dem Schuhschrank lagen, anstatt ordentlich darin. Sie bückte sich und stellte sie hinein.

Was machte ihr Mann eigentlich schon zu Hause? Eigentlich hatte sie vorgehabt, gleich hinaufzugehen und in den Ratgebern zu lesen, doch jetzt interessiert sie doch, was ihren untreuen Gatten so früh nach Hause getrieben hatte. Sie fand ihn im Wohnzimmer. Sein glasiger Blick und die herumstehenden Flaschen zeugten davon, dass er hoffnungslos betrunken war. Angewidert blickte Marion auf ihn hinunter. Er begrüßte sie mit einem vernehmlichen Rülpsen.

„Ist das jetzt deine neuste Freizeitbeschäftigung? Dann such dir besser wieder eine Affäre." Marion wollte sich eben abwenden, doch Marcus packte ihr Handgelenk.

„Lasssssss ... uns ... reden", lallte er.

„Reden? Ich wüsste nicht, was wir beide zu reden hätten. Im Übrigen diskutiere ich nicht mit einem besoffen Idioten wie dir."

Marcus verstärkte seinen Griff um ihr Handgelenk, doch Marion entwand es ihm.

„Pfoten weg!", fuhr sie ihn an.

Er sprang auf, machte einen Schritt auf sie zu, kam aber ins Straucheln und knallte der Länge nach vor ihre Füße.

Marion lachte bösartig. „Sehr elegant, Herr Doktor. Weißt du was? Schlaf deinen Rausch aus." Damit stapfte sie aus dem Raum.

Marion ging die Treppe hinauf ins Obergeschoss. Sie hörte, wie Marcus hinter ihr her stolperte, doch sie hatte keine Lust, sich mit ihm zu befassen. Stattdessen ging sie ins Bad und wusch sich Gesicht und Hände. Draußen auf der Treppe polterte Marcus beim Versuch, ihr zu folgen.

„Www... bischt du?", nuschelte er.

Marion legte das Handtuch weg und kam in den Flur. „Was willst du? Lass mich einfach in Ruhe!", schnauzte sie ihn an.

„Ihr wollt ... m... m... alle vaschen ... alle! Alle wollt ihr ... m... mich ... v-aschen!", schrie Marcus unartikuliert. „Aba nich ... mit mir ...!"

Bevor Marion wusste, wie ihr geschah, packte Marcus sie und zerrte sie zu Boden. Marion kreischte und versuchte sich loszureißen. Die beiden wälzten sich in einem grotesken Handgemenge den Flur entlang. Marion stieß Marcus von sich und versuchte, sich aufzurappeln. Er warf sich hinter ihr her, verfehlte sie knapp und blieb platt auf dem Bauch liegen. Marion aber geriet durch seinen Stoß ins Straucheln. Sie versuchte, sich am Treppengeländer festzuhalten, fasste ins Leere. Eine schreckliche Sekunde lang starrte sie auf die Treppe, die plötzlich näherkam. Sie hatte das Gefühl, als schwebe sie über der Szene und beobachte sich selbst dabei, wie sie stürzte. Sie knallte hart auf die Treppe. Mit einem Knacken brachen ihre Rippen an der Stufenkante. Ein Schrei durchzuckte die Stille und gellte ihr in den Ohren. Da erst erkannte Marion, dass sie selbst

es war, die schrie. Sie überschlug sich, prallte erneut auf die Stufen und rutschte den Rest der Treppe hinunter. Die Wand zum Wohnzimmer bremste schließlich ihren Fall. Benommen blieb Marion liegen. Alles an ihr schmerzte, doch am schlimmsten war der scharfe Stich, der ihren Unterleib schier auseinander riss. Als sie an sich hinunter blickte, sah sie Blut. Ihre Hose war getränkt davon, die Treppe und der Fußboden blutverschmiert.

„Hilfe!", schrie sie. „Marcus, hilf mir! So hilf mir doch!"

Mit letzter Kraft rappelte sie sich hoch, sie konnte Marcus Haarschopf am oberen Treppenabsatz erkennen. Mühsam schleppte sie sich Stufe für Stufe hinauf. Mit einer Hand hielt sie ihren schmerzenden Bauch. Auf den Stufen hinterließ sie eine grausige Spur.

„Hilf mir! So hilf mir doch ... Das Kind!" Sie erreichte Marcus, packte ihn an der Schulter und schüttelte ihn. Marcus rollte sich auf den Rücken und gab ein zufriedenes Schnarchen von sich.

5. November 2009

Während Veitl noch so dasaß und über das Gespräch mit dem Chefarzt in Murnau nachdachte, klingelte sein Telefon. Es war die interne Nummer seiner Sekretärin. Veitl hob ab. „Ja?"

„Herr Kommissar, entschuldigen Sie die Störung, aber da ist eine Dame hier, die würde Sie gern sprechen." Veitl machte ein unwilliges Geräusch.

„Muss das jetzt sein?"

„Ich weiß nicht. Sie sagt, es geht um den Mord an dem Herrn Doktor."

Das weckte nun doch Veitls Interesse. Etwa ein Zeuge, der sich da meldete? „Bringen Sie sie ins Besprechungszimmer, ich bin gleich da."

Nachdem er aufgelegt hatte, wählte Veitl sofort die Durchwahl zum Kollegen Wachter. „Auf geht's, komm! Wir haben eine Zeugin!", bellte Veitl ins Telefon.

Jetzt war es Wachter, der unwillig grunzte. „Ich bin noch mitten in dem letzten Protokoll. Kann das nicht der Mayer machen?"

„Papperlapapp, auf geht's. Schwing die Hufe! Vielleicht kriegen wir hier mehr Info als von dem Herrn Weißkittel in Murnau!"

Wenige Minuten später trafen Wachter und Veitl zeitgleich vor dem Besprechungsraum ein.

„Wer ist die Dame denn?", wollte Wachter wissen.

„Was weiß ich?", entgegnete Veitl.

„Na ganz toll ... Hauptsache ich kann heut wieder Überstunden machen."

„Stell dich nicht so an. Wir lösen hier immerhin einen Mordfall."

Beherzt betrat Veitl den kleinen Besprechungsraum. Die Einrichtung war äußerst lieblos und erinnerte an die frühen 80er Jahre. Auf einem der Plastikschalensitze, die genauso unbequem waren, wie sie aussahen, saß eine hübsche junge Frau. Sie trug Jeans und eine Strickjacke über einem lässigen T-Shirt. Die Frau erhob sich eilig, als die beiden Kommissare den Raum betraten.

„Guten Tag. Kommissar Veitl. Das ist der Kollege Wachter", begrüßte Veitl die Unbekannte.

Die Frau schüttelte den Kommissaren die Hand. Ihre Finger waren kalt, der Händedruck erstaunlich fest für eine so kleine Frau. Als sie sich zu Wachter wandte, sah Veitl, dass sie schwanger war. Unter der Strickjacke wölbte sich ein kleines Bäuchlein an ihrem ansonsten zierlichen Körper.

„Mein Name ist Sandra Prüller", stellte sie sich vor.

Herr Veitl bedeutete ihr, sich wieder zu setzen und nahm ihr gegenüber Platz. Wachter ließ sich an der Stirnseite des Tisches nieder und klappte wieder einen Block auf.

„Also, Frau Prüller, was führt Sie denn zu uns?", eröffnete Veitl das Gespräch.

„Sie ermitteln im Mordfall des Doktor Niedermaiers, richtig?", fragte sie zurück.

Veitl beschloss, auf der Hut zu bleiben, bevor er wusste, wer diese Person genau war.

„Dazu kann ich Ihnen keine Angaben machen", entgegnete er schroff.

„Aber Sie gehen von Mord aus?", hakte sie nach.

„Frau Prüller, ich bin nicht befugt, Ihnen Einblicke in laufende Ermittlungen zu geben. Bitte sagen Sie uns, was Sie uns zu sagen haben, ansonsten muss ich Sie bitten, sich zu gedulden, bis wir eine Pressemitteilung herausgeben." Im Geiste machte er sich eine Notiz, dass er eben diese Pressemitteilung noch schreiben und freigeben musste. Also würde er auch Überstunden machen.

Sandra Prüller lehnte sich in ihrem Stuhl zurück und sah Veitl forschend an, so als überlegte sie, was sie preisgeben sollte und was nicht. „Ich habe großes Interesse daran, dass Sie diesen Fall lösen, Herr Kommissar", sagte sie schließlich.

„Sind Sie mit dem Toten verwandt?", frage Wachter dazwischen.

„Nicht direkt", erwiderte sie ausweichend.

„Wenn Sie nicht verwandt sind, sind wir erst recht nicht berechtigt ..."

„Ich war seine Geliebte", fiel Frau Prüller Wachter ins Wort.

Veitl musterte sie interessiert. „Schon wieder eine ...", bemerkte er.

Sandra sah ihn fragend an.

„Ach, nichts. Ja, dann erzählen Sie doch mal, Frau Prüller, seit wann ging das denn schon?" Wachter klickte mit seinem Kugelschreiber und rüstete sich, ihre Erzählung zu protokollieren. Vielleicht war von dieser Frau doch mehr zu erwarten, als gedacht.

Sandra rutschte auf dem unbequemen Stuhl hin und her. „Einige Monate. Ein halbes Jahr vielleicht."

„Wusste seine Frau davon?", fragte Veitl ganz direkt.

Sandra wich seinem bohrenden Blick aus. „Ich ... ich weiß es nicht. Ich denke nicht."

„Aber Sie wussten, dass er verheiratet war?"

Sandra nickte.

„Und? War Ihnen das egal? Oder dachten Sie, dass er seine Frau für Sie verlässt?"

Sandra lachte bitter. „Nein. Nein, das dachte ich nicht. Nicht einmal, nachdem ..."

Veitls Blick glitt unwillkürlich zu dem Babybäuchlein. Sandra zog die Strickjacke fester um ihre Taille.

„Ist das sein Kind?", fragte Veitl etwas sanfter.

In Sandras Augen traten Tränen. Sie schluckte. Dann nickte sie. Es entstand eine kurze Pause, in der nichts weiter zu hören war als Wachters Kugelschreiber, der emsig über das Blatt Papier huschte, und Sandras Versuche, die Fassung wiederzufinden. Veitl kramte in seiner Hosentasche, aber er fand nur ein zerdrücktes, kariertes Stofftaschentuch, das er seinem Gegenüber nicht anbieten wollte. Sie fasste sich auch so, wischte noch einmal mit dem Handrücken über ihre Wangen und sah den Kommissar mit rotgeränderten Augen an.

„Wusste Herr Doktor Niedermaier von seiner Vaterschaft?", fragte Veitl vorsichtig weiter.

Sandra schüttelte den Kopf.

„Hatten Sie vor, es ihm zu sagen?"

„Was hätte das geändert? Es hätte alles nur noch komplizierter gemacht", sagte sie leise.

„Aber Sie wollten das Kind bekommen, oder nicht?"

Veitls Blick taxierte wieder die Wölbung unter der Strickjacke. Wie weit die Schwangerschaft schon fortgeschritten war, konnte er nicht abschätzen.

„Ja. Sie hätten ja nicht erfahren müssen, dass es sein Kind ist."

„Sie?"

„Marcus und meine ... ich meine, seine Frau." Sie räusperte sich und blickte betreten zu Boden.

„Soweit wir informiert sind, hatte das Ehepaar Niedermaier keine Kinder. Ist Ihnen dazu etwas bekannt?"

„Nein, sie hatten keine Kinder. Obwohl sie ... Marion schon gerne welche gehabt hätte."

Veitl sah sie fragend an.

„Das hat Marcus mir erzählt. Dass sie oft deshalb gestritten haben", erklärte Sandra rasch.

„Wollte er keine, oder was?"

Sandra schüttelte den Kopf.

„Und jetzt hätte er ausgerechnet auch noch mit seiner Geliebten eines bekommen", resümierte der Kommissar. Wenn das mal kein Motiv war.

„Haben Sie einen Verdacht?", fragte Veitl ganz konkret.

Sandras Blick wanderte unruhig durch den Raum.

„Ich möchte niemanden unschuldig verdächtigen", wich sie aus.

„Das wollen wir auch nicht. Aber Sie haben sich anscheinend Ihre Gedanken gemacht, oder? Gibt es jemanden, von dem Sie glauben, dass er Doktor Niedermaier hätte schaden wollen?"

Sandra zögerte. Dann sah sie den Kommissar fest an und antwortete: „Ich war es nicht. Ich habe Marcus geliebt!"

„Niemand beschuldigt Sie, Frau Prüller."

Sandra schluckte. „Vielleicht wird sie das behaupten."

Veitl sah sie von der Seite an. „Wer ist *sie*?"

Sandra antwortete nicht. Für Veitl war deutlich, dass er nicht mehr erfahren würde.

„Danke, Frau Prüller. Sie haben uns sehr geholfen", schloss er das Verhör.

„Bitte halten Sie sich weiter zu unserer Verfügung", fügte Wachter noch hinzu. Während der seine Notizen bündelte, führte Veitl Sandra Prüller hinaus. Veitl fühlte sich etwas unwohl.

„Trotzdem alles Gute für Sie und das Kind", nuschelte er.

„Bitte, finden Sie dieses Schwein", erwiderte Sandra eindringlich.

Februar 2009

Marion schlug die Augen auf. Benommen versuchte sie, ihre Umgebung wahrzunehmen. Sie lag in einem Krankenbett, die Decke über ihr war blassgelb gestrichen. Als sie sich bewegte, fühlte sie die Infusionsnadel in ihrer linken Armbeuge. Sie drehte den Kopf und sah, wie ihr eigener Herzschlag von dem Monitor neben dem Bett reflektiert wurde. Die Tür ging auf und eine Schwester betrat den Raum. Sie bemerkte, dass Marion wach war und kam zu ihr ans Bett. „Frau Niedermaier, hören Sie mich?"

Marion nickte schwach.

„Wie fühlen Sie sich? Haben Sie Schmerzen?"

Marion überlegte einen Moment.

Jetzt, da die Schwester davon sprach, bemerkte sie ein Ziehen im Unterleib. Im selben Moment fiel ihr alles wieder ein. Der Streit, der Sturz, Marcus betrunken auf dem oberen Treppenabsatz. Das Kind. Mit einem Ruck fuhr Marion hoch. Die Schwester beugte sich sofort erschrocken über sie und versuchte sie wieder zum Hinlegen zu bewegen. „Ganz ruhig. Bitte, bleiben Sie liegen. Sie müssen sich schonen."

„Das Baby!", schrie Marion. „Was ist mit meinem Baby?"

Plötzlich sah sie das viele Blut wieder vor sich und erinnerte sich an den Schmerz nach dem Sturz. Bevor die Schwester etwas sagte, wusste Marion, dass sie es verloren hatte. Die Verzweiflung erfasste sie wie eine Welle und riss sie mit sich fort. Sie weinte haltlos. Die Schwester versuchte sie zu beruhigen, doch das Schluchzen wollte kein Ende nehmen. Schließlich ging die Frau und holte ihr etwas zur Beruhigung. Kurz darauf dämmerte Marion wieder in einer Art Halbschlaf dahin.

Gegen Mittag kam der Arzt vorbei. Er kontrollierte ihre Werte. „Frau Niedermaier, wir bedauern wirklich sehr, was passiert ist", begann er. „Sie müssen sich jetzt schonen, wenn alles gut verheilt, können Sie noch viele Kinder bekommen. Sie sind ja noch jung."

Er gab der Schwester ein paar Anweisungen, dann ging er wieder.

Die nächsten Tage vergingen in zäher Gleichförmigkeit. Manchmal drang der Schmerz bis in ihr Bewusstsein vor, doch die meiste Zeit hüllten die Beruhigungsmittel sie in eine gnädige, dumpfe Wolke. Offenbar war auch Marcus mehrmals da gewesen. Blumen und Pralinen auf dem Nachttisch zeugten davon, doch seine Anwesenheit nahm sie gar nicht wahr. Was möglicherweise auch besser war. In ihren klaren Momenten war sie sich seiner Rolle in ihrem Drama durchaus bewusst.

Marion hatte jedes Gefühl für Raum und Zeit verloren, als man sie auf eine andere Station verlegte und den Pegel des Sedativums langsam etwas drosselte. Ein komplizierter Bruch hatte operiert werden müssen und sie lange Tage in einen Streckverband gezwungen. Jetzt konnte sie endlich langsam wieder mobilisiert werden.

Eine Woche später durfte sie das Bett verlassen. Nun saß sie stundenlang auf dem einzigen Holzstuhl im Krankenzimmer und starrte hinaus auf den Park. Draußen hatte der Frühling seinen Höhepunkt erreicht. Die fröhliche, bunte Pracht passte so gar nicht zu Marions Gemütszustand. Die Untersuchungen hatten ergeben, dass ihre inneren Verletzungen gut verheilten. Sie würde jederzeit wieder Kinder bekommen können. Aber das bedeutete Marion nichts. Sie hatte *dieses* Kind gewollt. *Dieses* Kind, das Marcus nicht wollte, das hatte sie gewollt.

Marcus kam jetzt jeden Tag nach der Arbeit oder vor dem Dienst auf ihre Station. Sie weigerte sich, mit ihm zu sprechen. Sie stellte sich taub. Er redete auf sie ein, sprach von einem Neubeginn und dass alles gut werden würde. Marion schwieg.

Jede Nacht träumte sie von ihrem Sturz. Sie sah Marcus wieder vor sich, wie er da lag in seinem Delirium und das Ausmaß dessen gar nicht erkannte, was passiert war. Sie hatte bis jetzt nicht die geringste Ahnung, wer den Notarzt gerufen und sie ins Krankenhaus gebracht hatte. Aber sie wusste, dass Marcus es nicht gewesen war. Er gab sich zuversichtlich, er

sprach nie von dem Sturz und auch nie von dem verlorenen Kind. Er sprach nur von ihrer Ehe und behauptete, dass jetzt alles wieder werden würde wie früher. Aber daran glaubte sie nicht mehr. Nichts würde mehr sein wie früher.

Die Tage und Wochen vergingen, der Frühling ging in den Sommer über und irgendwann stand der behandelnde Arzt an ihrem Bett und verkündete: „Frau Niedermaier, würden Sie nicht gerne nach Hause gehen?"

Verständnislos blickte sie zu ihm auf. Nach Hause? Wo sollte das sein?

„Bin ich denn schon gesund?", fragte sie schwach zurück.

„Also, aus medizinischer Sicht schon. Ich rate Ihnen jedoch dringend, dass Sie sich in therapeutische Behandlung begeben. Sie sind schwer traumatisiert. Aber das können Sie ebenso gut von zu Hause aus. Vielleicht täte es Ihnen gut, wenn Sie wieder in Ihre gewohnte Umgebung kämen. Was meinen Sie?"

Marion glaubte nicht, dass ihr diese Umgebung guttun würde. Sie sagte jedoch nichts, sondern nickte nur stumm.

Schon am nächsten Morgen holte Marcus sie ab. Er trug ihre Tasche zum Auto und half ihr beim Einsteigen. Sie war stark abgemagert, das Krankenhausessen hatte sie meist verweigert, nur so viel gegessen, dass man ihr nicht mehr mit Zwangsernährung drohte. Es war ihr einerlei. Auf der Fahrt nach Partenkirchen plapperte Marcus mit betonter Fröhlichkeit.

„Es ist jetzt abends schon richtig schön warm draußen, merkst du das? Zuhause kannst du auf der Terrasse sitzen. Wir haben neue Blumen im Garten."

Marion versuchte, sein Gemurmel auszublenden. Sie wandte den Kopf ab und betrachtete die vertraute Landschaft, die an ihrem Fenster vorbeiflog.

„Worauf hast du Lust? Soll ich uns etwas bestellen? Oder möchtest du essen gehen? Traust du dir das zu?"

Marion fuhr zusammen, als es plötzlich still im Wagen wurde. Offenbar erwartete Marcus, dass sie ihm antwortete. Was wollte er? Fragend drehte sie sich wieder zu ihm. Er deutete das als Antwort und redete weiter.

„Nein, du hast natürlich recht, das wäre zu früh. Ich würde sagen, du legst dich erst einmal in die Wanne und ruhst dich aus und dann lassen wir uns etwas bringen. Worauf hast du Lust?"

Marion zuckte die Achseln.

„Egal", murmelte sie.

„Ich bin so froh, dass du wieder zu Hause bist. Jetzt wird alles gut. Die Kollegen sagen, es ist alles gut verheilt." Er vermied es, das Thema Kinder anzureißen. Stattdessen fuhr er fort: „Du solltest wirklich darüber nachdenken, eine Therapie zu beginnen. Wir haben eine gute psychotherapeutische Abteilung in Murnau. Du musst dort auch nicht stationär bleiben. Du kannst das ambulant machen. Was meinst du?"

Marion nickte gleichgültig.

Marcus wirkte erleichtert. „Du wirst sehen, dann geht es dir besser."

Der Zustand von Susi Bauerle war unverändert. Die Ärzte rechneten eigentlich nicht mehr damit, dass die Schwester wieder aufwachen würde. Die Angehörigen jedoch gaben die Hoffnung nicht auf und bestanden darauf, dass die lebenserhaltenden Maßnahmen weitergeführt wurden.

Nach dem Zwischenfall mit seiner Frau, zu dem man ihm das aufrichtige Bedauern der Stationsleitung in Form einer Grußkarte ausgedrückt hatte, befand Chefarzt Luginger, dass genug Unglück geschehen sei, und holte Marcus Niedermaier zurück in seine Klinik. „Die Suspendierung ist bis auf Weiteres aufgehoben."

Marcus wirkte erleichtert. „Danke, Herr Professor."

Luginger winkte ab. „Das bedeutet nicht, dass ich billige, wie Sie sich verhalten haben", knurrte er.

Marcus nickte. „Ich verstehe schon. Ich danke Ihnen trotzdem. Gerade jetzt ..."

„Ich weiß schon. Sie haben genug gebüßt. Es tut mir wirklich leid, was mit Ihrer Frau geschehen ist. Wie geht es ihr?"

Marcus machte ein bekümmertes Gesicht. „Nun ja. Es könnte ihr besser gehen. Sie nimmt sich das alles halt sehr zu Herzen."

Professor Luginger drückte seinem Mitarbeiter die Hand. „Wird schon werden."

Eine Woche später begann Marion ihre Therapie. Der Arzt, den Marcus ihr empfohlen hatte, war ein Kollege von ihm. Marion war es einerlei. Sie würde da hinfahren und diese Stunde über sich ergehen lassen. Sie versprach sich nichts davon.

Konnte dieser Mann ihr das verlorene Kind wiedergeben? Nein. Konnte er ihr den Glauben in ihre Ehe zurückgeben? Wohl kaum. Was also sollte sie dort?

Immer öfter beschlichen Marion Selbstmordgedanken. Sie war ihres Lebens müde. Sie sah keinen Sinn mehr darin. Doch davon sagte sie in ihren Therapiesitzungen nichts. Sie sprach mit ihrem Therapeuten über ihre Ehe und ihren unerfüllten Kinderwunsch, und der Psychiater gewann ganz offenbar den Eindruck, dass sie auf einem guten Weg aus ihrer Krise war.

Marcus bemühte sich offenkundig um sie. Er verließ die Klinik so pünktlich wie möglich und fuhr ohne Umwege nach Hause. Er brachte Blumen mit, führte sie zum Essen aus und überraschte sie schließlich sogar mit einem Kurztrip nach Paris. Nach außen schien Marions Leben wieder Halt gefunden zu haben.

Dass es im Inneren nicht so war, verriet die Tatsache, dass sie sich jeglicher Annäherung ihres Mannes verweigerte. Selbst als er vorsichtig auf das Thema Kinder zu sprechen kam, blockte sie ab. Stattdessen konfrontierte sie ihn mit etwas, das sie auf dem Krankenhausflur aufgeschnappt hatte, als sie von ihrem Therapeuten nach Hause gegangen war.

„Dumm, dass die Kleine, mit der du's getrieben hast, immer noch im Koma liegt, oder?", stichelte sie.

Marcus sah sie verdutzt an.

„Sonst könntest du dir jetzt bei ihr holen, was du von mir nicht bekommen wirst."

Marcus setzte zu einer Erwiderung an, doch sie fuhr ihm dazwischen. „Oder versuch's doch einfach mal. Sie stört's sicher weniger als mich."

„Du hast eine kranke Fantasie!", fuhr Marcus sie angewidert an.

„Meine Fantasie ist krank? Als du mich mit ihr betrogen hast, fandest du das noch nicht so abwegig."

„Das ist doch lange vorbei", versuchte Marcus, sie zu besänftigen und den Abend zu retten.

„Aber nur, weil sie halbtot im Krankenhaus liegt."

Da riss Marcus der Geduldsfaden. „Herrgott, was erwartest du denn von mir? Seit vier Monaten sprichst du kaum mit mir, du isst nichts, du lachst nicht, du schläfst schlecht, du lässt dir von niemandem helfen! Was soll ich tun? Sag es mir und ich tu es!"

Marion sah ihn voller Verachtung an. „Was du tun sollst? Fahr zur Hölle!"

Frühjahr 2009

„Ich weiß nicht mehr weiter!" Marcus fuhr sich durch die Haare.

„Ich würde dir gerne helfen. Aber ich weiß wirklich nicht, was ich da tun soll. Marion spricht seit Jahren nicht mit mir, wie du weißt."

Marcus saß mit Sandra in einem Straßencafé in Murnau. Der Sommer blieb seit Wochen hinter den Erwartungen zurück. Auch heute war es frisch für die Jahreszeit. Auf der kleinen Terrasse vor dem Café saßen nur einige wenige Unerschrockene, die nicht an die Wettervorhersage glaubten, die schon wieder Regen verhieß. Marcus und Sandra saßen an einem Tisch am Fenster.

„Aber irgendjemand muss doch etwas unternehmen! So kann das doch nicht weitergehen!" Marcus wusste, dass er ehrlich verzweifelt aussah.

Er meinte, so etwas wie Mitleid in ihrem Blick zu erkennen.

„Was soll ich denn tun? Ich kann mit ihr reden, aber ich bezweifle, dass das etwas bringt. Ich glaube noch nicht einmal, dass sie mir zuhören wird."

Sandra war Marcus' letzte Hoffnung, seine Ehe zu retten, obwohl auch ihm durchaus bewusst war, dass Marion mit ihrer Schwester schon seit Jahren keinen Kontakt mehr hatte. Er wusste nicht einmal wieso. Aber immerhin war sie die einzige lebende Verwandte von Marion, von der er wusste.

„Weshalb ist euer Verhältnis eigentlich so schlecht?", fragte er unvermittelt.

Sandra nippte an ihrem Café Latte. „Das ist eine lange und eine sehr alte Geschichte. Meine Schwester war immer schon sehr nachtragend."

Marcus sah Sandra flehend an.

„Mein Gott! Es ist nicht halb so spannend, wie du denkst. Wie das eben so ist bei zwei fast gleichaltrigen Schwestern. Wir waren jung, wir waren verliebt, wir haben ein bisschen über die Stränge geschlagen. In einer ziemlich feuchtfröhlichen Nacht habe ich mich mit ihrem großen Schwarm eingelassen. Marion war bis über beide Ohren in den Typen verliebt, er aber nicht in sie. Ihre Verliebtheit wurde regelrecht zur Besessenheit, heute würde man so etwas vermutlich Stalking nennen. Für ihn war sie damals einfach nur eine arme Irre. Ich habe mich eigentlich gar nicht für ihn interessiert. Mir war er zu aalglatt und zu versnobt. Aber genau darauf stand Marion immer schon."

Sandra unterbrach sich selbst und machte ein betretenes Gesicht. „Oh, entschuldige, so war das nicht gemeint."

Marcus lächelte gequält. „Ich weiß schon, wie es gemeint war. Und wie ging's dann weiter?"

„Das ist schnell erzählt: Wir waren auf einer Party, Marion wollte nicht mitkommen, sie schmollte. Es wurde viel getrunken, es gab alberne Spielchen und dann kam eins zum andern. Schließlich hat Marion es sich doch anders überlegt und kam auf die Party nach. Na ja … und dann …"

Marcus machte große Augen. „Sie hat euch in flagranti erwischt? Na bravo."

Sandra zuckte die Schultern. „Ich habe den Kerl danach nie wieder gesehen. Marion lernte jemand andren kennen. Eigentlich hätte damit das Thema erledigt sein können."

„War es aber nicht?"

Sandra schüttelte den Kopf. „Nein. War es nicht. Bei jedem Mann, den Marion danach kennengelernt hat, war sie eifersüchtig darauf bedacht, dass ich nicht in seine Nähe kam. Und wenn ich jemanden kennengelernt hatte, dann machte sie sich an ihn ran und versuchte, ihn mir auszuspannen. Ein paar Mal ist ihr das auch gelungen. Irgendwann haben unsere Wege sich dann ganz getrennt."

Marcus dachte, dass auch er lange nichts von der Existenz von Marions Schwester gewusst hatte.

„Aber irgendetwas müssen wir doch tun können!"

Sandra sah ihn zweifelnd an. „Marcus, ich würde dir wirklich sehr gern helfen. Ich würde *Marion* gerne helfen, trotz allem ist sie immer noch meine Schwester. Aber ich glaube wirklich, dass ihr nur professionelle Hilfe wirklich nutzen würde. Vielleicht hätte sie die schon viel früher in Anspruch nehmen sollen."

Marcus nickte. „Sie war wie besessen von der Vorstellung, Kinder mit mir zu haben. Ich hätte das ernster nehmen sollen. Ich dachte, das wäre nur wieder eine von ihren Phasen. Ich dachte, ihr ist einfach langweilig."

„Sie konnte sich immer schon gut in etwas hineinsteigern."

„Versuchst du's wenigstens? Sprichst du mal mit ihr?"

Marcus bemerkte, dass sie weich wurde und seinem Hundeblick nachgab. „Ja. In Gottes Namen, ja. Aber versprich dir nicht zu viel davon!"

Natürlich blockte Marion jeden Vorstoß ihrer Schwester sofort ab. Obwohl Sandra sich wirklich bemühte, an sie heranzukommen, ließ sie sie nicht in ihre Welt vordringen.

Mit den Wochen, die vergingen, wurde es immer offensichtlicher, dass Marion in ihrer eigenen Welt lebte. Auch Marcus drang nicht mehr bis zu ihr vor. Immerhin ging sie weiterhin brav zu ihrer Therapie. Der Kollege versicherte Marcus, dass sie nach wie vor gute Fortschritte machte.

Eines Tages nach ihrer Therapie folgte Marion einem Gefühl, das sie schon seit Langem beschäftigte. Sie verließ die Klinik nicht wie sonst durch den Haupteingang, sondern machte einen Umweg über die Station, von der sie wusste, dass darin die komatöse Susi Bauerle seit Anfang des Jahres untergebracht war. Marion wusste selbst nicht genau, was sie dorthin zog. Vielleicht wollte sie einfach nur sehen, mit wem ihr Mann sie monatelang betrogen hatte. Wobei Marcus ihr inzwischen ganz und gar gleichgültig geworden war.

Sie staunte, wie einfach es war, das Zimmer zu finden und unbemerkt hineinzuschlüpfen. Susi lag reglos in ihren Kissen, umgeben von piepsenden Apparaten. Marion stand am Fußende ihres Bettes und blickte auf die Konkurrentin hinunter. „Und du hast gedacht, du kannst mir meinen Mann wegnehmen? Du kleine Schlampe? Das hast du nun davon", flüsterte sie ohne jedes Bedauern.

Sie trat etwas näher an die Patientin heran und betrachtete sie. „Schön bist du ja auch nicht gerade", stellte sie fest.

Sie fuhr ihr mit der linken Hand durch das strähnige Haar, das neben ihrem Gesicht auf dem Kissen ruhte. Susi lag mit geschlossenen Augen da; wie tot.

„Du könntest ebenso gut tot sein. Aber nicht einmal das hast du geschafft. Ganz schön armselig, oder?" Marion schlug die Decke zurück und ließ ihren Blick über Susis Körper wandern. Sie trug ein einfaches weißes Krankenhausnachthemd. Darunter zeichnete sich ihr mädchenhafter Körper ab.

„Nein, schön bist du wirklich nicht", stellte Marion bitter fest. „Nicht zu fassen, dass Marcus dich mir vorgezogen hat. Aber lang hat es ja nicht gedauert, da hat er seinen Fehler eingesehen. Und da dachtest du, mit dieser Show hier kannst du ihn zurückgewinnen?"

Marion lachte. Ihr Lachen klang seltsam nach in dem stillen Krankenzimmer. Sie wandte sich den Apparaten zu, die emsig Susis Vitalwerte aufzeichneten.

„Weißt du, jetzt könnte man dich ausschalten, wie eine Maschine. Klick und vorbei. Du warst ja nicht in der Lage dazu. Aber jetzt wäre es ganz einfach. Was müsste man wohl tun?"

Sie studierte die Anzeigen auf den Monitoren. „Hier vielleicht?", sie legte die Hand fast ehrfürchtig auf einen großen runden Knopf. „Oder da?"

Mit angehaltenem Atem begann Marion, die Maschinen zu manipulieren. Erst ganz vorsichtig, nur eine kleine Umdrehung, nur die unscheinbaren Knöpfe und Rädchen, nur ein winziger Ruck, dann wurde sie mutiger, zog Kabel aus den Halterungen, riss Stecker aus Steckdosen. Mit jedem Ruck wurde es stiller im Zimmer und die leuchtenden Anzeigen an den Geräten verloschen, bis nur noch das alarmierte Piepsen der Herzfrequenz übrig war. Sie hatte die Komapatientin mit ihrer Manipulation wirklich an den Rand des Herzversagens gebracht. Gerade als Marion versuchen wollte, das ohrenbetäubende Piepsen auch noch abzustellen, hörte sie Schritte auf dem Flur, die schnell näherkamen.

Als erwache sie aus einem Traum, kam Marion zu sich. Sie sah die Verwüstung, die sie angerichtet hatte. Eiligst steckte sie alle Apparate wieder so an, wie sie sie vorgefunden hatte, deckte die Kranke zu und konnte gerade noch ins angrenzende Badezimmer verschwinden, als eine Schwester die Tür aufriss.

Sie sah die Anzeigen, erkannte sofort, dass etwas nicht stimmte und rannte wieder hinaus auf den Flur. „Doktor Reuter? Doktor Reuter, schnell!"

Marion hörte die Schwester durch die Badezimmertür gedämpft nach dem diensthabenden Arzt rufen. Wie erstarrt hockte Marion auf dem Klodeckel. Erst jetzt wurde ihr bewusst, was sie da getan hatte. Sie hatte einen Menschen umbringen wollen!

„Sie hat es selbst so gewollt", murmelte Marion immer wieder, wie zu ihrer Entlastung. „Und sie hat es verdient."

Draußen hörte man wieder Stimmen, hektische Schritte. Marion horchte auf die Geräusche aus dem Nebenzimmer. Sie hörte die bestimmten Anweisungen des Arztes: „Bitte zurücktreten, ich defibrilliere!"

Metallisches Klicken, das dumpfe Geräusch, als Susis lebloser Körper durch den Stromschlag hochgerissen wurde und wieder in die Kissen zurücksackte.

„Noch einmal. 300! Weg vom Bett!"

Erneut die Geräuschabfolge. Marion hörte zu, wie der Arzt und seine Schwestern draußen um das Leben von Susi Bauerle kämpften und wusste, dass sie verlieren würden. Susi war ihr, Marion, nicht gewachsen gewesen.

Als die Rettungsmaßnahmen draußen eingestellt wurden, drang nur noch der gleichmäßige Ton der Nulllinie zu Marion herein. Sie wartete noch eine Weile, bis sie ganz sicher war, dass die Luft rein war. Dann schlüpfte sie durch die Badezimmertür, warf einen letzten Blick auf das Bett, auf dem Susis toter Körper lag, jetzt von einem weißen Tuch bedeckt, und verließ dann mit ruhigem Schritt die Klinik.

Mai 2009

Der Tod von Susi Bauerle löste keine allzu große Verwunderung aus. Ihr Zustand wurde von den betreuenden Ärzten schon lange als aussichtslos eingestuft. Marcus hatte trotzdem wieder ein unangenehmes Gespräch mit Professor Luginger. Zuletzt einigte man sich jedoch darauf, bei der Aufhebung der Suspendierung zu bleiben. Das tragische Schicksal der jungen Schwester konnte Marcus' Rauswurf auch nicht mehr mildern. Seinem Vorgesetzten versprach er, künftig in seinen außerehelichen Vergnügungen Vorsicht walten zu lassen.

Doch ehe er sich versah, schlitterte Marcus, ohne es richtig zu realisieren, wieder in eine neue Affäre hinein. Er und Sandra hatten sich einige Male getroffen, immer nur, um über seine Ehe zu sprechen, die er beteuerte, retten zu wollen. Immer noch.

Dann hatte er sich selbst dabei ertappt, wie seine Anrufe und die Verabredungen nicht mehr Marion galten, sondern der Schwester selbst. Schleichend, fast unmerklich, hatte sich der Fokus verschoben, sie sprachen weniger über Marion und mehr über Sandra. Ihre Treffen wurden intimer, sie gingen zusammen ins Kino oder in gute Restaurants. Und hinterher kam er noch auf einen Kaffee mit zu ihr. Irgendwann blieb es dann auch nicht mehr bei dem Heißgetränk. Die Umarmung der Schwester war warm und ehrlich. Sie galt ihm als Menschen und nicht seinem Titel. Anders als Susi bewunderte Sandra ihn nicht für das, was er repräsentierte, sie wusste, wer er war und trotzdem nahm sie ihn an. Statt der Eiseskälte zuhause fand Marcus bei Sandra echte Herzenswärme. Sie war ganz anders als ihre Schwester. Lebenslustig, unbeschwert und ihre gemeinsame Zeit war fast schwerelos. Das pikante Detail, nämlich, dass seine neue Geliebte die Schwester seiner Frau war, blendete er dabei nach Kräften aus.

Sandra konnte diese Tatsache nicht so einfach abtun. „Es ist einfach nicht richtig!"

Marcus lächelte sie liebevoll an. „Nein?", neckte er und sie beharrte: „Nein!"

Er fuhr mit der Fingerspitze die feinen Äderchen auf ihrer Haut nach.

„Marion ist meine Schwester und sie liebt dich. Das tut sie doch, nicht wahr?"

Marcus rollte sich auf den Rücken und blickte an die Decke. „Was weiß ich."

Sandra drehte sich ebenfalls um, stützte das Kinn auf seine Brust und sah ihm forschend in die Augen. „Liebst du sie?"

Marcus seufzte. „Ich habe sie einmal geliebt. Sehr sogar."

„Und jetzt?"

Er zog Sandra fest in seinen Arm. „Jetzt liebe ich dich!"

Sandra hätte glücklich sein können. Sie hatte sich ebenfalls in den Mann ihrer Schwester verliebt, wie er wusste. Aber trotz aller widrigen Umstände, die zu ihrer Entzweiung geführt hatten, fühlte sie sich auch ihre Schwester ver-

bunden, und ihr den Mann auszuspannen, war ihr unerträglich. Das hatte sie ihm oft genug gesagt.

Schweren Herzens trennte Sandra sich von Marcus. Dieser schlich daraufhin tagelang herum wie ein geprügelter Hund. Sandra hielt nicht lange durch. Sie nahm ihn zurück. Doch das schlechte Gewissen blieb.

Marion indessen bekam von alledem nichts mit. Sie lebte scheinbar in ihrer eigenen kleinen Welt. Phasenweise bildete sie sich ein, immer noch schwanger zu sein. Dann holte die Erkenntnis sie mit einem Schlag zurück in die Realität und riss sie wieder in das schwarze Loch der Depression, aus dem sie nicht einmal ihre Therapie zu ziehen vermochte.

Bei ihren Sitzungen ließ Marion sich nichts von ihren düsteren Gedanken anmerken. Sie hatte kein Vertrauen zu ihrem Therapeuten. Immerhin war auch er nur ein Arzt, so wie Marcus. Was hatte sie von ihm schon zu erwarten? Wenn sie in der Klinik war, war Marion eine andere. Ernst, aber gefasst. Traurig, aber nicht mehr niedergeschlagen. Sachlich.

Zuhause sah es ganz anders aus.

Marcus vermied es auch deshalb, viel zu Hause zu sein. Er ertrug den Anblick seiner melancholischen Gattin nicht lange, ohne selbst von Niedergeschlagenheit heimgesucht zu werden. Er verbrachte die Tage wieder in der Klinik und die Nächte bei Sandra.

Marion stellte keine Fragen. Eine Weile schien alles in Ordnung, so wie es war.

Der Sommer war eine herbe Enttäuschung. Als er vorüber war, setzte Deutschland alle Hoffnung in einen goldenen Herbst. Der jedoch kündigte sich vor allem mit heftigen Niederschlägen und Stürmen an. In diese Zeit fiel Marions Entlassung aus der Therapie. Weil sie Kollegen waren und Marion seine Frau, bekam Marcus die abschließende Beurteilung des Psychologen zu hören.

„Was meinst du, kommt sie jetzt alleine zurecht?", wollte Marcus zum Schluss wissen.

„Sie ist ja nicht alleine, nicht?"
Marcus wandte den Blick ab. „Nein, nein, natürlich nicht. Aber wie siehst du das Ganze als Mediziner?"
„Aus medizinischer Sicht ist alles in Ordnung. Sie ist jung und der Sturz hat keine bleibenden Schäden hinterlassen, psychisch scheint sie wieder stabil zu sein. Ich habe ihr sogar zugeraten, die Psychopharmaka langsam abzusetzen."
Marcus sah seinen Kollegen skeptisch an. „Ist das nicht vielleicht etwas verfrüht? Die Therapie beenden und gleichzeitig alle Medikamente absetzen?"
Der Psychologe schüttelte den Kopf. „Im Gegenteil, die Medikamente waren nur therapiebegleitend nötig. Vertrau mir, Marcus. Deiner Frau geht es bestens."

Marcus beobachtete Marion die nächste Zeit mit Argusaugen. Doch ihm fiel nichts Seltsames an ihr auf. Sie stellte keine Fragen, das war vielleicht das einzige Ungewöhnliche.
„Ich bin noch einmal kurz weg", verabschiedete Marcus sich mit dem Mantel über dem Arm.
Marion nickte abwesend.
„Ich komm auch nicht zu spät." Als sie nicht reagierte, ging Marcus achselzuckend.
Kaum, dass sie seinen Wagen auf der Auffahrt hörte, hastete Marion in die Garage und ließ ihr eigenes Auto an. Das Fehlen der betäubenden Wirkung ihrer Medikamente hatte sie so klar werden lassen, dass das Verhalten ihres Mannes Erinnerungen wachrief. Dieses Mal würde sie nicht tatenlos zusehen. Marcus lenkte seinen Sportwagen durch das Wohngebiet von Partenkirchen, Marion folgte ihm so unauffällig, wie sie konnte. Sie ging jedoch, zu Recht, davon aus, dass ihr Mann sich in Sicherheit wiegte.
Bald kam ihr der Weg bekannt vor. Was sich zuerst als seltsames Gefühl in der Magengegend ankündigte, wurde schnell zur Gewissheit, als Marcus' Roadster vor dem Wohnblock hielt. Marion stellte ihr Auto in einer Seitenstraße ab. Gerade rechtzeitig erreichte sie die Straßenecke,

um zu beobachten, wie Marcus auf das Haus zuging und in seiner Manteltasche nach einem Schlüssel wühlte.

„So weit seid ihr also schon?" Ungläubig sah Marion ihn die Tür aufsperren und in dem Haus verschwinden. Vor Wut schäumend machte sie sich auf den Heimweg.

„Das wirst du mir büßen! Das werdet ihr mir alle beide büßen!" Wie ein wildes Tier im Käfig lief sie in der Villa auf und ab. „Dieses Flittchen! Verdammte Schlampe! Aber das hätte ich mir ja denken können."

Den ganzen Abend erging Marion sich in wütenden Beschimpfungen ihres untreuen Gatten und der hintertriebenen Schwester. Gleichzeitig nahm ein Plan in ihr immer konkretere Formen an.

Als Marcus schließlich nach Hause zurückkehrte, fand er seine Frau schlafend auf der Couch vor. Im Fernsehen lief der Schluss einer romantischen Komödie und vor ihr auf dem Couchtisch stand ein halbvolles Weinglas. Nichts deutete darauf hin, dass sie eine Schlinge um seinen Hals gelegt hatte und anfing sie zuzuziehen.

Am nächsten Morgen wunderte sich der örtliche Drogeriewarenhändler, dass die Frau Doktor, die bekannt dafür war, dass sie sich noch kein einziges Mal selbst die Hände in ihrem Garten schmutzig gemacht hatte, persönlich eine größere Menge Pflanzenschutzmittel einkaufte. Doch diskret, wie er war, hielt er sich mit neugierigen Fragen zurück und Marion verließ den Laden mit einem Lächeln.

11. November 2009

Der Novembertag war klischeehaft: nasskalt und windig. Der eisige Wind fegte lose, dürre Blätter vor sich her. Der Hochnebel riss den ganzen Tag nicht auf, kein einziger Sonnenstrahl drang durch die Wolkendecke. Immer wieder fiel Regen in dicken Tropfen vom Himmel. Die Menschen hatten ihre Kragen hochgestellt. Hüte und Mützen tief in die Stirn

gezogen, folgten sie dem Sarg auf dem kleinen Friedhof. Die schlecht befestigten Wege waren schlammig. Marion war die Erste hinter dem Eichensarg. Ihre schwarzen Schuhe waren schlammverkrustet, der Dreck hatte auch Spritzer auf ihrer schwarzen Anzughose hinterlassen. Marion kümmerte sich nicht darum. Heute nicht. Sie wusste, dass sie müde aussah. Unter ihrem Make-up wirkte ihre Haut fahl und um die Augen zeichneten sich dunkle Ringe ab. Schon am Morgen im Spiegel hatte sie gewirkt, als hätte sie nächtelang nicht geschlafen.

Der Pfarrer blieb vor dem offenen Grab stehen. Über dem Loch lagen Bretter, die den Leichenträgern das Abseilen erleichtern sollten. Neben dem ausgehobenen Loch hatten die Trauernden Kränze und Gestecke abgelegt. Die Blumen sahen welk und erfroren aus.

Marion blieb direkt vor dem offenen Grab stehen. Sie beobachtete, wie die Träger den Eichensarg vorsichtig auf den Brettern abstellten. Die Rosen auf dem Sargdeckel nickten wackelnd mit den Köpfen. Marion wandte den Blick ab, als der Sarg in die Grube hinabgelassen wurde. Der Chor stimmte einen klagenden Choral an. Es ging das Gerücht um, dass dank des unermüdlichen Einsatzes des Kirchenchors in Partenkirchen noch nie ein Scheintoter begraben worden war. Marion verzog das Gesicht. Sie hatte Marcus' Liebe zu seiner oberbayerischen Heimat nie verstanden.

Die Trauergäste formierten sich halbkreisförmig um den Pfarrer und den Chor. Der Regen setzte wieder ein und durchnässte die Frierenden. Marlon zog ihren Schal enger um den Hals. Der Pfarrer hob an, Marcus' Vorzüge und gute Taten zu loben. Marion begann, von einem Fuß auf den anderen zu treten, um sich warm zu halten. Die Kälte kroch durch ihre schwarzen Pumps und wanderte ihre schlanken Beine hinauf. Der dünne Stoff ihres Hosenanzuges hatte der Nasskälte des Novembertages nichts entgegenzusetzen. Ihr Kaschmirmantel hielt sie zumindest obenherum warm.

Nach dem Pfarrer übernahm der Bürgermeister von Garmisch-Partenkirchen das Mikrophon und ließ sich von

Regen und Kälte nicht davon abbringen, ebenfalls eine Rede auf den Toten zu halten. Marion verdrehte die Augen. Was wussten diese Hinterwäldler schon?

Die Zeremonie zog sich in die Länge. Schließlich besprengte der Pfarrer das Grab mit Weihwasser und warf die erste Schaufel Erde hinein. Dann reichte er die Schaufel an Marion weiter. Es fiel ihr schwer, zu dem Sarg mit den Rosen hinabzublicken, deshalb blieb sie vom Rand weg und warf ihr Häuflein Erde aus der Entfernung. Es gab ein dumpfes Geräusch, als die Erdklumpen auf das Eichenholz trafen. Marion schauderte. Eilig machte sie den Platz frei für den nächsten.

So defilierte die Schlange der Trauergäste am Grab vorbei. Marion blieb etwas abseits stehen. Dennoch führte der Weg der Schlange anschließend bei ihr vorüber. Sie schüttelte unzählige eiskalte Hände. Vollkommen unbekannte Menschen drückten sie und umarmten sie. Marion wollte fort. Aber sie wusste, dass sie sich in einem Quasi-Dorf wie Partenkirchen nicht einfach von der Beerdigung ihres eigenen Mannes drücken konnte.

Im Anschluss war der Saal im Wirtshaus *Zur Post* reserviert. Auch das musste sie über sich ergehen lassen. Endlich war der Zug vorbei. Marion fühlte sich nass bis auf die Haut. Sie lief den Weg zurück zum Leichenhaus. Als sie fast bei ihrem Auto war, entdeckte sie eine einzelne Person, die an der Friedhofsmauer entlang schlich. Marion verengte die Augen. War das nicht …? Aber das war ja unmöglich. Diese Person hätte doch nicht die Frechheit … oder doch? Marion wandte ihrem Auto und der ersehnten Wärme noch einmal den Rücken zu und schnitt der Person über die Friedhofsstraße den Weg ab. Gerade als sich die andere durch das Seitentor drückte, erreichte Marion sie von der anderen Seite.

„Guten Tag. So eilig?"

Die Angesprochene schnellte herum. In einer Schrecksekunde erkannte sie, wen sie vor sich hatte.

Marion straffte die Schultern. „Was ist? Hat's dir die Sprache verschlagen?"

Die andere wich instinktiv einen Schritt zurück, ihre Hände schlossen sich schützend über dem Bauch. „Ich ... ich hätte nicht herkommen sollen. Es ... tut mir leid", stammelte Sandra und betrachtete dabei eingehend ihre Fußspitzen in den Lederstiefeln.

Die friert nicht, dachte Marion missmutig. „Was genau?", fragte sie bissig. „Dass du – wieder einmal! – mit meinem Mann gefickt hast? Oder dass du sogar die Frechheit besitzt, bei seiner Beerdigung aufzukreuzen?"

Die andere schluckte betreten. „Wie gesagt, es tut mir leid", fügte sie mit festerer Stimme hinzu, dann schob sie sich an Marion vorbei und lief die Straße hinunter.

Marion sah ihrer Schwester nach, wie sie über den Asphalt stolperte und schließlich in einer Seitenstraße verschwand. Sandra trug einen dicken Wollmantel, aber dennoch blieb an ihrem Zustand kein Zweifel. Marion hatte Mühe, die aufsteigende Wut zu zügeln.

„Diese Schlampe erwartet ein Kind!", murmelte sie ungläubig. „Diese verdammte Hure bekommt ein Kind! *Mein Kind!*"

Ihre Hände in den schwarzen Lederhandschuhen zitterten, sie musste sich an der Friedhofsmauer abstützen, um nicht umzukippen.

„Es ist alles aus. Alles umsonst. Sie hat alles zerstört!"

Wie eine Irre begann Marion gleichzeitig zu heulen und hysterisch zu lachen. „Aber du gewinnst nicht."

Und aus voller Kehle schrie sie gegen den stärker werdenden Regen an: „Hörst du? Du gewinnst nicht!", und ihr Mund verzog sich zu einem fratzenhaften Grinsen.

Der Nachmittag dehnte sich unendlich. Marion schüttelte wieder unzählige Hände, trank auf Marcus und zwang sich dazu, ein fettiges, vor Sahne strotzendes Stück Torte hinunterzuwürgen. Sie machte gute Miene zum bösen Spiel, nickte, lächelte, aber gerade so viel, wie es einer trauernden Witwe zustand.

Die ganze Zeit über starrte sie aus einem silbernen Rahmen Marcus' Gesicht an. Das Foto hatte er für seine Dissertation machen lassen. Er trug darauf einen Anzug und eine Krawatte, sein Gesichtsausdruck war sachlich ohne die Spur eines Lächelns. Marion kam es so vor, als blicke er anklagend in die Runde. Jedes Mal, wenn ihr Blick das Foto streifte, zog sich ihr Magen zusammen und sie hatte das Gefühl, die Bissen blieben ihr im Hals stecken. Sie dachte wieder an Sandra, Marcus' letzte Geliebte, und an das Kind, das diese offensichtlich erwartete. Ob es Marcus' Kind war?

Endlich war der Leichenschmaus vorbei. Marion fuhr zu der Villa, die sie mit Marcus bewohnt hatte. Sie sah auf die Uhr. Es war schon nach vier, aber wenn sie sich jetzt beeilte, schaffte sie es, um fünf auf der Autobahn zu sein.

Sie schloss die Tür auf und lief die Treppe hinauf ins Schlafzimmer. Dort riss sie die Schranktür auf und begann, ihre Klamotten in die große Reisetasche zu stopfen. Das Läuten der Türglocke unterbrach ihr hektisches Tun. Sie warf einen Blick auf den Radiowecker auf dem Nachtisch. Wer konnte das sein?

Jeder, der Marcus oder sie hier gekannt hatte, war auf der Beerdigung gewesen. Konnte eine Witwe nicht erwarten, dass man sie wenigstens am Abend nach der Beerdigung in Ruhe ließ? Erst wollte sie den Störenfried einfach ignorieren, doch der ließ nicht locker.

Schließlich ließ sie es, weiter zu packen, und ging die Tür öffnen. Draußen standen zwei Männer, die sie nicht kannte. Marion sah fragend von einem zum andren. „Ja, bitte?"

Der ältere der beiden Männer zog einen Ausweis aus der Innentasche seiner Lederjacke. „Kommissar Veitl, Kripo Garmisch. Und das ist mein Kollege Mayer", stellte er sich und seinen Begleiter vor und hielt dabei Marion den Polizeiausweis unter die Nase.

Marion wich zurück. Dann fasste sie sich und verband ihren Rückzug mit einer einladenden Geste. „Bitte, meine Herren, kommen Sie doch herein."

Sie führte Kommissar Veitl und seinen Kollegen in das Wohnzimmer im Erdgeschoss. „Kann ich Ihnen was zu trinken anbieten?"

Veitl stand am Fenster und blickte auf den Garten hinaus. „Nein, danke. Wir wollen keine Umstände machen. Schön haben Sie's hier."

Marion zuckte mit den Schultern.

„Was führt Sie denn zu mir?"

Veitl wandte sich Marion zu. Mayer lehnte im Türrahmen und kritzelte etwas in ein Notizbuch. „Wir wissen, dass Ihr Mann heute beerdigt wurde. Unser Beileid, Frau Niedermaier."

Mayer murmelte etwas, das ebenfalls wie eine Beileidsbekundung klang.

Marion nickte.

„Aber wir müssen Ihnen leider ein paar Fragen stellen."

Marion hob eine Augenbraue.

„Worüber, wenn ich fragen darf?"

Veitl wiegte den Kopf hin und her.

„Reine Routine, wissen Sie."

„Es ist also Routine, dass die Kriminalpolizei am Tag der Beerdigung bei der Witwe auftaucht, um Fragen zu stellen?"

„Nein. Aber in dem Fall müssen wir das leider tun."

Marion bedeutete Veitl, sich zu setzen. „Was genau meinen Sie mit ‚in dem Fall'?"

„Sehen Sie, es gibt gewisse ... Ungereimtheiten ... beim Tod Ihres Mannes."

Marion sah Veitl überrascht an. „Ungereimtheiten? Wie meinen Sie das?"

Veitl ging zu einem geschäftsmäßigen Ton über. „Wussten Sie, dass Ihr Mann eine Affäre hatte?"

Marion lachte bitter auf. „Wussten Sie, dass diese Schlampe sogar auf seiner Beerdigung war?"

Veitl nickte Mayer zu, der sofort wieder mit seinen Aufzeichnungen fortfuhr. „Sie kennen sich also?", fragte er, ohne auf ihre Frage einzugehen.

Marion nickte. *Oh ja*, dachte sie, *leider*.

„Wie lange ging das schon?", fragte Veitl weiter.

Marion zuckte die Schultern. „Weiß ich nicht. Aber es war vorbei. Mein Mann ist zu mir zurückgekommen."

Kommissar Veitl beugte sich vor und sah Marion direkt in die Augen. „Sie erwartet ein Kind von ihm. Ich denke, das hätte die Situation geändert, oder?"

„Woher weiß ich, dass dieses Balg wirklich von meinem Mann ist? Und selbst wenn, was hat das mit mir zu tun?"

Veitl wandte den Blick nicht von Marion ab, die ihn stumm erwiderte. „Ihr Mann, Frau Niedermaier, ist vergiftet worden. Und wir versuchen herauszufinden, von wem."

Marion schluckte. „Sind Sie ... sicher?"

„Oh ja. Verraten Sie mir eins, wenn ich jetzt die Spurensicherung kommen und dieses Haus durchsuchen lasse, würde ich dann wohl das Gift finden?"

Marion erhob sich abrupt von ihrem Sitzplatz. „Ich muss doch sehr bitten, Herr Kommissar. Ich habe gerade meinen Mann beerdigt und Sie haben nichts Besseres zu tun, als hierher zu kommen und mich zu verdächtigen, ihn umgebracht zu haben?"

„Was würden Sie denn an meiner Stelle tun? Ihr Mann hatte bekanntermaßen ein Verhältnis, gerade als er Ihnen versprach, es zu beenden, wird seine Affäre schwanger. Liegt doch nahe, diese Überlegung, oder?"

Marion schnaubte. „Wenn Ihre Theorie richtig wäre", warf sie mühsam beherrscht ein, „dann hätte ich wohl eher sie umgebracht als ihn, oder?"

Sie ging zur Tür und hielt sie auf. „Ich muss Sie bitten, zu gehen."

Veitl und Mayer verließen das Haus, nicht ohne sie darüber aufzuklären, dass sie sich zur Verfügung zu halten hatte. Wütend schlug Marion die Tür zu. Und jetzt? Erschöpft setzte sie sich auf die Treppe und vergrub den Kopf in den Händen.

Nur ein paar Minuten saß sie so da, dann wusste sie wieder, was sie zu tun hatte. Sie griff nach ihrem Mantel, warf einen Blick in den Spiegel und brachte ihr Haar und Make-up

in Ordnung, bevor sie ins Wohnzimmer ging und aus dem Safe im Sideboard Marcus' Walther P88 nahm. Sie überprüfte mit geübtem Griff die Funktionstüchtigkeit der Sportpistole und wühlte dann nach einem passenden Magazin. 14 Neunmillimeterpatronen, das sollte wohl genügen.

Marion sicherte die Waffe und steckte sie in die Manteltasche. Dann griff sie sich im Vorbeigehen die Autoschlüssel vom Garderobentischchen und lief hinaus in die Dämmerung. Sie setzte mit ihrer A-Klasse rückwärts aus der Einfahrt und lenkte sie dann die Straße hinauf. Sie wusste genau, wohin sie fahren musste. Zehn Minuten später hielt sie im Schatten einer Hainbuchenhecke in einer hübschen Wohngegend. Noch im Auto holte sie ihre schwarzen Lederhandschuhe aus der Manteltasche und streifte sie über.

Marion verließ das Auto, blickte zweimal prüfend die Straße hinauf und hinunter, doch sie konnte nichts Auffälliges entdecken. Eine Querstraße weiter lag ihr Ziel. Marion legte das letzte Stück Weg straffen Schrittes zurück. Dann stand sie vor dem Mehrfamilienhaus. Ihr Blick wanderte an der Fassade hoch in den zweiten Stock. Zwei Fenster waren von innen erhellt, die Vorhänge jedoch davor gezogen. Marion konnte niemanden erkennen, aber offensichtlich war jemand zu Hause. Sie drückte energisch auf die Klingel. Sie musste mehrmals läuten, bis der Türsummer ertönte. *Leichtfertig*, dachte sie, *man sollte nicht einfach Leute ins Haus lassen.* Aber vielleicht wurde ja jemand erwartet?

Marion stieg die Treppen hinauf in den zweiten Stock. Sandra lehnte oben in der offenen Tür. Sie wirkte nicht so überrascht, wie Marion erwartet hätte. „Was führt dich denn her?", fragte sie ruhig.

Marion tastete in der Manteltasche nach der P88. „Wollen wir das hier im Hausgang besprechen?"

Sandra trat bereitwillig einen Schritt zurück und ließ Marion in die Wohnung. Kaum fiel die Tür hinter den beiden ins Schloss, zog Marion die Pistole aus der Tasche, entsicherte sie und richtete den Lauf auf Sandra.

Jetzt wirkte sie nicht mehr so gefasst. „Marion, mach keinen Scheiß!"

Marion verzog das Gesicht zu einem bitteren Grinsen. „Es ist ohnehin zu spät. Was kann ich noch verlieren?"

Schützend legte Sandra die Hände um ihren schwellenden Bauch. Als könnte sie damit ihr Kind vor Marions Pistole schützen.

„Ist das Balg von ihm?", fragte Marion.

Sandra nickte. Dann schüttelte sie energisch den Kopf.

„Was jetzt? Ist es von ihm? Oder weißt du es selbst nicht? Du bist eben doch eine Schlampe. Kommen sicher mehrere infrage, was?"

„Bitte ... Das Kind kann doch nichts dafür!"

Marion legte den Kopf schief. „Nein, das Kind kann nichts dafür, dass es eine Hure zur Mutter hat, die nicht einmal vor dem Mann der eigenen Schwester Halt macht. Aber so warst du ja schon immer!"

Sandra sah Marion flehend an. „Bitte, Marion. Ich wollte das nicht. Das musst du mir glauben! Du hast Marcus doch ohnehin nie wirklich geliebt!"

Marion lachte auf. „Und? Ist das ein Grund, ihn mir auszuspannen? Du Ehebrecherin!" Jetzt klang Marions Lachen fast schon hysterisch.

Sandra versuchte vorsichtig, sich ihr zu nähern. Doch sogleich hatte sie wieder den Lauf der P88 vor der Nase. „Bleib wo du bist, Schlampe."

Sandra hob abwehrend die Hände. „Was willst du denn?"

Marion grinste wieder. „Was ich will? Was ich will, fragst du?" Marion machte einen Schritt auf Sandra zu. Sie hielt ihr die Pistole jetzt direkt an die Schläfe. Sandra konnte nicht mehr weiter zurückweichen, da sie schon mit dem Rücken zur Wand stand. Die beiden Schwestern sahen einander in die Augen.

„Du hast die Wahl, meine Liebe. Entweder kannst du deinem Liebsten bald schon wieder ganz nah sein. Es wird allerdings etwas ungemütlich werden, so nass und kalt und erdig. Oder aber ..."

Sandra starrte Marion fassungslos an. „Ich bin deine Schwester, Marion."

Marion zuckte die Achseln. „Das hat dich auch nicht geschert. Vielleicht hättest du dir das eher überlegen sollen. Bevor du meinem Mann ein Kind anhängst!"

„Was ist das *Oder*? Was willst du von mir?"

Marion ließ von Sandra ab. Sie ließ sich auf die Couch fallen.

„Also kommen wir ins Geschäft?", fragte sie.

„Sag mir doch endlich, was du willst!" Jetzt war es an Sandra, beinahe hysterisch zu werden.

„Es liegt doch auf der Hand, oder?"

Sandra schüttelte den Kopf.

„Nicht? Na ja, die Hellste warst du noch nie. Ich hatte heute sehr unangenehmen Besuch. Von einem Kommissario. Der schnüffelt herum, stellt dumme Fragen. Er meint, Marcus sei umgebracht worden. Kannst du dir das vorstellen?"

Sandras Augen weiteten sich. „Hast du? Nein ... dazu wärst nicht einmal du in der Lage, oder? Sag, dass das nicht wahr ist!"

„Nein, nein ... beruhige dich. Das wäre doch auch vollkommen unlogisch." Marion machte eine beschwichtigende Geste mit der Pistole. „Warum sollte denn die liebende Ehefrau die Mörderin sein? Wo der gute Gatte doch gerade zu ihr zurückgekehrt ist. Nein. Ich denke, die Geliebte war es. Die Geliebte, die festgestellt hat, dass sie von dem untreuen Kerl ein Balg erwartet. Und jetzt weiß sie nicht mehr weiter."

Sandra starrte sie an. „Spinnst du? Ich hab damit nichts zu tun!"

Marion lachte schon wieder. Sie warf den Kopf in den Nacken vor Lachen. „Aber das weiß ich doch. Aber die Leute werden das glauben. Weil ..." Sie machte eine Kunstpause. Bedeutungsvoll blickte sie ihre Schwester an. Auch Sandra sah sehr mitgenommen aus. Das Haar hing ihr strähnig ins Gesicht, der Pferdeschwanz löste sich am Hinterkopf auf. Und ihr Gesicht war fleckig. Marion kramte mit ihren be-

handschuhten Händen in ihren Manteltaschen. „Hast du mal ein Taschentuch?", fragte sie.

Sandra beeilte sich, ihr eines zu geben. Ihre Hände zitterten, als sie es aus der Tüte zog und es ihr hinhielt. Bedächtig wischte Marion die Pistole rundherum sauber ab. Dann wickelte sie das Taschentuch um den Griff, bevor sie den Lauf wieder auf Sandra richtete. „Tragisch, tragisch. Erst hat sie den Geliebten aus Eifersucht und Verzweiflung ermordet, dann haben sie die Schuldgefühle überwältigt und sie hat sich selbst gerichtet."

Sandra riss die Augen auf. „Du bist ja vollkommen wahnsinnig! Damit kommst du nicht durch!"

Marion nickte. „Oh doch. Und ob. Weil man nämlich einen Abschiedsbrief von dir finden wird. Hol doch mal Papier und Stift."

Sandra stand wie angewurzelt da und rührte sich nicht. Kopfschüttelnd starrte sie auf ihre Schwester. „Du bist durchgedreht. Marion, bitte, ich weiß, was du alles mitgemacht hast. Aber Marcus ist tot! Egal, was du machst, er kommt nicht mehr zurück!"

Marion sprang abrupt von der Couch auf. „Nein, dafür habe ich gesorgt. Er kommt mir nicht mehr in die Quere. Und du auch nicht!"

Sandra wich entsetzt zurück, als ihre Schwester wie eine Wahnsinnige auf sie zu stolperte, die Pistole immer noch ausgestreckt vor sich.

„Du warst es wirklich …", flüsterte Sandra und Erkenntnis machte sich auf ihrem Gesicht breit. „Du hast ihn umgebracht! Deinen eigenen Mann!"

Marion blieb stehen. Sie runzelte die Stirn. „Ja, was dachtest du denn? Dass ich ihn dir überlasse? Einfach so? Nur wegen des Kindes? Das hat schon mal eine gedacht. Und weißt du was? Sie ist auch tot. Komischer Zufall, nicht? Und ausgerechnet du dachtest, dass du jetzt damit durchkommst? Aber da habt ihr eure Rechnung ohne mich gemacht!"

Sandra liefen Tränen über die Wangen. „Aber er hätte dich doch ohnehin niemals verlassen. Er wusste gar nichts von dem Kind", schluchzte sie.

„Das Kind, ja. Das Kind hätte mein Kind sein sollen. Nur mir hat es zugestanden, ein Kind zu bekommen! Dir nicht!" Marion packte ihre Schwester an der Schulter. Ihre Augen verengten sich zu Schlitzen. „Du tust jetzt, was ich dir sage, hörst du?"

Sie stieß Sandra vor sich her zu einem kleinen Sekretär an der Wand. „Setz dich!", forderte sie Sandra auf. „Und jetzt schreib!"

Mit zitternden Händen wühlte Sandra auf dem unordentlichen Schreibtisch herum, auf der Suche nach einem Stift. Marion zog einen unter einem Stapel Bücher hervor und warf ihn vor ihre Schwester auf die Schreibplatte. „Schreib!", wiederholte sie harsch.

Dann diktierte sie Sandra einen Brief, in dem sie sie erklären ließ, dass sie Marcus aus Eifersucht vergiftet habe, nachdem dieser zu seiner Ehefrau zurückgekehrt war, dass sie aber nun keinen Sinn mehr in ihrem Leben und dem des Kindes sehe und deshalb aus dem Leben scheiden wolle.

Sandra schrieb, die Pistole an ihrem Hinterkopf. Dann ließ Marion Sandra den Abschiedsbrief in ein Kuvert packen und zukleben. Marion wollte nach dem Umschlag greifen, dann hielt sie inne, gestikulierte stattdessen mit der Pistole Richtung Tisch. „Stell ihn da hin. Schön sichtbar!" Anschließend ließ sie ihren Blick durch die Wohnung gleiten. „Wo ist es wohl am besten? Im Bett? Wo würdest du dich umbringen, hm?"

Sandra wimmerte.

„So geht's." Marion beachtete ihre Schwester nicht, sie stieß mit dem Lauf der Pistole ein paar Kissen von der Couch. „Da. Setz dich", befahl sie. Jetzt stand blanke Panik in Sandras Augen. Ihr dämmerte, dass ihre Schwester es ernst meinte. Marion setzte sich neben Sandra auf die Couch. Sandra griff nach der freien linken Hand der Schwester.

„Marion, Schwesterchen. Ich weiß, dass du verzweifelt bist. Aber schau ... Denk doch wenigstens an deine Nichte, oder deinen Neffen. Das Kind! Das Kind kann doch nichts dafür."

Marion bedachte ihre Schwester mit einem mitleidigen Blick. „Lass doch das Kind aus dem Spiel. Das kann froh sein, dass es das armselige Leben nicht leben muss, das es erwartet. Du jammerst doch nur um dein eigenes. Aber das hättest du dir früher überlegen müssen."

Der Schuss durchschnitt die Stille des Novemberabends. Er hallte in der Wohnung wider. Sandra sackte zusammen. Ihr letzter Blick war ungläubig auf ihre Schwester gerichtet. Marion widerstand dem Impuls, ihr die Augen zu schließen. Sicherheitshalber säuberte sie die Pistole noch einmal gewissenhaft von allen Fingerabdrücken. Dann legte sie sie Sandra in die schlaffe Hand. Blut rann aus der Wunde an ihrer Schläfe und tropfte auf den Bezug der Couch. Marion erhob sich. Sie strich sich ihre Hose glatt, dann verließ sie die Wohnung. Auf der Straße blickte sie sich wieder um. Nichts regte sich. Im Haus war alles still. Sie lief den Block zurück zu ihrem Auto, zog die Handschuhe aus und stopfte sie in einen überquellenden Mülleimer am Straßenrand. Als sie in ihrem Haus ankam, wählte sie die Nummer der Kriminalpolizei in Garmisch. Sie verlangte Herrn Veitl zu sprechen.

„Herr Kommissar, bitte entschuldigen Sie die späte Störung. Ich dachte nur, Sie sollten das wissen. Ich hatte Besuch von meiner Schwester. Sie wirkte ... sehr aufgebracht. Und jetzt, wo sie fort ist, ist mir aufgefallen, dass die Sportpistole meines Mannes nicht mehr da ist ..."

Kriminalistischer Nachmittag

Es war ein widerlicher Regentag Ende November, und es war einer von den Tagen, an denen einfach alles zusammenpasst. Mein Telefon war nämlich ausgefallen und mein Guthaben auf der Handykarte erschöpft – im 21. Jahrhundert eine mittlere apokalyptische Katastrophe. Dazu dann noch ein Sonntag, was ja auch wieder typisch war, denn da hatte man bei uns auf dem Land auch keine Chance auf ein offenes Geschäft oder auch nur eine Tanke, um die Karte wieder aufzuladen.

Weil ich aber zu allem Überfluss meiner Mutter einen Anruf versprochen hatte, blieb mir nichts andres übrig, als mich in den strömenden Regen hinauszubegeben und mich in die Telefonzelle zu stellen. Wie sehen die nochmal aus? Sind die nicht gelb? Oder sind die jetzt auch rosa – Pardon! Magenta?

Es dauerte eine Weile, bis mir einfiel, dass es unten auf dem Marktplatz gegenüber der Eisdiele tatsächlich noch so ein Ding gab. Wer brauchte heutzutage schon eine Telefonzelle?

Als ich dann in meiner ausgebeulten, quietscheentchenorangen Jogginghose und meinen Birkenstocklatschen dort ankam – ich hatte mir überlegt, dass mich am Sonntagnachmittag bei dem Wetter sicherlich niemand sehen würde und das gesellschaftsfähige Styling deshalb ausfallen konnte – musste ich feststellen, dass nicht nur andere Menschen unterwegs waren, einer davon stand sogar frech in der Telefonzelle und telefonierte.

Na super. Da braucht man *einmal* eine Telefonzelle und dann ist sie besetzt! Nun stand ich also im Regen, ohne Regenschirm, im Couch-Potato-Outfit mitten auf dem Marktplatz und wartete darauf, dass dieser Schnösel mit seinem Gespräch fertig wurde. Schnösel nannte ich ihn im Geiste deswegen, weil er einen akkurat gebügelten Nadelstreifenanzug mit farblich aufeinander abgestimmtem Hemd und Krawatte trug, dazu italienische Schuhe, die trotz Regen glänzten wie ein polierter Apfel.

Es regnete in Strömen, in meine Latschen lief vorne das Wasser hinein und hinten wieder hinaus. Meine Haare klebten mir an den Schläfen. In meinem alten Jogginganzug musste ich aussehen wie eine Karotte auf zwei Beinen. Wenn mich jemand so sehen würde! Und der Schnösel telefonierte und telefonierte! Worüber redete der denn so lang? Da er mit dem Rücken zu mir stand, klopfte ich gegen die Plexiglasscheibe.

Schnösel beachtete mich nicht. Er redete wild gestikulierend auf den Hörer ein. Ich fragte mich eben, wieso er mit Händen und Füßen redete, wo sein Gesprächspartner ihn doch in der vorsintflutlichen Telefonanlage sicherlich nicht sehen konnte, da schnappte ich Gesprächsfetzen auf, die mich stutzig machten.

Schnösel sagte Folgendes: „... ja, eiskalt ... Aber blau von morgens bis abends ... Jede Menge Schnee, ganz reiner Pulverschnee ... Ja, schade, dass du dieses Mal nicht dabei sein konntest ... Nächstes Mal kommst du wieder mit, genau. Du, ich muss Schluss machen. Wie starten gleich ... Grüß die Kleinen von mir, ja? Ich dich auch, ja. Tschüss!"

Verdattert stand ich noch vor der Zelle, als Schnösel herausstürmte und mich dabei fast über den Haufen rannte.

„Passen Sie doch auf!", schnauzte er mich an. Ich stammelte eine Entschuldigung, obwohl eindeutig er in mich hineingelaufen war, und zwängte mich an ihm vorbei in die Telefonzelle. Dort nahm ich aber keineswegs den Hörer ab oder warf Münzen hinein. Nein, ich drehte mich verstohlen um und beobachtete, wo Schnösel jetzt hinwollte. Dabei gingen mir seine Worte nicht aus dem Kopf: Pulverschnee? Hier bei uns? Wollte der hier Skifahren? Unser Ort war so flach und platt wie der Busen einer Zehnjährigen. Hier konnte man noch nicht einmal Schlittenfahren! Und Schnee gab es ja nun wahrlich auch keinen. Im Gegenteil: Es regnete Bindfäden!

Da fiel es mir wie Schuppen aus den Haaren.

Der verarscht daheim Frau und Kinder!, dachte ich erbost. Die Art Mann kennt man doch! Der erzählt etwas von Geschäftsreise und stattdessen trifft er seine heimliche

Geliebte, das ist doch nichts Neues. Und die liebende Ehefrau zieht daheim ahnungslos die Kleinen groß. Männer sind einfach Schweine!

Neugierig drückte ich meine Nase an der Scheibe der Telefonzelle platt. Ich tat das ja nicht für mich, insofern war es ja auch kein Spionieren, ich tat es ja aus hehren Motiven. Für die vereinigte Frauenwelt quasi. Stellvertretend für alle betrogenen und belogenen Ehefrauen. Umgekehrt hätte ich doch auch gewollt, dass Schnösels Frau mich nicht im Stich ließe und meinem untreuen Mann nachginge. So ich denn einen hätte. Aber das stand ja gar nicht zur Debatte.

Ich verfolgte also Schnösels Weg von der Telefonzelle. Er überquerte die Straße und lief auf das bekannte Café zu, das bei diesem Wetter seine Tische und Stühle, die normalerweise auf dem breiten Gehweg standen, an der Hausmauer gestapelt hatte. Es war menschenleer. Bei so einem Wetter verließ niemand freiwillig die Wohnung, es sei denn, sein Telefon war kaputt, oder aber er hatte etwas zu verbergen.

Schnösel blickte rasch die Straße hinunter, drehte sich kurz um und betrat dann das Café.

Na, der hat aber mächtig was auf dem Kerbholz, dachte ich bei mir.

Mein Telefonat war in der Zwischenzeit vergessen. Ich vergewisserte mich ebenfalls, dass niemand auf dem Marktplatz war, und verließ dann die Zelle wieder, huschte über die Straße und schlich mich an der Hausmauer entlang in Richtung der Eingangstür. Einen Moment zögerte ich, ob ich einfach hinterhergehen sollte. Immerhin wohnte ich ja hier. Da konnte ich doch an einem Sonntagnachmittag ins Café gehen, wenn ich das wollte, oder? Andererseits, gerade *weil* ich hier wohnte, würde ich mich womöglich peinlichen Fragen ausliefern, wenn ich jetzt da hineinginge.

Als ich vorsichtig ums Eck lugte, konnte ich Schnösel nirgends erblicken. Ich war wie vor den Kopf gestoßen. Ich hatte ihn doch selbst hineingehen sehen! Er konnte doch nicht einfach wie vom Erdboden verschluckt sein.

Nein, überlegte ich, *er muss da drin sein*. Ich wusste, dass diese Kneipe keinen Hinterausgang hatte, ich war oft genug dort gewesen. Immerhin war es die einzige öffentliche Wärmestube im ganzen Ort. Hier ging man entweder ins Straßencafé oder man blieb zu Hause.

Also betrat ich die Bar. Es musste so aussehen, als sei ich zufällig vorbeigekommen, als wollte ich an einem beschissenen Regentag einfach nur einen Kaffee trinken – im Jogginganzug.

Und alleine, wohlgemerkt.

Drinnen bestätigte sich, was ich schon von draußen gesehen hatte: Schnösel war nicht da. Dafür aber Rosi, die ewige Kellnerin des Straßencafés. Rosi war irgendwie in den Achtzigern hängengeblieben. Damals war sie jung, knackig und modisch auf dem Zenit gewesen. Heute war sie nicht mehr ganz so jung, nicht mehr wirklich knackig und modisch ein absolutes No-Go. Ihr toupiertes, dauergewelltes, platinblondiertes Haar harmonierte ungemein mit den rot gepunkteten Leggins, dem lila Body und einem unförmigen Sweater – in Kanariengelb. Ich schluckte bei ihrem Anblick.

Rosi war außerdem auch die bekannteste Presseinstitution im Dorf – nach der *Bild*. Morgen würden mich beim Metzger die Leute seltsam von der Seite anglotzen und sich zuraunen: Das ist die Verrückte, die beim Regen im Jogginganzug ins Café geht!

Einen Moment lang dachte ich, wenn hier gerade ein Typ hereingekommen war, dann wäre das Rosi mit Sicherheit nicht entgangen. Sie war nämlich außerdem dafür bekannt, dass sie ständig (und vergebens) auf der Suche nach der großen Liebe war. Doch ich verwarf die Idee wieder, schließlich wollte ich nicht, dass die Gaffer an der Wursttheke sich auch noch den Mund darüber zerrissen, dass ich unbekannten Männern hinterherstieg.

Rosi sah mich gelangweilt an. Ihre Begeisterung über die unerwartete Kundschaft hielt sich offensichtlich in Grenzen. Sie nölte mir entgegen, wobei sie ihr Pferdegebiss inklusive

Kaugummi entblößte: „Was willst'n du hier? Kommst du auch zum Spiel? Dann beeil dich, es hat schon angefangen."

Die etwa fünfzehn Fragen, die diese Aussage in mir auslösten, standen mir wohl ins Gesicht geschrieben, denn Rosi setzte ungefragt hinzu: „Da hinten." Ihr Zeigefinger mit der pink lackierten Kralle wies in Richtung einer Tür mit der Aufschrift: Privat.

Da hinten ist Schnösel!, fuhr es mir durch den Kopf. *Hier trifft er sich mit seiner Geliebten!* Und Rosi wusste Bescheid! Sie fiel praktisch unserer Schwester im Geiste, seiner armen Frau zu Hause, in den Rücken! Und er vergnügte sich hier ungestört. Na warte!

Ohne nachzudenken, stürmte ich auf die Tür zu und riss sie auf.

Was sich dahinter verbarg, verblüffte sowohl mich als auch Rosi, die einen erstaunt-erschrockenen Quietschton von sich gab. Offensichtlich war sie *nicht* eingeweiht gewesen.

Auf den Anblick, der sich mir und Rosi jedoch bot, war ich in keinster Weise vorbereitet gewesen. Statt einer jungen, knackigen Blondine (Männer wie Schnösel standen auf vollbusige Blondinen, das war ja klar!) in inniger Umarmung mit dem skrupellosen Schnösel war ich mit folgender Szene konfrontiert: Vor mir knieten drei Männer in schwarzen Anzügen auf dem Fußboden, hinter ihnen stand Schnösel mit gezogener Knarre, die er auf sie gerichtet hielt. Im Hintergrund befand sich ein Tisch mit mehreren umgeworfenen Stühlen drum herum, und obendrauf lag ein Berg Geldscheine, wie man ihn eigentlich nur in Dagoberts Geldspeicher vermutet, sowie einige Pokerchips.

Ich schluckte. Plötzlich war mir ganz schwammig in den Knien.

Das hast du jetzt von deiner Neugierde, schoss es mir durch den Kopf. *Weil du auch immer überall deine Nase reinstecken musst. Auch in Dinge, die dich überhaupt nichts angehen.* Pah! Von wegen Untreue. Das war ja noch weit schlimmer als angenommen. Ein Überfall! Dieser Schnösel

war ein Krimineller! Oder vielleicht hatten die netten Herren auf dem Boden ihn auch nur mit seiner heimlichen Geliebten überrascht und das war jetzt die Art und Weise, wie er mit indiskreten Leuten umsprang.

Durch die unerwartete Störung durch meine Wenigkeit erhofften sich die Bedrohten anscheinend eine Gelegenheit zur Flucht, denn sie robbten verstohlen Richtung Tür. Doch Schnösel entging diese Bewegung nicht.

„Schön die Hände auf dem Boden lassen, sonst knallt's hier!", grollte er drohend und fuchtelte mit seiner Pistole herum.

Oh, oh, dachte ich, *der fackelt nicht lange. Der knallt uns alle ab, wenn wir seiner Frau auch nur ein Sterbenswörtchen verraten.*

Die Männer ergaben sich ihrem Schicksal und blieben, wo sie waren. Schnösel, immer noch die Pistole auf sie gerichtet, hob den Blick und grinste mich mit ebenmäßigen, weißen Zahnreihen an, ehe er gönnerhaft meinte: „Ah, die Kollegen von der hiesigen Kriminalpolizei. Hab ich mir doch gedacht, dass Sie das sind! Gute Tarnung, Verehrteste, Respekt. Gestatten: Müller-Schulze von Interpol. Ich habe die gesuchten Falschspieler und Drogendealer auf frischer Tat ertappt. Sie können Ihre Jungs reinholen zur Festnahme."

Sturm im Wasserglas

„Wo bitte ist denn überhaupt dieses Eck?"
Der Kriminaloberkommissar ließ das Blatt sinken und sah seinen Vorgesetzten zweifelnd an.
„In Niederbayern. Sie fahren einfach Richtung Landshut und den Rest wird Ihnen Ihr Navi dann schon anzeigen", lautete die Antwort und damit schien die Unterredung für den höhergestellten Beamten beendet.
Für Kriminaloberkommissar Bachmeier war das noch längst nicht das Ende des Gesprächs. „Sind dann da nicht eigentlich die Kollegen von Landshut zuständig?", bohrte er nach.
Sein Chef sah ihn genervt über den Rand seiner Lesebrille hinweg an. „Ja, sind sie. Aber die Landshuter haben Verstärkung angefordert. Das ist ja auch kein x-beliebiger Fall. In der heutigen Zeit. Nicht?"
Bachmeier seufzte.
Er hatte überhaupt keine Lust auf den Einsatz in der Provinz. Außerdem fand er, hatten sie in München gerade auch genug zu tun. Aber immerhin war er nicht an die Landesgrenze versetzt worden, wie in letzter Zeit manche seiner Kollegen. Seit die Flüchtlingskrise in diesem Sommer ihren Höhepunkt erreicht hatte, stand das bayerische Polizeiwesen Kopf.
„Also auf nach Eck ...", sagte er ergeben, aber mit hörbar wenig Enthusiasmus.

„Wer war denn der Tote? Haben Sie ihn persönlich gekannt?"
Bachmeier hatte sich an dem zugewiesenen Schreibtisch im Präsidium in Landshut häuslich eingerichtet und stenographierte die Antworten mit. Er war sehr stolz darauf, dass er Steno noch in der Schule gelernt hatte und weigerte sich standhaft, ein Diktiergerät zur Aufzeichnung der Verhöre zu benutzen.

Ihm gegenüber saß der leitende Kommissar der zuständigen Polizeiinspektion in Landshut. Er hieß Müller und sah den Münchner Kollegen gerade an, als hätte er ihn selbst des Mordes bezichtigt.

„I? Den Toten? Ja woher soll i denn den kennt ham?"

„Also: nein", fasste Bachmeier zusammen.

„Naa, aber scho überhaupts ned. I war ja wegen dem Vorfall selber 's erste Mal in Eck draußen."

„Eck ist also nicht für kriminelle Delikte bekannt", schlussfolgerte Bachmeier.

„Geh, woher denn. So viele Leut gibt's ja gar ned in Eck. Also bisher. Bis halt jetzt ... also wo's halt des Lager da aufgmacht ham dort."

Müller sprach von einer Notunterkunft für Asylsuchende, die ausgerechnet in dem beschaulichen kleinen Örtchen im Umland der Kreisstadt Landshut in einer leerstehenden Halle eines Logistikunternehmens eingerichtet worden war.

„Wie wurde diese Unterbringung eigentlich aufgenommen von der Dorfbevölkerung? Gab's Ressentiments dagegen?", fuhr Bachmeier fort.

„Ja sicher. De gibt's ja überall, ned? Aber in Eck ham sich d'Leut schnell arrangiert mit de Flüchtling. Da hat's eigentlich nie was gegeben. Aber seit dem Vorfall jetzt ... Die Stimmung hat sich scho verändert, des muss ma ganz klar sagen."

„Was heißt das konkret?", bohrte Bachmeier nach.

„Mei ... es is jetzt ned so, dass es offene Anfeindungen gegeben hätt, aber die Leut san halt vorsichtiger geworden. Die Hilfsbereitschaft is nimmer so groß wie am Anfang."

Bachmeier notierte. „Wer war er denn nun, der Tote?"

„Sein Name war Mojo Hafsa Guambo." Müller kritzelte den Namen auf ein leeres Blatt Papier. „Schreiben kann ich ihn, aber fragen'S mich ned, wie ma des korrekt ausspricht. Er stammt ausm Kongo."

Bachmeier stenographierte: Kongo, männlich, Asylbewerber.

„Und wie alt?"

„Unsres Wissens 26, aber des kann ma bei dene Neger nie so genau sagen."

Bachmeier hob eine Augenbraue. „Keine Papiere?"

„Naa, nix. Wie die meisten halt. Der kann uns sonst was erzählt ham. Im Grunde genommen verlassen wir uns ja grad drauf, dass de Heerscharen von Leut, die da zu uns kommen, scho halbwegs die Wahrheit sagn, wenn's gfragt werdn. Weil nachweisen kann ma da in der Regel nix."

Bachmeier nickte abwesend, er verspürte wenig Lust, mit dem Kollegen über die aktuelle politische Lage zu philosophieren, das taten die Kollegen in München sowieso schon den ganzen Tag, und hier auf dem Land hatte Bachmeier sich endlich eine Pause davon erhofft. Er schlug sein Notizbuch zu und sah Müller auffordernd an.

„Wie weit sind Sie denn nun mit den Ermittlungen? Wo fangen wir an?"

„Ja, i hätt halt gsagt, am Tatort", schlug Müller vor.

Bachmeier und Müller fuhren in Müllers Dienstwagen hinaus nach Eck und besichtigten die Asylbewerberunterkunft. Bachmeier hatte, nach allem, was man so hörte, schon mit dem Schlimmsten gerechnet, aber die Unterbringung in Eck war den Umständen entsprechend sogar einigermaßen gut. Die Lagerhalle war notdürftig unterteilt worden, es gab Feldbetten, ausrangierte Möbel aus einer Spendenaktion und für die Kinder eine Spielzeugecke. Die Verpflegung erfolgte an Biergarnituren, die eine örtliche Brauerei zur Verfügung gestellt hatte. Alles in allem hatten es die Flüchtlinge hier noch vergleichsweise gut getroffen, wenn man den Schilderungen der Kollegen, die zum Beispiel im Raum Passau stationiert waren, und den Meldungen in den Nachrichten glaubte.

Als Bachmeier und Müller vorfuhren, spielten eine Handvoll Kinder vor der Halle in einem Sandhaufen. Ihre Mütter saßen zusammen unter dem Dachvorsprung und unterhielten sich. Ein paar Männer standen vor der Halle

herum, einige rauchten. Bachmeier ertappte sich dabei, wie er dachte: *Das können sie sich also schon leisten.* Er schüttelte unwillkürlich den Kopf. Solche Gedanken trübten die Neutralität und die war wichtig, wenn man in einem mutmaßlichen Mordfall vorankommen wollte.

„Ist eigentlich der Bericht von der Gerichtsmedizin schon da?", fragte er an Müller gewandt.

„Naa, leider ned."

„Aber dass es sich um Mord handelt, davon müssen wir ausgehen?"

Müller nickte eifrig.

Eine Gruppe junger Männer bog hinter den beiden Kommissaren in die Einfahrt zur Halle ein. Sie unterhielten sich angeregt in einer Sprache, die Bachmeier vollkommen unbekannt war. Alle Männer hatten auffallend dunkle Hautfarbe, vermutlich ebenso wie der Verstorbene. Als sie die beiden Polizisten sahen, verstummten die heiteren Gespräche. Müller war kein Unbekannter unter den Asylanten und obwohl er in zivil unterwegs war, erkannten sie den Kommissar.

„Wie viele Leute sind hier eigentlich?", fragte Bachmeier. Er zählte mit den eben Angekommenen jetzt siebzehn Personen, inklusive der Kinder.

„Momentan fünfunddreißig. Na ja, jetzt ja nur noch vierunddreißig, gell?", antwortete Müller.

Bachmeier seufzte. Es würde ewig dauern, bis sie die alle verhört hatten. Und man würde erst einmal Dolmetscher finden müssen, denn es war nicht zu erwarten, dass ihr Deutsch schon für eine Befragung ausreichen würde.

Zwei freiwillige Helfer verließen gerade die Halle, und als sie die Kommissare sahen, kamen sie auf sie zu. Müller setzte Bachmeier ins Bild: „Die zwei helfen bei da Essensausgabe. Der Rechte is der Kommandant von da Ecker Feuerwehr, der Regner Wolfe, und die Linke is die Frau Brandlstetter, die gute Seele vom Dorf und ehrenamtliche Mitarbeiterin beim BND." Als Müller Bachmeiers entgeisterte Miene sah, lachte er schallend. „Scherz. Sie is halt sowas wie

die Dorfratschen. Wahrscheinlich macht die das hier bloß, damit's was zum Erzählen hat."

In dem Moment erreichten der Kommandant und Frau Brandlstetter die beiden Kommissare. „Mahlzeit, die Herren", begrüßte der Feuerwehrmann sie. Seinem Hemd nach zu schließen, gab es für die Flüchtlinge heute Gulasch oder Tomatensoße. Er schien sich in der unmittelbaren Gesellschaft der beiden Kommissare allerdings nicht wohl zu fühlen und trollte sich schnell wieder. Die Brandlstetter nickte den beiden auch nur kurz zu, dann drehte sie sich zu den wartenden Flüchtlingen, breitete die Arme aus und flötete: „It's eat time! Come, come!"

Während die Mütter ihre Kinder einsammelten und die Grüppchen sich auf den Weg zur Essensausgabe machten, drehte sich die Brandlstetter doch noch einmal zu den zwei Männern um und fragte: „San Sie der Kommissar aus München? I hoff, jetzt geht hier endlich mal was vorwärts. Es is ja a Schand, was da passiert is. Da kommen de Leut von so weit her zu uns, weil's Schutz und Hilfe brauchan und dann passiert sowas. Es is a Schand."

Bachmeier nickte, kam aber nicht dazu, etwas zu erwidern, weil Frau Brandlstetter sofort fortfuhr. „Also, wenn Sie mi fragn, dann kann des ja nur an rechten Hintergrund ham. Oder? Also so a Tat. Mir ham hier scho a paar, de so denken, a wenn's es nie laut sagn daten. I mein, ma sagt ja nix, ma redt ja bloß."

Bachmeier hob beschwichtigend die Hände. „Bitte, werte Frau Brandlsteiner ..."

„Stetter", unterbrach Müller. „Brandlstetter."

Bachmeier zuckte die Achseln. „Frau Brandlstetter. Überlassen Sie die Ermittlungen getrost uns, wir kümmern uns um den Fall. Und alles, was Sie dazu zu sagen haben, müssen Sie bitte zu Protokoll geben."

Frau Brandlstetter rümpfte pikiert die Nase. Sie war es nicht gewohnt, dass jemand ihren Redefluss so abrupt beendete. Seit das Flüchtlingsheim in ihren Ort gekommen

war, half sie unermüdlich, wo immer ihre Hilfe gebraucht wurde. Gleichzeitig schien sie der Ansicht zu sein, dass dieses selbstlose Engagement sie über ihre Mitmenschen hinaushob. Von oben herab sagte sie: „Sehr gern, Herr Kommissar. Ich hätt scho was zu sagen, da können's Gift drauf nehmen. Aber ob des immer alle hörn wollen, des weiß i halt ned, gell?"

Bachmeier verdrehte innerlich die Augen. Nach außen unberührt antwortete er: „Wir wollen alles hören, was der Lösung dieses Falls dient. Und jetzt entschuldigen Sie uns bitte, wir müssen den Tatort in Augenschein nehmen."

„Den werden'S aber da drin ned finden. Der Tatort, der is in unsrem Wirtshaus. Da fragen'S am besten Mal den Beppi von der Post, der kann Ihnen da Sachen erzählen, da schlackern'S mit den Ohren."

Damit machte die Brandlstetter auf dem Absatz kehrt. Bachmeier warf Müller einen fragenden Blick zu.

Etwa eine Stunde dauerte der Ortstermin an der Flüchtlingsunterkunft. Besonders aufschlussreich war er aus Sicht von Kommissar Bachmeier nicht. Man hatte den Toten am vergangenen Wochenende in den frühen Morgenstunden zum Sonntag hinter der Halle liegend gefunden. Die Leiche lag auf dem Bauch, offenbar war er von hinten angegriffen worden. Der eingeschlagene Schädel war vermutlich die Todesursache gewesen. Aus seinen wenigen Habseligkeiten ging nichts hervor, was einen Aufschluss auf den Tathergang gegeben hätte.

Müller und Bachmeier kehrten zurück zu ihrem Auto. „Nicht besonders viel, was wir hier bisher haben", fasste der Münchner zusammen.

Müller nickte düster. „Am End wird's halt scho recht haben, die Brandlstetter."

„Wie meinen Sie das?"

„Ja mei, a rechtsradikaler Hintergrund is ja irgendwie scho naheliegend bei sowas, oder?"

„Ich weiß nicht, sagen Sie's mir", forderte Bachmeier den Kollegen heraus. Er sah bisher nichts, was eindeutig in eine bestimmte Richtung gewiesen hätte, und vorschnelle Verurteilungen hasste er von Berufswegen wie die Pest.

„Ah geh. Wenn a Asylantenheim brennt, dann sucht zwar d'Feuerwehr a nach am Defekt oder was, aber letztlich is es doch eigentlich klar", beharrte Müller.

„Gibt's denn hier einschlägig bekannte Aggressoren, die infrage kämen für sowas?"

„Naa, des etz ned unbedingt ..."

„Dann müssen wir in alle Richtungen ermitteln", schloss der Kommissar aus München und stieg in das Fahrzeug des Kollegen.

Zurück in Landshut sortierte Bachmeier seine Unterlagen zu dem Fall und stellte eine Liste mit den Leuten auf, die er zum Verhör bitten wollte. Müllers Sekretärin war auch für seine Schreibarbeit zuständig, solange er in Landshut weilte. Ihr brachte er die Liste und bat sie, die Termine zu machen.

„Ich bin dann zu Tisch", sagte er zu ihr.

Er verließ das Präsidium in der unteren Neustadt und lief ein bisschen durch die engen Gässchen hinüber in die Altstadt. Bei einer Metzgerei unter den Bögen der mittelalterlichen Arkaden machte er Halt und kaufte sich sein Mittagessen, außerdem nahm er eine Landshuter Zeitung mit, die für die Kunden auflag. Mit seiner Leberkässemmel und der Zeitung zog er sich an einen der Stehtische zurück. Mit einer Hand hielt er seine Brotzeit, mit der anderen begann er, die Zeitung durchzublättern. Immer noch dominierten die nicht enden wollenden Flüchtlingsströme die überregionalen, ebenso wie die lokalen Nachrichten. Über den Toten in Eck stand nichts in der Zeitung.

Zurück im Präsidium überfiel ihn die Sekretärin sofort damit, dass eine Dame für ihn wartete, die sich absolut nicht abwimmeln hatte lassen. „Eine Frau Brandlstetter. Sie sagt, Sie würde sie kennen. Sie hätten schon gesprochen?"

Bachmeier nickte ergeben. „Ist das kleine Besprechungszimmer frei?"

Die Sekretärin bejahte die Frage.

„Dann schicken Sie sie da hin und bieten Sie ihr schon mal was zu trinken an, ich komme sofort."

Bachmeier ging in sein einstweiliges Büro und holte sich seine Unterlagen. Er hatte die Flüchtlingshelferin von Eck sowieso her bitten wollen, nachdem sie offenbar darauf brannte, verhört zu werden. Es war ja im Grunde egal, bei wem er begann. Wenig später betrat er den Besprechungsraum, der zwar nur zweckmäßig, aber immerhin freundlicher eingerichtet war als die Verhörräume im Erdgeschoss. Bachmeier hatte beschlossen, seine Gespräche hier zu führen.

„Frau Brandlstetter. Vielen Dank, dass Sie sich die Zeit genommen haben", begrüßte er die Besucherin.

Die kam ohne Umschweife gleich zum Thema: „I hab ma denkt, es is besser, wenn i Ihnen des glei erzähl. Weil besser, Sie hörn des von mir, als von andre Leut!"

Bachmeier klappte seinen Notizblock auf und sah sie über seinen gespitzten Stenobleistift hinweg erwartungsvoll an.

„Also, es is so. Der Mojo is am Sonntag in der Früh gfunden worden. Hinter der Unterkunft, de Stell ham'S ja heut sicher gesehn, gell?" Sie sprach den Namen des Verstorbenen *Moudsch-ou* aus. Die Art, wie sie von ihm sprach, ließ vermuten, dass sie ihn näher gekannt hatte. Bachmeier notierte sich diese Beobachtungen. Man wusste bei so einem Mord nie, welche Details letztlich die Lösung bringen würden.

Da sie nicht fortfuhr, erkannte der Kommissar, dass sie wohl eine Reaktion von ihm erwartete. Er beeilte sich zu sagen: „Ja, ja, ich war am Tatort heute. Weiter?"

„Jedenfalls ... bevor des passiert ist ... also wahrscheinlich, weil mir denken halt, dass er da scho a Weile glegen is, bevor's'n gfundn ham. Davor war auf jeden Fall a Party bei uns im Ort und do hod's a Auseinandersetzung geben."

Jetzt wurde Bachmeier hellhörig. Vielleicht hatte die Brandlstetter doch mehr zu bieten als Wichtigtuerei. „Eine

Auseinandersetzung?", wiederholte er. „Zwischen wem denn? Was war denn da?"

„Also de Party, de war von unserer Landjugend aus. De machen sowas ab und zu. Und weil da Pfarrer sie ausdrücklich drum gebeten hod, ham's de Asylanten eingladen dazu. Des war als a Art Integrationsmaßnahme gedacht. Unser Pfarrer is ja sehr drauf bedacht, dass die Ausländer, de wir da jetzt ham, in unser Dorfleben integriert werden. Der Herr Pfarrer is a gute Seele. Aber er hat halt sei Rechnung ohne de Rechten vom Rockerclub gmacht."

Bachmeier verzog zweifelnd die Miene. *Ein Rockerclub? In Eck?*

Spontan hatte Bachmeier Assoziationen wie die Hell's Angels und Bandenkriege im Kopf. So etwas war in der tiefsten niederbayerischen Provinz doch wohl nicht zu erwarten. Außerdem, waren Rocker nicht eher links?

Seine Zweifel sah man ihm anscheinend an, denn die Brandlstetter bekräftigte sofort: „Doch, doch, Herr Kommissär. Unser Rockerclub, des san Rechte, allesamt! Wissen'S, dene stinkt er halt, weil de Asylanten jetzt in ihrer Halle drin san. Des war erst ihr Vereinstreff. Seit unser Wirt nimmer ausschenkt, waren's halt dort unterkemma. Aber dann hat da Bergmann sei Halle für die Flüchtling zur Verfügung gstellt und aus war's mit de Rocker."

„Kann man ja verstehen, nicht? Wenn der Verein plötzlich auf der Straße steht ...", warf Bachmeier ein, um den Redefluss der Brandlstetter am Laufen zu halten.

„Ja, so war's aber ja ned. Weil da Bergmann – der, dem de Halle ghört, der Bauunternehmer, des is der Sohn vom Wirt. Und weil da Sohn sei Halle de Flüchtlinge geben wollt, hat der Vater gsagt, er sperrt halt dann ausnahmsweise doch sei Wirtshaus wieder auf für de Rocker. Es gibt da zwar jetzt nix mehr zum Trinken, aber ihr Bier ham's sich ja in der Halle a selber mitbringen müssen."

Bachmeier fasste zusammen: „Also, die Rocker wurden umquartiert von der Lagerhalle zurück ins Wirtshaus, weil

die Halle anderweitig gebraucht wurde. Ist ja jetzt weiter nicht schlimm, oder?"

Die Brandlstetter nickte triumphierend. „Ja, des sagn Sie! Und ich sag des a. Aber de Rocker stinkt des gewaltig. Für de is des der Beweis, dass unbescholtene deutsche Bürger bluten müssen, weil de Asylanten da san. De ham Unterschriften gsammelt und Plakate aufgehängt im ganzen Ort gegen die Unterkunft. Aber de Halle ghört ja am Bergmann privat und deswegen ham's da nix machen können. Jedenfalls war de Einladung zu der Landjugendparty jetzt wieder a gefundenes Fressen für de Neonazis vom Rockerclub. Islamisierung des Abendlands und so."

„Verstehe. Und dann haben sich die Rocker auf der Party an den Flüchtlingen gerächt und es kam zu einer Auseinandersetzung. Gab's Tätlichkeiten, oder ist es bei einer verbalen Konfrontation geblieben?"

„Bei denen bleibt's nie beim Gerede. Da kracht's doch ständig. Jeder von denen is polizeibekannt, da brauchen'S nur mal ihre Akten anschauen."

Bachmeier stenographierte eifrig. „Dazu brauch ich Namen. Seien Sie sich aber bitte bewusst, dass das, was Sie da zu Protokoll geben, harte Anschuldigungen sind. Es geht um Mord, oder zumindest Totschlag, oder vielleicht Körperverletzung mit Todesfolge. Auf jeden Fall kein Kavaliersdelikt", belehrte er seine Zeugin.

„Des is mir scho klar. Aber was wahr ist, muss gsagt werden. Und es is wahr, dass jeder von denen a Motiv ghabt hätt und jedem von denen trau i sowas zu! Der Anführer von de Rocker heißt Mario Semmler, genannt Semmel. Seine engsten Vertrauten san der Schratzenstaller Bene und der Saller Lugge. Wenn Sie die drei mal her zitieren, kriegen'S sicher scho was raus. Und dann werden'S a sehen, dass des keine leeren Beschuldigungen san von mir."

Bachmeier ließ sich die drei Namen wiederholen, dann verabschiedete er Frau Brandlstetter. Sie schüttelte ihm überschwänglich die Hand und sagte zum Abschluss: „I bin

sehr froh, dass Sie da san, Herr Kommissär. Zu Ihnen hab i Vertrauen, Sie lösen des auf. Sie ham so an lieben Blick, des hab i sofort gsehen."

Bachmeier erwiderte ihren Handschlag innerlich leicht angewidert, äußerlich blieb er professionell, dankte ihr noch einmal für ihr Kommen und wies ihr den Weg hinaus.

Wie sich herausstellte, hatte Frau Brandlstetter durchaus die Wahrheit gesprochen. Die drei namentlich von ihr Genannten verfügten über ein durchaus beeindruckendes Repertoire an Polizeivermerken: Wirtshausschlägereien, Bedrohung, Widerstand gegen die Staatsgewalt, Beleidigung, unerlaubter Waffenbesitz, Trunkenheit am Steuer und Fahren ohne Führerschein. Allerdings alle Delikte in Größenordnungen, dass von einer Inhaftierung bislang abgesehen werden konnte. Sozialstunden und Bußgelder hatte es aber bereits gegeben.

Bachmeier wusste, dass man in seinem Beruf vorsichtig sein musste mit Vorurteilen und Vorverurteilungen. Aber diese Herren passten gut in das Bild des randalierenden, am äußeren rechten Rand der gerade noch zulässigen politischen Meinung entlang schrammenden jungen Menschen. *Also eine rassistisch motivierte Tat?*

Während er noch die Daten abglich, klingelte das Telefon und der Kollege Müller informierte Bachmeier, dass der Bericht der Spurensicherung und der Obduktion vorlag.

„Was haben die Untersuchungen ergeben?", fragte Bachmeier nach den wichtigsten neuen Erkenntnissen.

„Auf jeden Fall, dass der Fundort der Leiche ned der Tatort war", antwortete Müller. „Der war bereits tot, als er da hinter der Halle abgelegt wordn is."

„Und die Todesursache?", wollte Bachmeier wissen.

Müller las vor: „Schlag mit einem stumpfen Gegenstand auf den Hinterkopf."

Bachmeier beschloss, noch einmal nach Eck hinauszufahren und ein paar Leute vor Ort zu befragen. Er lieh sich einen

Dienstwagen. Müllers Angebot, ihn zu begleiten, lehnte er ab. Er wollte allein mit den Menschen sprechen.

Zuerst fuhr er zu dem Wirtshaus. Es lag an der Hauptstraße und war leicht zu finden, jedoch stand es, wie beschrieben, verlassen da. Die Fensterläden waren geschlossen und im Aushangkasten klebte nur ein alter Kaugummi. Die Beleuchtung über dem Eingang war zerbrochen und auf den Parkplätzen vor dem Haus wucherten Löwenzahn und anderes Unkraut durch den Kies. Bachmeier umrundete das Gebäude, fand aber niemanden vor.

Hinter dem Gasthaus schloss sich der Hof an. Die Landwirtschaft wurde offenbar noch betrieben, denn er hörte Rinder, die ihre Hälse am Gestänge von Heuraufen rieben und den metallischen Klang von Eisen auf Eisen. Vorsichtig spähte er durch eine Tür in den Stall. Richtig, dort standen sauber nebeneinander aufgereiht Fleckvieh auf Gitterrosten und dazwischen ein Schubkarren mit Heu. Eine Frau, in einem abgetragenen Hemd und Jeans, schaufelte das Heu in die Rinne vor den Kuhboxen.

Bachmeier drückte die Klinke und öffnete die Tür zum Stall. Als er sie quietschend aufstieß, schrak die Frau zusammen. „Ham Sie mi etz erschreckt!"

„Entschuldigen Sie, nicht meine Absicht. Kriminaloberkommissar Bachmeier aus München, ich ermittle in dem Todesfall im Flüchtlingsheim", stellte Bachmeier sich vor.

Die Frau ließ die Mistgabel sinken und richtete sich zu ihrer vollen Größe auf. Mit dem Handrücken der linken Hand fuhr sie sich über die verschwitzte Stirn, wo dieser einen schmutzigen Streifen hinterließ. „Ja, und?", fragte sie vorsichtig. „Was ham mir damit zum tun?"

„Sind Sie da von dem Wirtshaus?", antwortete der Kommissar mit einer Gegenfrage.

„Ja, scho. Aber unser Wirtshaus is zu. Mir kochen nimmer aus", erwiderte die Frau.

Bachmeier schätzte sie auf ungefähr 50.

„Sie sind Frau Bergmann, die Wirtsfrau?", fragte er weiter.

Sie nickte.

„Und Sie überlassen die Räumlichkeiten regelmäßig dem ortsansässigen Rockerclub, ist das richtig?"

„Ja, weil da Junior de Halle vermieten wollt. Es war halt a Notlösung."

„Und hat es da jemals Probleme gegeben?", bohrte Bachmann weiter.

„Nein, eigentlich ned. Mir kennen die Leut ja teilweise scho lang, die warn ja früher scho bei uns, bevor mir die Wirtschaft aufgeben ham. Und de Jungen jetzt, de kennen mir a, teilweise scho, seit's Kinder warn. Is ja a Dorf hier, ned?"

„Und mit den Flüchtlingen? Gab's da Probleme?"

Die Frau machte ein unglückliches Gesicht. „Jetz amal ehrlich, Herr Kommissar, des is doch ned normal! So an Haufen Menschen, in so a kurzen Zeit. Wo soll denn des no alles hinführen? I hab nix gegen die Leute, wirklich ned. De meisten san sehr unauffällig. Aber es san ja lauter junge Männer, da san nur a Handvoll Frauen dabei und a paar Kinder. Wegen de Kinder sagt ma ja sowieso nix, de tun ma ehrlich leid. Aber de vielen Männer. Allein. Des is doch ganz klar, dass des dann kracht. Konn ma ihnen ja a ned verdenken, oder? Wenn'S mi fragen, dann warn de des selber. Da is doch alles Mögliche da, vom Syrer angfangt, über Afrikaner und was weiß ich, de san do auf so engem Raum zampfercht ... Da scheppert's dann halt irgendwann. Des war doch vorhersehbar."

Bachmeier hatte wieder sein Büchlein aufgeklappt und kritzelte Kürzel in die engen Zeilen.

„Die Rockercrew, die Sie in Ihrem Gasthaus beherbergen, sehen Sie in keinem Zusammenhang mit dem Vorfall?", fragte Bachmeier zur Sicherheit noch einmal.

„Naa, i wüsst ned wieso. Die ham jetzt wieder ihre Treffen bei uns im Wirtshaus, des war früher ja a scho so. Und des san doch keine Kriminellen, de Jungs vom Rockerclub. Des stellen Sie sich jetzt vielleicht falsch vor, in der Stadt is des wahrscheinlich was andres, aber bei uns aufm Land ... mei ... des san doch nur junge Leut, die gern mitm Motorrad fahren. Die tun doch keinem was."

123

„Das stimmt jetzt so aber auch nicht. Ich habe die Rocker überprüft, da sind schon Eintragungen aktenkundig, die gehen über das normale Maß von jugendlichem Leichtsinn deutlich hinaus."

Frau Bergmann schüttelte vehement den Kopf. „Hören'S mal, Herr Kommissär. Die Jungs, die san in Ordnung. Des mag schon sein, dass da mal einer a bissl über's Ziel hinausschießt. Aber des macht die doch noch ned zu Verbrechern. Und zu Rechte a ned. Jeder, der dem Flüchtlingsandrang da a weng skeptisch gegenübersteht, ist doch heut sofort im Verdacht, rechtsradikal zu sein. Ich bin bestimmt ned ausländerfeindlich, aber mir war's a ned recht, dass der Junior de Halle da an die vermietet. Des passt doch einfach ned zu uns nach Eck. Und dann glei so viele! Mi wundert des jedenfalls ned, dass da dann was passiert. Und jetzt hamma die Kriminalpolizei im Haus, des hamma jetzt davon!"

Damit griff sie wieder nach ihrer Mistgabel und begann erneut, Heu vor die hungrigen Kuhmäuler zu schaufeln. Das Gespräch schien von ihrer Seite her damit beendet. Bachmeier bedankte sich und verließ den Kuhstall.

Als nächstes suchte er den Anführer der Rocker auf. Die Familie Semmler bewohnte ein hübsches Einfamilienhaus am Rand von Eck. In dem Neubaugebiet standen viele solcher Immobilien, jede von einem adretten Garten umgeben, auf der Straße parkten einige Mittelklassewagen und SUVs. Bachmeier registrierte Trampolins, Klettergerüste und Sandkästen in den Vorgärten.

Sehr schön, ging es ihm durch den Kopf, *von sowas träumen die Leute in München nur.*

Die Semmlers wohnten am Ende einer Sackgasse. Ihr Spross Mario lebte offenbar noch bei seinen Eltern, jedenfalls wies das Klingelschild Herrn und Frau Semmler und auch ihn aus. Den Akten zufolge war der Anführer der Rockergang nicht mehr so jung, Anfang 30, aber ein Muttersöhnchen anscheinend, das das Hotel Mama nicht verlassen

wollte. In der Auffahrt zur Doppelgarage stand ein Moped. Nicht besonders beeindruckend für einen echten Rocker.

Bachmeier klingelte.

Eine füllige Frau im Alter von Frau Bergmann öffnete. Sie trug eine Küchenschürze und war augenscheinlich gerade mit Backen beschäftigt gewesen. Fragend sah sie den Fremden vor der Tür an.

Bachmeier zückte wieder seinen Dienstausweis und stellte sich vor. Augenblicklich wich alle Farbe aus dem Gesicht der Frau.

„Is was passiert? Ha? Sagen'S? Mitm Mario?"

Bachmeier verneinte. „Nein, ich ermittle im Fall des getöteten Asylwerbers. Ist Ihr Sohn Mario zu sprechen?"

„Der Mario is ned daheim. Der trifft sich um die Zeit gern mit seine Spezln. Da schrauben's dann an ihre Maschinen umanand."

Bachmeier nickte. „Und wo?"

„Beim Saller Lugge, dem sei Vater hat a Autowerkstatt. Also Ludwig. Saller Ludwig ist der Name. Bei uns im Ort is des, glei hinter der Kirchen", antwortete sie verunsichert.

Bachmeier notierte. „Ist Ihnen etwas aufgefallen in letzter Zeit an Ihrem Sohn?"

Frau Semmler wirkte alarmiert. „Also is doch was mitm Mario? Hat er was zum tun mit der Sach?"

„Das versuche ich ja gerade herauszufinden."

„Mei Sohn macht sowas ned!", beeilte sich die Mutter zu versichern. „Also, i mein, des wär ja dann Mord! Er hat scho Dreck am Stecken, Herr Kommissär, und wir ham ihm immer gsagt, dass diese Rockergeschichte nix is für ihn. Aber a Mord! Hörn'S auf, Herr Kommissär. A Mörder is er doch ned!"

„Das sag ich auch nicht, Frau Semmler. Ich möchte Ihrem Sohn lediglich ein paar Fragen stellen. Zu dem Fest am Samstag zum Beispiel."

„Ja, da war er. Da waren's allesamt."

„Eben. Sehen Sie, und deshalb suchen wir nach Zeugen, die vielleicht etwas gesehen haben in der Nacht. Mehr nicht."

Bachmeier verabschiedete sich und ließ die Mutter aufgebracht zurück.

Als er die Autowerkstatt Saller betrat, bot sich ihm ein Bild, das er nach allem, was er schon wusste, nicht erwartet hatte. Fast musste er sich ein Grinsen verkneifen.

Da saß die viel gerühmte Rockergang von Eck zusammen und schraubte an ihren Maschinen. Allerdings handelte es sich nicht um schwere Motorräder, sondern um 80er und 125er Kleinkaliber.

Der junge Mann, der sich dann als Mario Semmler zu erkennen gab, entsprach auch so überhaupt nicht Bachmeiers Vorstellung von einem harten Rocker. „Semmel" wurde er von seinen Freunden gerufen, und semmelblond war er in der Tat, außerdem sommersprossig und von der Statur eher schmächtig, darüber konnte die schwarze Lederjacke, die er immerhin trug, auch nicht hinweg täuschen. Seine Kameraden wirkten ebenfalls nicht halb so gefährlich, wie ihre Akten vermuten ließen.

„Meine Herren", erklärte Bachmeier dann auch jovial, nachdem er sich vorgestellt hatte. „Ich komme wegen ein paar Fragen zu vergangenem Samstag."

Semmel bot dem Kommissar einen Sitzplatz und eine Bügelflasche Bier an. Bachmeier akzeptierte ersteres und verweigerte das zweite mit dem Hinweis: „Danke, aber ich bin im Dienst."

„Weiß ja keiner, Herr Kommissar", erwiderte Semmel grinsend.

„Na, trotzdem nicht. Wo waren Sie drei denn am Samstag?"

„Auf der Party von der Landjugend. Des wissen'S ja wahrscheinlich eh scho, oder?", antwortete der Sohn des Werkstattinhabers.

„Ja. Und wie lang waren Sie dort?"

„Mei ... i weiß gar nimmer so genau ... werd scho zwei oder drei in der Früh gwesen sei, oder?", fragte Semmel in die Runde.

„Konn scho sei."

„Haben Sie da etwas bemerkt? Der Tote muss nach unseren Erkenntnissen kurz nach Mitternacht gestorben sein."

„Naa, nix. Oder? Habt's ihr was gsehen?", antwortete Lugge für alle.

„Haben Sie die Asylanten gesehen auf dem Fest?"

„Ja, des scho. Des waren vielleicht fünf oder so."

„Die san halt seltsam, weil de tanzen ned und trinken tun's a nix. De san halt nur so rumgstanden de ganze Zeit."

„Und ham sich an unsre Mädel rangmacht!", fuhr Lugge dazwischen. Die andren beiden warfen ihm warnende Blicke zu. „Was denn? Des derf ma doch sagn. De machen ständig unsere Mädel an!"

„Wurde ein Mädchen von den fünf Männern belästigt?", hakte der Kommissar nach.

„Des is doch allgemein bekannt, dass die Islamisten a ganz a andres Frauenbild ham wie wir", wiegelte Semmel ab.

„Islamisten werden Sie ja hoffentlich nicht hier haben. Moslems möglicherweise. Der Tote war aber kein Moslem, sondern Christ", korrigierte der Kommissar.

Semmel wirkte von dieser neuen Erkenntnis unbeeindruckt.

„Mir ist zu Ohren gekommen, dass es auf der Landjugendfeier zu einer Auseinandersetzung gekommen ist. Wissen Sie was davon? Waren Sie dabei?", fragte Bachmeier scharf.

Semmel, Lugge und Bene, der bisher den Mund gehalten hatte, versäumten es nicht, ein unschuldiges Gesicht aufzusetzen. Lugge sagte treuherzig: „Herr Kommissar, des passiert manchmal bei solche Festln. Wenn da Alkohol fließt und auf amoi kocht's Blut hoch und dann ..."

„... dann gibt's eine Leiche?", warf der Kommissar ein.

Bachmeier merkte, dass er die Jungs härter an die Kandare nehmen musste, wenn er etwas aus ihnen herauskitzeln wollte.

Semmel war mit einem Mal sehr ernst. „Jetzt machen'S aber mal an Punkt, Herr Kommissar. Wir ham da gefeiert, ja, es hat Streit gebn. I sag Ihnen a, warum: Weil der Neger sich

scho die ganze Zeit an Lugge sei Freundin ranschmeißt. Des muss sich ja niemand gfallen lassen, oder? Egal, ob jetzt Neger oder ned. Wenn i a Freundin hätt, dann tät i des a ned zulassen, dass a andrer die anlangt. Aber deshalb bringt ma ja noch keinen um! Damit macht ma keine Witze, des is a ernsthafte Anschuldigung."

„*Mir* ist das durchaus bewusst, Herr Semmler. Aber Sie würden das, was Sie da sagen, notfalls auch beschwören, versteh ich das richtig?"

Semmel nickte energisch, die beiden anderen taten es ihm eilig gleich. Der Kommissar klappte sein Notizbuch zu. „Gut, ich habe Ihre Aussagen erst einmal aufgenommen. Wir kommen gegebenenfalls noch einmal auf Sie zu."

Zurück am Präsidium suchte Bachmeier Müller auf und erklärte: „Ich will in die Unterkunft und die Flüchtlinge befragen."

Müller sah von seiner Arbeit auf.

„Wie stellen'S Ihnen denn das vor?", fragte er kopfschüttelnd. „Wir ham sowieso zu wenig Leut und Arabisch spricht bei uns a keiner."

„Dann müssen eben Übersetzer her", erklärte Bachmeier unbeirrt.

„Wo soll'ma denn die jetzt so schnell hernehmen?"

„Ein paar werden ja wohl wenigstens Englisch sprechen, oder nicht? Die Frau Brandlstetter hat sich doch auch auf Englisch mit den Flüchtlingen verständigt."

Müller verdrehte die Augen.

„De paar Brocken, de die da brauchen, dafür langt's grad noch. Aber doch ned für a Verhör!"

„Sollen wir diesen Fall aufklären? Oder warten wir einfach ab, bis Gras über die Sache gewachsen ist?", fragte Bachmeier scharf.

Müller seufzte. „Wir tun doch, was ma können. Nur Wunder vollbringen, des können wir halt a ned."

Am anderen Tag war das Präsidium bereits in heller Aufregung, als Bachmeier zum Dienst erschien.

„Was ist denn hier los?", fragte er Müller. Der drückte ihm schweigend den Lokalteil der Landshuter Zeitung in die Hand. Gleich auf der ersten Seite prangte, eine Spalte lang, ein Artikel mit der Überschrift: „Schlägerei in Asylunterkunft endet tödlich". Dem Text war zu entnehmen, dass von Seiten der Polizei der oder die Täter im Umfeld des Getöteten vermutet wurden und die Auseinandersetzung in der Tatnacht von den Asylwerbern angezettelt worden war, die die örtliche Landjugendparty gesprengt hätten.

Bachmeier traute seinen Augen kaum.

„Wer schreibt denn so einen Schwachsinn?"

„Fragen'S lieber, wer so an Schwachsinn an d'Presse weitergibt. De schreiben nur des, wos ma ihnen vorgibt", knurrte Müller düster.

Bachmeier eilte an seinen Schreibtisch, dort lief bereits das Telefon heiß. Die Erste am Apparat war die Brandlstetter.

„Herr Kommissär, i bin ... also ... i bin außer mir! Wie kommen Sie dazu, so einen unglaublichen Blödsinn an die Presse weiter zum geben? I hob dacht, i hätt Ihnen deutlich gmacht, wie des war?"

Bachmeier versuchte einzuwerfen, dass er keineswegs mit der Presse gesprochen hatte, doch er kam gar nicht zu Wort.

„Wissen Sie eigentlich, was da bei uns heraußen los is?", polterte Frau Brandlstetter. „Unsere Asylwerber trauen sich gar nimmer ausm Haus raus! Des war ja vorher scho schwierig, seit de Rocker Stimmung machen gegen die Unterkunft. Aber jetzt ... Des is ja ungeheuerlich!"

„Gebe ich Ihnen vollkommen recht, Frau Brandlstetter. Bitte seien Sie versichert, dass wir dem nachgehen werden. Wir ermitteln nach wie vor in alle Richtungen."

Bachmeier wimmelte die aufgebrachte Brandlstetter ab und wählte die Durchwahl der Sekretärin, bevor ein weiterer externer Anruf ihn davon abhalten konnte. Er bat sie, ihn mit der Redaktion der Landshuter Zeitung zu verbinden. Danach

hörte er die weiteren Nachrichten auf dem Anrufbeantworter ab.

Müller kam herein, ohne anzuklopfen.

„Wir müssen noch mal rausfahren, fürcht ich", sagte er wenig begeistert.

„Erst will ich wissen, wer diese Meldung lanciert hat!"

„Des wiss ma bereits", erklärte Müller plötzlich ungewohnt eifrig.

„Und? Wer?"

„A neuer, a bissl übermotivierter Kollege hat gestern in der Pressemitteilung gschrieben, dass es nicht auszuschließen ist, dass der Mörder selber ein Asylant ist."

Bachmeier schnaubte: „Wie kommt er dazu?"

„Ja, mei, ausschließen könn ma des doch wirklich ned, oder?"

„Seit wann sind Sie bei der Polizei, Müller?" Bachmeier wurde laut, was normalerweise nicht seine Art war. „Wo haben Sie gelernt, dass man Halbwahrheiten und Spekulationen an die Presse rausgibt?"

„I war's ja a ned", sagte Müller beleidigt.

Vor dem Asylheim erwartete die beiden Kriminaler bereits die örtliche Streifenpolizei. Der Einsatzwagen parkte mit laufendem Blaulicht, ohne Sirene am Straßenrand, die Fahrertür stand weit offen. Zwei Polizisten in Uniform befanden sich vor der Halle und sprachen mit der heftig gestikulierenden Brandlstetter. Als sie die Kriminalpolizei gewahrte, ließ sie von den Streifenbeamten ab und kam auf Bachmeier und Müller zu.

„Da, jetzt hamma den Salat! Sagen'S nachher ned, dass i Sie ned gwarnt hab", fauchte sie ohne Einleitung, rauschte dann an den beiden vorbei und stieg in ihr Auto.

Der Platz vor der Halle war heute menschenleer, neugierige Kinder drückten sich die Nasen an der verglasten Eingangstür platt, dahinter standen ihre Eltern beisammen.

Bachmeier begrüßte die beiden Polizisten.

„Kollegen, was gibt es hier?"

Wortlos signalisierte der eine der beiden dem Kriminaler aus München, ihm zu folgen. Sie gingen um die Halle herum. An der abgewandten Seite, ungefähr dort, wo der Tote gefunden worden war, prangte ein Hakenkreuz an der Wand.

Bachmeier sog hörbar die Luft durch die Zähne ein. „Respekt ...", murmelte er kopfschüttelnd.

Müller, der ihm gefolgt war, schnaubte: „Na, da ham'S jetzt zumindest Ihr Motiv, oder ned?"

„Wahrscheinlich", räumte Bachmeier ein. „Aber jemand, der Wände beschmiert, ist noch lange kein Mörder. Kann auch ein Trittbrettfahrer sein."

Als sie wieder nach vorne auf den Hof kamen, stand dort neben dem Polizeiauto ein schwarzer Audi. Ein korpulenter Mann mit Trachtenjanker stand daneben und telefonierte.

„Aussis, der a no ...", entfuhr es Müller.

„Wer ist das?", fragte Bachmeier.

„Der Bürgermeister ..."

Der Bürgermeister der Gemeinde, zu der auch das verschlafene Eck zählte, war gekommen, um sich selbst ein Bild zu machen.

„Ungut, des alles, sehr ungut. Sie machen sich keine Begriffe, was bei uns auf der Gemeinde los ist zurzeit", sagte er kopfschüttelnd, als er die Schmiererei gesehen hatte. „A Petition hab ich kriegt, mit 150 Unterschriften, weil angeblich kann man sich in Eck nicht mehr sicher fühlen. Eltern fürchten um die Sicherheit ihrer Kinder, alte Leut haben Angst vor Einbrüchen und Überfällen und junge Frauen meinen, sie würden von den Asylanten sexuell belästigt werden. Es is grotesk und gleichzeitig kann ich ned so tun, als ob nix wär, immerhin hat's einen Toten gegeben."

Er lud Bachmeier und Müller zur für denselben Abend eilig einberufenen Gemeinderatssitzung ein. Bachmeier sagte sein Kommen zu.

Als der Bürgermeister wieder fort war, setzte Bachmeier seinen Vorsatz vom Vortag in die Tat um. Er verzichtete darauf,

einen offiziellen Dolmetscher anzufordern, denn er wollte nicht so lange warten, bis der eintraf. Zunächst würde er sich selbst ein Bild über die Zustände in der Unterkunft verschaffen, offizielle Verhöre konnte er auch später noch führen. Er suchte unter den Flüchtlingen jemanden, der halbwegs passabel Englisch sprach und erklärte ihm, dass er Interviews führen wollte. Der Flüchtling, der sich als Mustafa vorstellte und aus Syrien kam, erklärte sich bereit, als Dolmetscher zu fungieren, zumindest für die, die Arabisch sprachen.

Schnell wurde klar: alle hatten den getöteten Mojo gekannt und gemocht.

„He was good guy", sagte Mustafa immer wieder.

Bachmeier fragte nach dem Mädchen, das wohl mit dem Rocker Lugge liiert war und dem Mojo angeblich nachgestellt hatte. Mustafa übersetzte, was eine verschleierte junge Frau aus Afghanistan sagte: „She know her. She come helping. She is good girl."

Bachmeier stenographierte, was er verstand. Die fragliche Frau, die möglicherweise Anlass zur Auseinandersetzung auf der Landjugendfete gewesen war, betätigte sich als Helferin im Flüchtlingslager. Man schätzte sie dort.

Ob ihr deutscher Freund ebenfalls bekannt sei, wollte Bachmeier wissen. Die junge Frau nickte. „She know him, too. He not good. He beats woman."

Bachmeier wusste aus seinen Unterlagen, dass gegen Lugge Saller bereits eine Anzeige wegen Körperverletzung aktenkundig war. Anscheinend war seine Freundin auch schon Opfer seiner Gewaltbereitschaft geworden. Das würde noch zu überprüfen sein. Wenn es zu einer Auseinandersetzung zwischen Lugge und Mojo gekommen war, wegen der jungen Frau, dann war Lugge womöglich wirklich dringend tatverdächtig. Zimperlich war er jedenfalls offensichtlich nicht.

Die Verhöre gestalteten sich schwierig, Bachmeier hatte oft Zweifel, ob er wirklich das verstand, was die Leute ihm mitteilen wollten. Immer wieder erzählten sie ihm auch von

ihren Geschichten: über die Flucht, ihre Ankunft in Europa, die Stationen bis hierher, eine Odyssee. Wie so viele hatte Bachmeier sich bisher nicht weiter mit den Problemen in den Flüchtlingsunterkünften auseinandergesetzt. Er las und hörte davon in den Medien, aber er hatte sich nicht die Mühe gemacht, hinzugehen und den Leuten selber zuzuhören. Jetzt berührten ihn die persönlichen Schicksale, oder das, was er davon verstand.

Am Schluss prägte sich ein Satz von Mustafa besonders in sein Gedächtnis ein. Er hatte ihn gefragt, was er von Mojos Schicksal wusste. Mustafa sagte: „He come from Africa. Africa is hard. A long journey to the sea. A boat to Europe."

Was er dann sagte, fasste Bachmeier für Müller später so auf Deutsch zusammen: „Den Schleppern ist es egal, wer du bist und wohin du willst. Sie interessiert nur das Geld. Wenn du unterwegs stirbst, ist das deine Sache."[1]

„Und? Hat er de jetzt anbaggert, oder ned?", wollte Müller wissen.

„Das weiß ich nicht. Aber irgendwie kann ich mir das nicht vorstellen. Glauben Sie nicht, dass jemand, der so viel durchgemacht hat, nicht was andres im Kopf hat, als hier gleich jedem Rockzipfel hinterher zu steigen?"

Müller zuckte die Achseln. „Vielleicht grad deswegen ..."

Bachmeier ging zu der Gemeinderatssitzung. Sie fand im Pfarrsaal statt, es war eine öffentliche Sitzung und die Beteiligung war für die kleine Gemeinde beeindruckend. Die Stühle reichten nicht, auch die nicht, die man eilig noch herbei karrte. Hinten standen die Leute, die keine Sitzplätze mehr gefunden hatten, kauerten auf den Fensterbänken und vor den Stuhlreihen auf dem Boden. Auch viele junge Gemeindemitglieder waren gekommen.

Der Bürgermeister eröffnete die Sitzung. „Erster Tagesordnungspunkt: Der bedauerliche Vorfall an der Asylunter-

---

[1] ZDF, Tagesschau vom 11.11.2015

kunft in Eck. Diesbezüglich hat uns eine Unterschriftensammlung erreicht, die die Schließung der Asylunterkunft in Eck fordert. Zu diesem Thema hamma den zuständigen Kommissar von der Kripo da. Herr Bachmeier, wenn's recht is, täten wir gern a paar Fragen stellen lassen?"

Bachmeier hatte damit gerechnet. Er nickte.

Ein Mann in der ersten Reihe erhob sich und fragte: „Wie weit sind Sie mit Ihren Ermittlungen? Stimmt es, dass es bereits Verhaftungen unter den Flüchtlingen gab?"

Bachmeier runzelte die Stirn. „Nein, diese Information ist falsch. Wir haben niemanden verhaftet."

„Wann werdn Sie dann endlich mal aktiv? Was muss denn no passiern?", rief jemand aus dem Hintergrund. Zustimmendes Gemurmel im Saal war die Folge.

„Wir ermitteln nach wie vor in alle Richtungen", erklärte Bachmeier ruhig.

„Es wird doch wohl möglich sei, so an muslimischen Verbrecher dingfest zu macha, wenn er scho seine eigenen Landsleut umbringt! Des mag ja bei denen da unten normal sei, aber bei uns hier ned!" „Man kann sich ja schon nicht mehr sicher fühlen!"

„Genau, ich lass meine Kinder nimmer allein auf d'Straß!"

Die Leute riefen wild durcheinander. Schon nach wenigen Minuten brodelte es im Saal.

Bachmeier hob beschwichtigend die Hände. „Wir haben keinerlei Hinweise darauf, dass es sich um ein Serienverbrechen handelt. Wahrscheinlicher ist eine Affekttat, oder eine Beziehungstat. Grund zur Sorge für die öffentliche Sicherheit besteht unseren Erkenntnissen nach nicht."

Das Gemurmel wurde lauter. Der Bürgermeister musste eingreifen und seine Mitbürger zur Ordnung rufen.

Eine Frau fragte: „Heute wurde a Hakenkreuz an der Halle gefunden, stimmt das? Handelt es sich um eine rassistisch motivierte Tat?"

„Das ist richtig, wir haben eine ungefähr mannshohe Schmiererei gefunden, an der Rückseite der Halle. Es besteht

wohl kein Zweifel, dass es sich dabei um eine rassistisch motivierte Tat handelt. Ob die Sachbeschädigung allerdings in direktem Zusammenhang mit dem Toten steht, wissen wir zum derzeitigen Zeitpunkt noch nicht", erklärte Bachmeier sachlich.

„Werden diese Spuren verfolgt, oder endet das dann wieder wie beim NSU?", rief die Frau aufgebracht.

Ein Mann mischte sich ein: „Die Polizei ist doch an vorderster Front dabei, wenn es um Rechtsradikalismus geht!"

Jetzt teilte sich der Saal in zustimmendes Gemurmel und Pfiffe. Die Stimmung drohte zu kippen.

Ein dicklicher Mann in Trachtenhemd und Janker rief erbost: „Naives Gutmenschentum! Der heilige Flüchtling ... lass ma's ruhig alle rein in unser Land, die Terroristen! Und dann beschwer'ma uns, dass ma um unser Leben fürchten müssen."

Ein anderer fiel ihm ins Wort: „Vielleicht sollt der Herr Kommissär gleich amal die ganzen verkappten Nazis hier einbuchten, da würd i bedeutend besser schlafen, als wenn's die Asylanten wegtun!"

Der im Trachtenjanker sprang erstaunlich behände für seine Leibesfülle auf die Beine und ballte die Fäuste in die Richtung des andren. Glücklicherweise trennten so viele besetzte Plätze die zwei, dass sie nicht sofort an Ort und Stelle übereinander herfallen konnten. Für beide Aussagen gab es Zustimmung aus der Menge. Bachmeier traute seinen Augen und Ohren kaum.

„Bitte, beherrschen Sie sich, meine Herren. Wir verhaften hier überhaupt niemanden ohne dringenden Tatverdacht."

Bachmeiers Beschwichtigung ging im ausbrechenden allgemeinen Tumult unter. Plötzlich standen die meisten Besucher der Sitzung auf den Füßen und brüllten sich gegenseitig ihre Argumente entgegen. Die Brandlstetter schlug sich zu Bachmeier durch und erklärte spitz: „Da ham's es jetzt. Glauben'S mir jetzt, dass wir hier Nazis ham? Und die ham auch den Mojo auf dem Gewissen! Finden'S den Schmierer, dann ham's auch den Mörder."

Damit verließ sie die Gemeinderatssitzung. Der Bürgermeister und seine Gemeinderatsmitglieder schafften es nur mit Mühe, den aufgebrachten Mob zu beruhigen, die Sitzung musste geschlossen werden. Bachmeier fuhr zurück nach Landshut.

Gleich am nächsten Morgen erhitzte ein neuerlicher Vorfall die Gemüter in und um Eck. An der Eingangstür des örtlichen Kindergartens prangte ein Aushang: „Liebe Eltern, wir weisen Sie darauf hin, dass wir gesetzlich verpflichtet sind, die ortsansässigen Kinder der Asylwerber in die Gruppen aufzunehmen. Leider lässt sich eine getrennte Unterbringung aus räumlichen und personellen Gründen nicht leisten, daher bitten wir Sie um Ihre Mithilfe: Melden Sie uns auffällige Vorkommnisse umgehend, bringen Sie keine Wertgegenstände und teures Spielzeug mit in den Kindergarten, ermahnen Sie Ihre Kinder zur Vorsicht und meiden Sie den direkten Kontakt. Bei den Flüchtlingen wurden verschiedene Krankheiten festgestellt, wie HIV, Krätze, Tuberkulose, Lassa-Fieber, Meningitis, Masern, Typhus, u.a. Wir sorgen natürlich für alle gebotenen Hygienemaßnahmen, darüber hinaus stellen wir Desinfektionsmittel auf, das sie jederzeit benutzen können."

Unterzeichnet war der Aushang von der Leiterin der Einrichtung. Dieses Mal wendete sich der Pfarrer an Bachmeier, er legte ihm den Schrieb vor und sagte: „Das kann man doch so nicht schreiben, oder? Wie sehen Sie das?"

Bachmeier überflog die Zeilen und nickte dann: „Nein, das geht nicht. Wo haben Sie das denn her?"

„Das hing heute an der Haupteingangstür unsres Kindergartens am Ort. Einige aufgebrachte Eltern haben es mir gemeldet. Die Leiterin meinte, sie habe eine Aufklärungspflicht den anderen Eltern gegenüber, aber ich meine ... wir haben doch auch Krankheiten hier. Erst letztes Jahr gab es eine ziemliche Epidemie von Kopfläusen in der Einrichtung, da waren die Asylwerber noch gar nicht hier. Das kann man doch nicht so verallgemeinern ... oder?"

Bachmeier pflichtete ihm bei: „Das sehe ich genauso, das kann man nicht pauschalisieren. Genauso wenig, wie man jedem Auswärtigen gleich eine kriminelle Ader unterstellen kann. Das heißt ja quasi, alle Flüchtlingskinder sind potentielle Diebe. Gibt es denn Anlass für solche Behauptungen?"

„Ich wüsste nichts. Aber wahrscheinlich ist es eine Reaktion auf die Petition und die Bedenken einiger Eltern. Sie waren ja gestern Abend selbst auf der Versammlung, Sie haben es ja gehört."

Bachmeier nickte düster. Der Abend steckte ihm noch in den Gliedern. Dass es so eskalieren würde, damit hatte er nicht gerechnet. Es gab eine breite Front gegen die Asylwerber in Eck, das stand fest. Ob es sich um grundsätzliche Einstellungen handelte, oder um eine Reaktion auf die aktuellen Ereignisse, konnte er nicht sagen.

Viel Zeit zum Nachdenken blieb ihnen nicht, schon Mittag meldeten die Kollegen von der Streife, dass in Eck ein neuerlicher Vorfall gemeldet worden war: Das Auto der Kindergartenleiterin war Opfer einer Attacke geworden. Randalierer hatten es bei laufendem Kindergartenbetrieb auf dem hauseigenen Parkplatz demoliert.

„Also, das nimmt langsam Züge an ...", murmelte Bachmeier fassungslos.

„Die drahn komplett durch ...", bestätigte Müller düster.

„Wenn ich nur wüsste, wo wir ansetzen sollen! Wer sind die Drahtzieher? Und vor allem, wer hat den Asylanten auf dem Gewissen?"

Wieder einmal bestiegen die beiden Beamten das Dienstfahrzeug und fuhren hinaus nach Eck. Es lag eine seltsame Stimmung über dem kleinen Ort. Bachmeier fiel zunächst auf, dass sie niemanden auf der Straße sahen. Das ganze Dorf wirkte wie ausgestorben, dabei hatte man das Gefühl, dass sich in jedem Haus die Gardinen bewegten, als das Fahrzeug vorüberfuhr, aber niemand ließ sich blicken. Sie hielten vor der Flüchtlingsunterkunft. Als sie die Polizisten

sahen, scheuchten die Frauen ihre Kinder ins Gebäude und machten, dass sie selbst davonkamen.

„Ham de Angst vor uns?", fragte Müller konsterniert.

Bachmeier meinte: „Sieht ganz danach aus."

Der Syrer, mit dem sie beim letzten Mal gesprochen hatten und der ihnen geholfen hatte, die anderen zu vernehmen, winkte sofort ab. „No, no talking."

„Fragen'S wovor er Angst hat!", drängte Müller, der Bachmeier bei der englischen Konversation gern den Vortritt ließ. Bachmeier fragte den Mann. Der wich seinen Blicken aus und antwortete vage: „No talking to police anymore. All is said."

„Sie haben uns schon alles erzählt, meint er", gab Bachmeier die Antwort an Müller weiter.

„Des glaub i ned!", knurrte Müller.

In diesem Moment kam die Brandlstetter ums Eck und stürzte sich förmlich auf die beiden Kripobeamten, als sie ihrer ansichtig wurde.

„Auf Sie hab i scho gwart! Was sagen'S denn jetzt dazu? Des wird doch echt hint höher wie vorn!"

Bachmeier war sich nicht ganz sicher, worauf sie sich bezog, nickte aber unbestimmt.

„Die Leut hier san total verunsichert. Des is ja wohl a kein Wunder, wenn ma bedenkt, was die alles durchmacht ham. Und jetzt geht's hier glei weiter. A Saustall is des! Wissen Sie jetzt wenigstens, wer des scheußliche Ding da hinten an die Wand gschmiert hat?"

Bachmeier musste leider verneinen.

„Was machen denn Sie eigentlich den ganzen Tag?", fauchte die Brandlstetter. „Was muss'n no alles passiern? 's fehlt nimmer viel und dann schmeißt hier einer an Molotow in die Unterkunft. Und dann? Ha? Was is dann?"

Bachmeier hob beschwichtigend die Hände. „Frau Brandlstetter, bitte. Wir tun, was wir können …"

„Ja, genau, des seh i!", fiel sie ihm schnaubend ins Wort. „Da liegt a Toter hinterm Haus und niemand kann sagen, wie

der do hinkommen is. Dann hamma de Schmiererei do, de Bürgerversammlung gestern war ja sowieso der Abschuss und heut hängt der unsägliche Zettel da am Kindergarten. Wissen'S was? Wer immer des Auto von dera Hex kaputt gmacht hat – i war's leider ned – aber i sag: Recht hat er ghabt! Es muss was gschehen. Wissen'S, was jetzt als nächstes passiert? De organisiern a Bürgerwehr. So schaut's aus!"

Müller wirkte alarmiert. „Was heißt des, a Bürgerwehr? Und wer organisiert sowas?"

„Ja, de ganze Bagage von gestern! De Schreimäuler und Maulaffen! Weil ma sich angeblich nimmer sicher fühlen kann bei uns im Ort. Wenn sich do jemand nimmer sicher fühlen kann, dann san des ja wohl de armen Leut da drin!"

Bachmeier warf Müller einen Blick zu. Dem sollten sie auf jeden Fall nachgehen, aber erst einmal musste er die Brandlstetter in ihrem gerechten Zorn bremsen. Er sagte: „Ein Auto zu demolieren, ist eine Straftat, das dürfen wir nicht beschönigen. Es ist genauso Sachbeschädigung, wie die Schmiererei an der Hallenwand. Und beides ist auf keinen Fall gutzuheißen."

Die Brandlstetter grunzte nur verächtlich. „Wir werdn heut Abend auf jeden Fall a Zeichen setzen. I hab mitm Pfarrer scho besprochen, dass ma a Mahnwache abhalten werdn, hier vorm Asylheim", erklärte sie bestimmt.

Bachmeier änderte seinen Plan und wies Müller an, zur Autowerkstatt Saller zu fahren. Wie erwartet, trafen sie dort wieder auf die Motorradclique.

„Heut Verstärkung mitgebracht, Kommissar?", fragte Semmel grinsend, als die beiden Herren die Werkstatt betraten. Auf der Hebebühne stand ein alter Roller, Semmel trug einen Blaumann und seine Hände waren ölverschmiert, Lugge stand an der Werkbank und hantierte mit irgendwelchen Werkzeugen herum und Bene saß auf einer umgedrehten Bierkiste und drehte am Senderknopf einer alten Stereoanlage herum.

„Seid ihr eigentlich jeden Tag hier?", fragte Bachmeier, ohne auf Semmels Kommentar einzugehen.

„So ziemlich, warum?", entgegnete Semmel.

„Keine anderen Verpflichtungen? Schulabschluss, Ausbildung, Arbeit oder dergleichen?"

Semmel musterte Bachmeier abschätzig. „Wer san Sie? Mei Mutter? I hab an Quali und i hab a Lehr zum Maurer angfangt."

Angefangen ist gut, dachte Bachmeier, *weit scheint er damit ja noch nicht gekommen zu sein, mit über dreißig!*

Klang nicht danach, als würde der junge Mann sich überanstrengen. Stattdessen sagte er: „Ich wundere mich nur, dass drei junge Kerle wie ihr den ganzen Tag Zeit haben, hier abzuhängen."

„Des geht Sie doch nix o, wo mir rumhängan", protestierte Lugge.

„Vermutlich nicht", räumte Bachmeier ein. „Nur so weit, wie's meinen Fall betrifft."

„Dazu hamma Ihnen doch scho alles gsagt", wiegelte Semmel sofort ab. „Von uns war des keiner. Keine Ahnung, was da passiert is."

„Und was da jetzt grad in eurem Dorf passiert, davon habt ihr vermutlich auch keine Ahnung?", wollte der Kommissar wissen.

„Was meinen'S?"

„Die Bürgerversammlung gestern, das Hakenkreuz an der Wand, der Aushang am Kindergarten, das demolierte Auto der Leiterin ...", zählte Bachmeier auf.

„Alles ned unsere Baustell. Wissen'S es werd Zeit, dass Sie sich mal um Ihre Arbeit kümmern. Kein Wunder, dass unsre Leut jetzt mobil machan. Sie san ja ned dazu in der Lage, dass'S da a Ruh neibrin-gan!", erklärte Lugge giftig.

Semmel zischte ihm zu: „I hab's da letztes Mal scho gsagt, Alter: Halt's Maul!"

„Was verstehen Sie unter *mobil machen*?", hakte Bachmeier nach, ohne auf Semmels Intervention Rücksicht zu nehmen.

„Mei Vater hat gsagt, dass er und a paar andre jetzt abends draußen nach'm Rechten schaugn wolln. Mei Vater is a Jäger, der weiß scho, wie er sich wehren konn, wenn's is", erklärte Lugge nicht ohne Stolz.

„Alter", fiel Semmel ein und zupfte ihn am Ärmel. „Halt's Maul! Des is ned *legal* ..."

„Wieso ned?", begehrte Lugge auf. Er riss sich los und machte einen Schritt auf Bachmeier zu, dabei hielt er einen 12er Schlüssel in der Hand, als wollte er damit auf den Beamten losgehen. Bachmeiers Hand zuckte reflexartig zum Gürtel, wo er unter seiner Jacke seine Dienstwaffe wusste. Semmel entschärfte die Situation, indem er dem Freund das Werkzeug wegnahm.

„Herrschaft, jetzt reiß di zam!", knurrte er, und zu Bachmeier gewandt sagte er: „Sie müssen entschuldigen, aber sei Freundin hat gestern mit ihm Schluss gmacht. Dieses Mal endgültig, wie's ausschaut. Er is deshalb a bissl neben sich."

Bachmeier nickte nur.

„Dann war wohl der junge Mann doch nicht die Ursache. Jetzt, wo er tot ist ..."

„Fralle war's der!" Lugge spie die Worte förmlich aus. „Nur wegen dem Neger hat's doch überhaupt angfangt! Davor war alles okay! Und jetzt? Seit des passiert is, dreht's total am Radl! Die meint, i war des!"

„Und? Waren Sie's?", fragte Bachmeier ruhig.

„An Scheiß war i! Aber langsam wünsch I mir, i wär's gwesen!"

„Sie sind vorrübergehend festgenommen!", mischte sich Müller plötzlich ein. Bisher hatte er nur schweigend daneben gestanden und den Schlagabtausch zwischen seinem Kollegen und den dreien verfolgt, jetzt trat er nach vorn und sagte bühnenreif: „Ich verhafte Sie aufgrund des dringenden Tatverdachts, den Asylwerber Mojo Hafsa Guambo in der Nacht zum Sonntag durch einen Schlag auf den Hinterkopf getötet zu haben. Sie können einen Anwalt hinzuziehen."

In dem Moment drehte Lugge sich um und sprintete wie ein Kaninchen davon. Er riss die Seitentür der Werkstatt mit solcher Wucht auf, dass sie gegen die Hausmauer schlug, dann war er auch schon zwischen den Häusern verschwunden. Bachmeier und Müller zogen ihre Dienstwaffen und rannten hinterher, gefolgt von Bene und Semmel, die offenbar vom Fluchtversuch ihres Freundes ebenfalls überrascht worden waren.

Bachmeier verfluchte, dass er dem Polizeisport schon vor einer ganzen Weile abgeschworen hatte. In seinem Dienst hatte er bisher wenig Notwendigkeit dafür gehabt. Als er keuchend um die nächste Biegung der Straße joggte, war von Lugge Saller nichts mehr zu sehen.

„Scheiße!", rief er.

Müller kam schnaufend neben ihm zum Stehen und ließ die Arme hängen. Seine Pistole baumelte nutzlos in seiner rechten Hand.

„So a Scheiß! Und jetzt?"

„Das war ja super durchdacht", kritisierte Bachmeier Müllers Alleingang.

„Was hätt i denn tun solln? Der war's, da wett i!"

„Ja, kann schon sein. Jetzt rufen wir auf jeden Fall die Streife und dann sollen die den wieder einsammeln. Untersuchungshaft schadet auf jeden Fall nicht und Fluchtgefahr besteht ja offensichtlich auch."

Die beiden kehrten zu ihrem Wagen zurück und verständigten per Funk die Kollegen von der Polizeistreife. Dann machten sie sich auf den Rückweg nach Landshut.

„Des is vielleicht peinlich", schimpfte Müller noch auf dem Weg. „Da werdn sie sich wieder 's Maul zreißn. De feinen Herrn von der Kripo san z'blöd, dass's einen festnehmen. Saupeinlich."

Bachmeiers Handyton riss ihn aus dem Schlaf. In der ungewohnten Umgebung seines Hotelzimmers in der Landshuter Neustadt, unweit des Präsidiums, fand er sich zuerst gar

nicht zurecht. Mühsam schaffte er es, sein Handy auf dem Nachttisch zu orten und sich so weit zu sammeln, dass er den Anruf entgegennehmen konnte. „Bachmeier ..."

Mit einem Schlag war der Kommissar hellwach. Am andren Ende war Müller, den man ebenfalls aus dem Nachtschlaf geklingelt hatte.

„*Was* ist passiert? Ich bin sofort da."

Das Handy weglegen, aus dem Bett springen, nach der Hose und dem Hemd vom Vortag greifen, war eins. Eilig wurstelte Bachmeier sich aus seinem Pyjama und zurück in seine Alltagskleidung. Im Bad fuhr er sich noch schnell mit einem Kamm durch das schütter werdende Haupthaar und spritzte sich etwas Wasser ins Gesicht.

Keine zehn Minuten später stand er unten vor dem Hotel und ließ sich von Müller aufsammeln, der schon mit dem Auto vorgefahren kam.

„Jetzt wird das hier aber noch ein richtiger Krimi", kommentierte Bachmeier.

„Anscheinend hat's a Konfrontation zwischen de Mahnwachler und dera Bürgerwehr geben. Gut, dass unsre Kollegen eh no vor Ort waren, wegen dem Saller Lugge", schilderte Müller, was er wusste.

„Ist der inzwischen verhaftet?"

„Naa, keine Ahnung, wo der sich verkrocha hod. Aber den findt ma scho, weit kann er ja ned sei."

Die beiden erreichten Eck. Das betuliche Örtchen war trotz der späten Stunde in heller Aufregung. Die Fenster der meisten Häuser waren hell erleuchtet, Leute hingen aus ihren Wohnungen und bevölkerten ihre Balkone, um einen Blick auf das Chaos zu erhaschen. Auf dem Marktplatz standen mehrere Fahrzeuge des Rettungsdienstes und der Polizei mit eingeschaltetem Blaulicht, drum herum aufgebrachte Menschen. Der Polizeistreife gelang es nur mit Mühe, die erhitzten Gemüter in Schach zu halten. Als Bachmeier und Müller aus ihrem Fahrzeug ausstiegen, bildete sich sofort eine Traube Menschen um sie herum. Alle

riefen wild durcheinander, Bachmeier konnte zunächst nur Bruchstücke heraushören:

„... bodenlos! Eine Unverschämtheit ... sonders gleichen ... und des in Eck!"

„... kann man sich ja nimmer ausm Haus traun!"

„... für unsere Sicherheit selber sorgen! Auf die Polizei is ja kein Verlass!"

Bachmeier hob abwehrend die Hände. „Meine Herrschaften, bitte. Gehen Sie etwas zurück, einer nach dem anderen. Ruhe, bitte!"

Er und Müller bahnten sich einen Weg durch zu den Rettungskräften.

„Herrschaftszeiten, sperrt's amal den Tatort ab, des is ja kein Zustand hier!", herrschte Müller einen der Streifenpolizisten an.

„Seid's froh, dass mir glei da warn. Wer weiß, was sonst no alles passiert wär!", gab der grün Uniformierte patzig zurück.

„Froh wär i vor allem, wenn's den Flüchtigen gefasst hätt's!"

„Mir können's dann wieder ausbaden, hätt's'n halt ihr ned laufen lassen! Fangt's euch doch eure Verdächtigen selber, wenn's es besser könnt's!"

Bachmeier schaltete sich ein, seine unerschütterliche Ruhe hatte etwas Gebieterisches: „Was soll denn das? Diese gegenseitigen Anschuldigungen bringen uns jetzt nicht weiter. Was ist hier überhaupt genau los?"

Der uniformierte Polizist meldete: „Vor dem Asylheim hat die Mahnwache stattgfundn, mitm Herrn Pfarrer, und de Bürgerwehr bestehend aus a paar Männer ausm Ort. Vornweg der Saller Ignaz san durch'n Ort patrouilliert, um nach'm Rechten zum schaun, nach dene Vorkommnisse hier in letzter Zeit. A paar von de Mahn-wachler hat des Rumstehen mit de Kerzerl wohl ned greicht, de san dene von der Bürgerwehr hinterher und wollten's daschrecken. Und dann hat's an Schusswechsel geben. Wir ham noch ned geklärt, wer angefangen hat und wie genau des passiert is, aber der Herr Pfarrer is getroffen worden."

Bachmeier machte große Augen und auch Müller blieb der Mund offen stehen.

„Sauber. A Schießerei? Bei uns da in Eck? Ja, wo ham denn die überhaupt de Waffen her?", fragte Müller, als er die Sprache wieder gefunden hatte.

„Es gibt an Schützenverein ...", gab der Polizeibeamte vage zur Antwort. „Und der Saller is Jagdpächter."

„Ich fass es nicht ...", kommentierte Bachmeier. „Wie geht's dem Pfarrer?"

„Der wird grad no im Sanka versorgt, die bringen ihn dann nach Achdorf", gab der Polizist zur Antwort.

Bachmeier nickte und machte sich auf den Weg zum Rettungsfahrzeug, um nach dem Geistlichen zu sehen. Er war ehrlich schockiert. Er war nach Landshut gekommen, in der Annahme, einen einfachen Mordfall aufklären zu helfen, doch was er hier in den letzten Tagen erlebt hatte ... Der mutmaßliche Mörder lief, nach wie vor unerkannt, frei herum, ein dringend Tatverdächtiger befand sich auf der Flucht, es gab fremdenfeindliche Schmiereien, eine Bürgerwehr auf Selbstjustiz und nun einen angeschossenen Geistlichen.

Der Fahrer des Rettungswagens klappte gerade die hinteren Türen zu, als Bachmeier bei ihnen ankam.

„Wie schaut's aus? Wie geht es ihm?", fragte der Kripobeamte.

„Hat ziemlich viel Blut verlorn, aber wird scho wieder. Wir bringen ihn jetzt ins Krankenhaus."

„Is er ansprechbar?"

„Ja, scho. Aber heut geht da nix mehr mit Verhören. Kommen'S halt morgen dann ins Krankenhaus nach Achdorf." Damit hievte er sich auf den Fahrersitz und schlug dem Beamten die Tür vor der Nase zu. Mit Blaulicht und Sirenengeheul bahnte sich der Sanka einen Weg durch die Schaulustigen und brauste davon. Bachmeier kehrte zu Müller und der Streife zurück. Inzwischen war es ihnen gelungen, die Menge zurückzudrängen und den Tatort abzusichern. Die Spurensicherung war bereits verständigt und unterwegs.

„So meine Damen und Herren, hier gibt's nix mehr zum sehn. Auf geht's, schleicht's eich! Zeit zum Bettgeh!" Müller betätigte sich als Rausschmeißer.

Nach und nach trollten sich die meisten der Neugierigen, es war ja auch schon deutlich nach Mitternacht. Bachmeier dachte, dass sie diese Leute wahrscheinlich alle wieder verhören würden müssten. Sie kamen einfach nicht vorwärts in dem Fall und ständig gab es neue Komplikationen.

Am nächsten Morgen auf dem Präsidium waren Bachmeier und Müller erst einmal mit einem Berg Schreibarbeit zu den Ereignissen der vergangenen Nacht beschäftigt.

„Des gibt's doch alles ned. Da meint ma immer, sowas passiert vielleicht in Amerika, oder irgendwo weit weg, aber doch ned hier bei uns. Und dann ..." Müller ließ den Stift sinken und sah zu seinem Münchner Kollegen hinüber.

Bachmeier erwiderte: „Nein, es gibt nichts, was es nicht gibt. In unsrem Beruf muss man auf alles vorbereitet sein."

Das Telefon klingelte, Bachmeier nahm das Gespräch an. Der Anruf kam von den Kollegen im ersten Stock. Sie teilten mit, dass der flüchtige Ludwig Saller gefasst worden war.

„Zumindest hamma etz den", kommentierte Müller die Neuigkeit, die Bachmeier ihm weitergab, nicht ohne Genugtuung. „Dann werdn ma wenigstens den Mord endlich aufklärn."

„Wir wollen mal nicht den Tag vor dem Abend loben", unkte Bachmeier, der noch nicht gänzlich überzeugt war, dass sie mit dem Lugge den Richtigen geschnappt hatten. „Außerdem bleiben uns dann immer noch die Schießerei und der verletzte Pfarrer."

Auf dem Weg hinunter zum Verhör liefen Bachmeier und Müller ihrer gemeinsamen Sekretärin in die Arme.

„Gut, dass i Sie glei erwisch! Da is ein Mann da. Der will a Anzeige machen. Von Eck is der."

Bachmeier und Müller tauschten einen Blick.

„Ich mach das", erklärte Bachmeier. „Gehen Sie zum Saller, ich übernehm den anderen."

Der hochgewachsene Mann wirkte deplatziert. Fast hatte man den Eindruck, dass er versuchte, sich kleiner zu machen, als er so auf dem Stuhl saß, den man ihm angeboten hatte. Zusammengesunken wie ein Häuflein Elend.

Bachmeier nahm ihm gegenüber auf dem anderen Stuhl Platz, klappte sein unverzichtbares Accessoire, das Notizbuch, auf, zückte den gespitzten Stenobleistift und sah sein Gegenüber erwartungsvoll an. „Also. Herr ... Regner ist glaub ich der Name? Was führt Sie denn her?"

„Wolfgang Regner", murmelte der andere kleinlaut.

„Sie waren zusammen mit der Frau Brandlstetter bei unserem ersten Besuch im Flüchtlingsheim anwesend", versuchte der Polizist, den anderen zum Sprechen zu bewegen. „Feuerwehr, oder nicht? Hatten Sie nicht irgendetwas mit der Feuerwehr zu tun?"

Regner nickte, nuschelte: „Kommandant ..."

„Sie sind der Kommandant der Feuerwehr in Eck", fiel es Bachmeier wieder ein. „Und ehrenamtlich helfen Sie bei der Essensvergabe. Das ist sehr löblich, Herr Regner. Vielleicht hätten Sie jetzt doch langsam die Freundlichkeit, mir zu sagen, was sie jetzt hierher führt? Sie wollen eine Anzeige erstatten?"

Regner nickte resigniert und sagte dann überraschend klar: „Ja, ich möcht a Anzeige erstatten. Gegen mich selber. Ich bin's gwesen. Ich halt's nimmer aus, es muss endlich die Wahrheit ans Licht. Ich hab das nicht gewollt, aber noch weniger hab ich des gewollt, was jetzt passiert ist. Ich hätt nie gedacht, dass die Leute so durchdrehen. Ich hab gmeint, wenn ma den findet und dann gibt's keinen Täter und kein Motiv, dann ist es irgendwann erledigt und es kräht kein Hahn mehr danach. Aber dass de alle so durchdrehen ... Ich hab doch ned wissen können ..."

Bachmeier war hellhörig geworden. „Wie meinen Sie das? Woran sind Sie schuld?"

„Der Tote! Die Leiche beim Asylantenheim, des war i. I hab'n auf'm Gwissen!" Der gestandene Feuerwehrmann begann hemmungslos zu schluchzen, Bachmeier blieb ungerührt.

„Sie haben ihn umgebracht? Aber wieso ...?"

„I wollt des doch ned!", jammerte der Feuerwehrkommandant.

„Das hab ich inzwischen begriffen, bitte schildern Sie mir aber trotzdem, wie es dazu kam", beharrte Bachmeier.

Regner holte umständlich ein kariertes Stofftaschentuch aus der Tasche, es war ordentlich gebügelt und gefaltet, schüttelte es auseinander und schnäuzte sich geräuschvoll. Bachmeier begann mit der Spitze seines Bleistifts auf das fast leere Blatt seines Notizblocks zu klopfen, dabei hinterließ er Graffitspuren neben den wenigen Stenokürzeln, die er bisher notiert hatte. Endlich hatte der unangemeldete Besucher sich wieder so weit gefasst, dass er weitersprechen konnte.

„Es war an dem Abend, wo des Festl war. Von der Landjugend. Mir ham von der Feuerwehr a Übung ghabt an dem Tag. 's Landjugendheim und 's Feuerwehrhaus liegn direkt nebenanander. Uns hat's da pressiert an dem Tag, weil ma alle auf des Festl nüber wollten und deshalb war ma halt vielleicht ned so bei der Sach wie sonst. I muss a normal als Kommandant no mal kontrollieren, dass alles vorschriftsmäßig verräumt und abgesperrt is, bevor ma gehn. Des hab i aber ned gmacht. I weiß selber ned warum."

Wieder unterbrach das heftige Weinen die Erzählung des Mannes. Bachmeier hatte ein paar Zeichen mehr auf seinem Blatt, aber er konnte seine Ungeduld langsam nicht mehr verbergen.

„Also", fasste er zusammen, „Sie waren auf dem Feuerwehrplatz und haben Ihre Übung abgehalten, danach sind Sie schnell hinüber zu der Party und haben nicht mehr kontrolliert, ob alles aufgeräumt ist. Und? Was hat das jetzt mit dem Toten zu tun?"

„Es hat später in der Nacht Ärger geben auf der Feier, weil ... mei, wie des oft is, bei junge Leut ... es is halt einiges an Alkohol gflossen und dann ergibt bei so Hitzköpf oft ein Wort des andre ... Der hat doch nix dafür können, der Mojo, dass dem Lugge die Freundin davon is. Da war der Lugge scho

selber schuld. Wissen Sie, dass er's amal gschlagn hat? Richtig gwatscht hat er sie. Des lasst sich doch keine Frau gfalln, jedenfalls ned, wenn's a gscheite is. Aber der Lugge hat sich des ned ausreden lassen, dass der Mojo der Grund war. Und in seim Siere ... also seinem Vollrausch halt ... da war er dann fast ned zu bremsen ..."

„Dann war's doch der Rocker?", warf Bachmeier energisch ein.

„Nein! Nein, der war's eben nicht! I war´s. Also es war mei Schuld, des sag i doch die ganze Zeit!", beteuerte Regner sofort.

„Aber das ergibt doch keinen Sinn!"

„Doch, warten'S. Also, der Lugge is auf den Mojo los und a paar haben versucht, ihn zu beruhigen, aber er wollt sich ned beruhigen lassen. Richtig grob is er worden. Der Mojo war ganz ruhig, der hat sich da ned provozieren lassen und als der Lugge handgreiflich wordn is, ham seine Spezln eingegriffen. Es hat dann a Rangelei geben zwischen am Lugge, de andren Rocker und a paar Asylanten. Aber der Mojo war gar nimmer dabei, der is davo. Und er is dann übern Feuerwehrplatz weggelaufen. Es hat a Weile dauert, bis sich der Rummel vorm Landjugendheim aufglöst hat und da is dann erst aufgefallen, dass da Mojo gar nimmer da war. I bin dann rüber zum Feuerwehrhaus, weil i hab scho so a seltsames Gfühl ghabt. Manchmal hat ma sowas wie a Vorahnung, gell? Und tatsächlich, da is er mitten im Hof glegen. Tot."

Bachmeier schüttelte entnervt den Kopf.

„Aber wieso denn? Wieso liegt der plötzlich tot vorm Feuerwehrhaus, wenn bei der Landjugend drüben die Schlägerei ausbricht, bei der er dem Anschein nach nicht mal beteiligt war?"

„Weil wir ned zamgräumt ham! Da is no allerhand Gerät rumglegen in dem Hof. Und unser Bewegungsmelder vorm Gerätehaus is scho lang kaputt, den Strahler muss ma jetz immer drinnen im Feuerwehrhaus aus- und einschalten. Und mir ham den ausgschalten ghabt. Jetz hat er des ned gsehng,

dass da des Zeug rumliegt und is drüber gfalln. Und dann is er mitm Hinterkopf anscheinend ganz saubled auf a Metallkisten gfalln und vorbei war's. I kenn mi da aus, Herr Wachtmeister, i hab scho selber Erste-Hilfe-Kurse geben. I hob sofort versucht, dass i na reanimier, aber da war nix mehr zum machen. So saubled is der do gstürzt."

„Dann ist es ja aber nur indirekt Ihre Schuld gewesen, Herr Regner. Das wär ja allenfalls fahrlässig gewesen. Wieso haben Sie da nicht sofort den Notdienst verständigt?", fragte Bachmeier entgeistert.

„I bin total neben mir gstanden. Verstehen'S, i war überhaupt ned i selber. I hab nur dacht, wenn mi jetz jemand findt, mit dem Toten, mit dem Blut überall, dann bin i dran. Dann war's des mit der Feuerwehr und überhaupt. Eck is a so a Dorf! Also hab i na packt und hab'n nüber gschleppt zur Unterkunft. Und da hab i den dann hinter der Halle hinglegt. I hab dacht, da kommt doch kein Mensch drauf, was da passiert is. Und mei ... dann is's halt, wie's is. Und i bin raus aus der Sach ..."

Regner begann wieder zu schluchzen.

„Das haben Sie sich gedacht. Und das Zeug vor dem Feuerwehrhaus?"

„Des hab i weggräumt und sauber gmacht", antwortete Regner kleinlaut.

„Was Sie da gemacht haben, das ist weit mehr als nur Fahrlässigkeit, das ist Ihnen hoffentlich schon klar? Das war Vortäuschung einer Straftat und Ermittlungsbehinderung, Sie haben ja die falschen Fährten erst gelegt! Da wär eine Anzeige wegen fahrlässiger Körperverletzung mit Todesfolge ein Klacks gewesen, im Vergleich!"

Regner nickte betrübt.

„Ganz zu schweigen von der Hetzjagd, die Sie damit ausgelöst haben."

Bachmeier notierte fassungslos die geschilderten Ereignisse. Dann sah er wieder von seinen Unterlagen auf.

„Und das Hakenkreuz? Wo kommt das dann plötzlich her?", wollte er wissen.

Regner schniefte vernehmlich und starrte auf seine Hände, die er ineinander verschränkt hatte.

„Auch i."

„Das waren auch Sie?!" Bachmeier schlug mit der flachen Hand auf die Tischplatte. „Ja, wie kommen Sie denn dazu?"

„Damit der Verdacht von de Asylanten weggelenkt werd, hab i ma dacht. Des war doch in der Zeitung drinnen, dass die des gwesen sein sollten. Aber de waren's doch ned. De armen Kerle, i wollt ned, dass ma die verdächtigt. De ham doch scho genug mitgmacht ..." Regner brach ab.

„Ja, sauber. Und wieso kommen Sie jetzt raus mit der Geschichte?"

„Weil der Saller Lugge gestern bei mir war. I bin da Nachbar. I wohn schräg hinter de Sallers und der Lugge war gestern plötzlich bei mir vor der Tür gstanden und hat gsagt, i solln verstecken, weil die Polizei hinter ihm her is. Wegen dem Mord. Und dann hab i eam den Schlüssel vom Feuerwehrhaus geben, dass er sich da drin versteckt. Aber heut früh ham's den da gfunden und mitgnommen. I konn doch ned den Buam ins Gefängnis geh lassen, für des ... I war's doch. Es war mei Schuld!"

Einmal mehr schüttelte ein Heulkrampf den Mann.

„Dann muss ich Sie jetzt leider hierbehalten", erklärte Bachmeier und stand auf. „Da haben Sie sich jetzt sauber in was reingeritten, mein Lieber. Da kommt jetzt einiges auf Sie zu!"

Tödliche Begierden

Es klingelte.

Ich hatte beide Hände voll Mehl. Mit dem Handrücken strich ich mir eine blonde Strähne aus dem Gesicht, hinterließ dabei eine puderige, weiße Spur auf meiner Stirn. Meine kleine Tochter Amelie wurde von dem Klingeln aus dem Schlaf gerissen und verzog das Gesichtchen zu einem unzufriedenen Weinen. Was jetzt? Das Baby beruhigen oder die Tür aufmachen? Wer mochte das überhaupt sein? Ich erwartete keinen Besuch.

Ich lauschte Richtung Tür, da klingelte es erneut. Amelie fühlte sich jetzt genug gestört, um in ihrem Stubenwagen lauthals loszuplärren. Ergeben wischte ich mir die Hände an einem Küchentuch sauber, hob mein Baby aus dem Bettchen und legte es mir beruhigend tätschelnd über die Schulter, während ich zur Tür ging. Draußen stand eine mir völlig fremde Frau. Sie war groß und schlank, sehr gut gekleidet, mit perfektem Make-up und wie frisch vom Frisör. Sie sah aus wie aus einer Reklame. Eine Vertreterin vielleicht? Oder eine Zeugin Jehowas? Ich war sicher, dass ich ihr noch nie zuvor begegnet war, und dennoch löste ihr Anblick ein unangenehmes Gefühl in mir aus. Eine Art Vorahnung?

Als sie mich kommen hörte, richtete sie sich zu ihrer vollen, imposanten Größe auf. Sie lächelte. Ich kam mir klein und unscheinbar neben ihr vor. Meine Bluse war fleckig, genauso wie die Küchenschürze, die obendrein noch ein Loch hatte. Meine Jeans war etliche Jahre alt, stammte aus einer Zeit vor Amelie, als ich noch einige Kilos leichter gewesen war, und spannte jetzt um die Hüfte. Mein Haar war wirr und Make-up hatte ich seit Wochen keines mehr benutzt. Die Fremde musterte mich, aber nicht abschätzig, eher neugierig.

„Paula?", fragte sie.

Ich runzelte die Stirn. Woher kannte die Fremde meinen Namen? Und wieso sprach sie mich vertraulich mit dem Vornamen an, wo wir uns doch noch nie begegnet waren? Oder etwa doch? Ich suchte in ihrem Gesicht nach etwas Bekanntem. Sie interpretierte mein Zögern offenbar als Unverständnis. „Sie sind doch Paula, nicht?"

Ich nickte. Fragte mich, ob ich meinen Gast hereinbitten sollte.

„Entschuldigen Sie, dass ich Sie so überfalle. Aber es gibt etwas, worüber wir reden sollten."

Da war es wieder. Dieses unangenehme, unterschwellige Gefühl einer Ahnung. In meinem Bauch krampfte sich etwas zusammen – einen Moment nur, einen Wimpernschlag lang, aber unleugbar.

„Ich bin Jacqueline", sagte die Fremde. So als müsste das bei mir eine Erkenntnis anknipsen, Verstehen auslösen. Sie sagte es nicht im Tonfall einer Vorstellung.

Die Worte klangen, als würde sie sagen: Ich bin die Queen, der Papst oder Angela Merkel. Und als müsste ich jetzt reagieren mit: „Ach soooo ... ja klar!" Aber es war gar nichts klar.

„Können wir reden?", fragte Jacqueline weiter. Ich nickte und gab den Weg in den Flur frei.

Jacqueline ging mit selbstbewusstem Schritt voran. Ich folgte ihr mit Amelie auf dem Arm, stand dann unschlüssig in der Tür zum Wohnzimmer.

„Möchte Sie etwas trinken?", fragte ich und erinnerte mich gerade noch rechtzeitig an die grundlegenden Maßgaben guter Erziehung.

„Wasser vielleicht?", antwortete Jacqueline mit einer Gegenfrage.

Ich ging in die Küche, wo mein Kuchenteig unfertig auf der Küchenablage lag. Es war der Tag vor Bernds Geburtstag, ich wollte einen Geburtstagskuchen für meinen Mann backen. Stattdessen legte ich Amelie zurück in den Stubenwagen, holte zwei Gläser aus dem Schrank und griff nach

einer Flasche Mineralwasser. Damit kehrte ich zu Jacqueline ins Wohnzimmer zurück.

„Also, worüber möchten Sie mit mir sprechen?" Ich wollte dieses Gespräch hinter mich bringen. Was immer es sein mochte, sie sollte es sagen und dann wieder gehen. Ich hatte schließlich noch zu tun. Ich schob Amelie im Stubenwagen Richtung Terrassentür, denn irgendetwas sagte mir, dass das nichts für Kleinkinderohren war. „Schlaf weiter, mein Schatz. Mama muss das hier erledigen", flüsterte ich ihr zu.

Jacqueline griff inzwischen nach dem Glas, das ich ihr angeboten hatte, und schenkte sich von dem Wasser ein. Es sprudelte und die aufsteigende Kohlensäure verursachte einige Tropfen auf dem Couchtisch. Jacqueline und ich starrten auf die Wasserspritzer. Das unangenehme Gefühl wurde intensiver und füllte mich vollständig aus. Mein Herz klopfte mir im Hals. Jacqueline hob den Kopf und sah mir unverwandt in die Augen.

„Ihr Mann betrügt sie", sagte sie. Sonst nichts. Einfach nur: *Ihr Mann betrügt sie*. Eine Feststellung, keine Wertung. Sie legte mir keine Beweise vor und begründete ihre Aussage mit nichts. Aber das war auch nicht nötig. Ich wusste es. Ich wusste, dass es stimmte. In dem Moment, in dem sie es aussprach, fiel bei mir der Groschen. Und ohne dass sie es sagte, wusste ich auch, woher sie es wusste: Sie war es, mit der er mich betrog. Das Gefühl, vorher nur eine Ahnung, traf mich jetzt mit voller Wucht. Es zog mich von den Füßen, erfasste mich wie eine riesige Welle und riss mich mit sich fort. Alles um mich begann sich zu drehen, es rauschte in meinen Ohren und die Welt um mich herum verschwamm.

Jacqueline ließ mir Zeit, die Nachricht zu verdauen. Aber die ließ sich nicht so ohne weiteres hinunterschlucken. Mein Mann betrog mich! Und die Frau, mit der er mich betrog, saß mir gegenüber.

„Paula, hören Sie, ich könnte jetzt sagen, dass es mir sehr leid tut, dass ich das nicht hätte tun sollen und dass ich aus

Ihrem Leben verschwinde. Aber das alles wäre nur leeres Gerede. Wie lange kennen Sie Bernd?"

Sollte das nicht eine Frage sein, die ich ihr stellen hätte sollen? War sie nicht die Geliebte, der Eindringling in meine intakte Beziehung? Immerhin hatten Bernd und ich ein Kind zusammen. Auch Jacqueline schien Amelie wieder einzufallen.

„Sie ist seine Tochter, nicht wahr?", fragte sie, als gäbe es daran irgendeinen Zweifel. Natürlich war Amelie Bernds Tochter, ich war hier schließlich nicht die Betrügerin! Anstatt etwas zu erwidern, nickte ich stumm.

„Haben Sie sich nie gefragt, weshalb er Sie nicht heiratet?"

Doch, allerdings hatte ich mich das gefragt. Schon vor Amelies Geburt, aber besonders, als ich dann feststellte, dass ich schwanger war. Aber Bernd machte sich nichts aus der Ehe. Er hielt sie für ein veraltetes System, eine überlebte Tradition. In der heutigen Zeit, in der jede zweite Ehe geschieden wurde, verlor die Institution Ehe doch an Glaubwürdigkeit. Aber wir waren eine Familie, auch ohne Trauschein, und Bernd war ein wundervoller Vater. Irgendwann ließ mein Wunsch nach einer Hochzeit schließlich nach, ich fand, dass unser Leben auch so perfekt war. Was also hatte die Tatsache, dass wir nicht offiziell verheiratet waren, jetzt mit seinem Seitensprung zu tun?

„Wir sind nicht altmodisch", sagte ich und hörte selbst, wie lahm das klang.

Jacqueline lächelte. „Natürlich. Allerdings kann Bernd Sie auch gar nicht heiraten. Er ist nämlich mit mir verheiratet."

Das saß. Eben hatte ich geglaubt, wieder einigermaßen Herr meiner Sinne zu sein, da traf mich dieser einfache Satz mitten in die Magengrube. Hätte Jacqueline mich zu einem Boxkampf gefordert, ich hätte mich nicht anders gefühlt. Und etwas sagte mir, dass das noch nicht ihr K.O.-Schlag gewesen war.

Mühsam versuchte ich, Haltung zu bewahren. „Sprechen wir von demselben Bernd?", fragte ich und hoffte gegen alle

Vernunft, dass sich das Ganze als eine riesige, bedauerliche Verwechslung herausstellen würde.

„Ich denke doch." Jacqueline hob ihre Handtasche auf den Schoß, die eindeutig nach einem teuren Designer aussah, und öffnete sie. Sie entnahm ihr ihre Geldbörse und holte daraus ein Foto hervor. Sie hielt es mir hin und ich nahm es mit spitzen Fingern, als erwartete ich, dass es vergiftet sei, wie der Apfel bei Schneewittchen. Es war ein Passfoto und es zeigte ohne jeden Zweifel Bernd.

„Dieses Foto wurde 1997 aufgenommen", erklärte Jacqueline. „Er hat es mir geschenkt, als er Passfotos für eine Bewerbung machen ließ."

Ich starrte auf das Foto. Es war mehr als zehn Jahre vor unserem ersten Treffen aufgenommen worden. Jacqueline kannte Bernd wesentlich länger als ich. Also war *ich* hier die Betrügerin! *Ich* betrog diese Frau mit ihrem Ehemann. Und zwar schon seit ungefähr zwei Jahren! Oder konnte man überhaupt von Betrug sprechen, wenn der Betrüger gar nicht wusste, dass er betrog? Meine Gedanken drehten sich in einem wirren Karussell. Mir war nach Lachen, Weinen und Schreien zumute, ich wollte mit Gegenständen um mich werfen und mit Türen knallen, und zwar alles zur selben Zeit.

Jacqueline saß mir immer noch ganz ruhig gegenüber und wartete meine Reaktion ab. Die rangierte zwischen „alles hinschmeißen, mein Kind packen und auf Nimmerwiedersehen verschwinden" und „dem Arschloch die Meinung geigen, ihn bis auf das letzte Hemd ausziehen und für alles, was ich gerade erfahren habe, bluten zu lassen". Da drang die Erkenntnis in meine Rage vor, dass ich wahrscheinlich gar nicht diejenige war, die die meisten Ansprüche stellen konnte. Immerhin war unser süßes Mädchen jetzt nur noch ein unehelicher Bastard und ich eben keine Ehefrau.

Ich schaute Jacqueline forschend an. „Wieso erzählen Sie mir das alles eigentlich erst jetzt?"

Jacqueline nickte wissend, so als hätte sie mit dieser Frage die ganze Zeit gerechnet. „Sie haben recht, ich weiß es

schon länger. Aber erst dachte ich, Sie wüssten es auch. Ich nahm an, ich sei die blinde, betrogene Ehefrau, wie das eben häufig so ist, und Sie, Sie wären die männermordende, rücksichtslose Verführerin."

Ich zuckte bei dieser Beschreibung unwillkürlich zurück. Es hätte kaum abwegiger für mich klingen können, hätte Jacqueline mich als Hure beschimpft. Ich? Eine Ehebrecherin? Eine, die absichtlich andren Frauen den Mann ausspannt?

Ich saß da auf meinem Sofa, in meinem Wohnzimmer, in dem Reihenhaus, in dem ich seit etwa einem Jahr mit meiner Familie lebte, und obwohl sich auf den ersten Blick nichts darin verändert hatte, alle Möbel noch an ihren Plätzen standen, wusste ich, dass nichts mehr war wie zuvor und auch nie wieder so werden würde.

Ich schluckte schwer, und obwohl mir tausend Dinge durch den Kopf gingen, fühlte er sich merkwürdig leer an. Hätte Jacqueline mir jetzt ein Messer in den Leib gerammt, ich hätte keinen Tropfen Blut gegeben. Ich fühlte mich, als wäre ich innerlich ausgetrocknet, tot, nur noch eine Hülle.

Jacqueline sah mich mit einer Mischung aus Mitleid und Härte an, die ich kaum ertragen konnte. Da ich nicht fähig war, etwas zu sagen, redete sie einfach weiter: „Ich weiß, dass das für Sie jetzt sehr überraschend kommt. Und ich kann mir vorstellen, wie Ihnen zumute ist."

Das bezweifelte ich, da mir selber nicht einmal klar war, wie ich mich jetzt fühlte, oder fühlen sollte.

„Sehen Sie ...", begann Jacqueline ganz ruhig. Ihre Ruhe machte mich fast wahnsinnig, weil sie meinen Gefühlen so widersprach. „Für mich war es auch nicht einfach. Wissen Sie, ich dachte auch, ich hätte eine perfekte kleine Familie. Einen liebevollen Mann, ein schönes Zuhause, alles in allem, das große Los gezogen. Mein Umfeld vermittelte mir diesen Eindruck auch immer. Meine Freundinnen beneideten mich um mein Leben. Scheidung, Trennung, Streit, Rosenkriege ... Das alles ist doch heute an der Tagesordnung. Und bei mir? Bei mir war alles immer so im Reinen, so unerschütterlich. Ich war

der Fels in der Brandung, wenn wieder irgendwo eine Ehe zerbrach, eine Freundin sich von ihrem Mann trennte oder jemand als Fremdgänger überführt wurde. Ich war diejenige, die gute Ratschläge gab, die tröstete und die doch gleichzeitig überhaupt nicht mitreden konnte. Bernd und ich, wir stritten uns selten und nie besonders ernsthaft. Heute weiß ich: Wieso auch? Wieso hätte Bernd sich mit mir streiten sollen? Wenn er bei mir Ärger gehabt hatte, dann packte er seine Sachen und fuhr zu Ihnen. Und umgekehrt. Wenn in einem seiner Leben gerade nicht die Sonne schien, dann ging er eben so lange hinüber in das andere, bis das Unwetter vorbei war. Und wenn er wiederkam, dann konnte er wieder liebevoll und ausgeglichen sein. Er hatte ja in der Zwischenzeit eine schöne Zeit mit seiner Parallelfamilie gehabt."

Ihre Worte fühlten sich an wie Nadelstiche. Ich spürte, dass sie die Wahrheit sagte, dass es genauso gewesen war. Ich spürte es, weil ich jedes einzelne Wort hätte umdrehen und auf mich beziehen können. Auch ich hatte mit Bernd die perfekte Beziehung gehabt, er war immer freundlich, immer ausgeglichen, immer liebevoll gewesen. Sowohl zu mir, als auch zu unserer Tochter. Da fiel mir noch etwas ein.

„Haben Sie und Bernd auch Kinder?", schoss es aus mir heraus, noch bevor ich mir darüber klarwerden konnte, ob ich die Antwort überhaupt hören wollte.

Jacqueline nickte. „Zwei Söhne. Marvin ist acht Jahre alt und Max wird vier."

Ich schluckte erneut, doch in meinem Mund war kein Tropfen Speichel. Zwei Kinder. Mein Mann hatte zwei Kinder mit dieser Frau. Meine Tochter hatte zwei Halbbrüder. Irgendwann war er einmal zusammen mit dieser Frau im Krankenhaus gewesen und hatte die Entbindung seiner Söhne miterlebt. Ich war überzeugt, dass Bernd bei den Geburten seiner Söhne ebenso dabei gewesen war, wie bei der unserer Tochter. Mit Sicherheit war er ebenso fürsorglich, liebevoll und stolz gewesen, wie er es jetzt bei mir war. Ich konnte es nicht fassen.

„Haben Sie sich nie gefragt, wieso Bernd so oft tagelang weg war?", fragte Jacqueline.

Nein, das hatte ich mich nie gefragt. Er arbeitete im Außendienst, das wusste ich, er gab Seminare und musste dafür oft viele Kilometer weit fahren. Dann blieb er natürlich über Nacht. Er half auch dabei, die Softwaresysteme, die seine Firma entwickelte, vor Ort bei den Kunden einzubauen. Auch das dauerte oft tagelang, manchmal kam es sogar zu unerwarteten Schwierigkeiten, wenn das neue System mit dem alten nicht kompatibel war. Dann blieb er länger fort, als geplant. Aber er meldete sich immer sofort, wenn er angekommen war. Er telefonierte täglich mit mir, wenn er nicht da sein konnte, und er brachte uns kleine Aufmerksamkeiten mit, wenn er zurückkam. Ich wusste doch, was er tat, wenn ich nicht dabei war. Er erzählte es mir doch! Er schilderte seinen Arbeitsalltag, die Hotels, die Mitarbeiter dort, wie ihm die Kellnerin im Restaurant das Bier über die Hose gekippt hatte. Er malte mir diese Eindrücke so bildhaft, dass ich manchmal glaubte, selber in dem Hotel gewesen zu sein.

„Alles erfunden. Darin ist er großartig. Haben Sie einmal erlebt, wenn er sich für Ihre Tochter selbst ein Märchen ausdenkt? Er liest nicht einfach vor. Er setzt sich ans Bett und fängt an zu reden, und was dabei herauskommt, ist bunter und anschaulicher als jedes Kinderbuch der Welt", gab Jacqueline zu bedenken.

Ja, auch das stimmte. Ich hatte seine Fantasie immer bewundert. Jedoch war mir nicht klargewesen, dass ich selbst es war, der er die meisten seiner Märchen erzählte.

„Hat er Ihnen dieselben Geschichten erzählt?", fragte ich lahm.

Jacqueline nickte einmal mehr. „Ich nehme es an. Viel Arbeit, Außentermine, Probleme bei der Montage ... Ich wurde lange nicht misstrauisch. Er machte nicht die typischen Fehler. Die Männer meiner Freundinnen verrieten sich durch merkwürdiges Verhalten, plötzliche Ver-

änderungen. Hier ein neues Hemd, da ein neuer Haarschnitt, plötzlich ein anderes Aftershave. Ein Motorrad vielleicht, das Übliche eben. Dann fingen sie an, Nachforschungen anzustellen, überprüften Handys und Emails, telefonierten mit dem Büro oder dem Hotel, in dem der Mann angeblich abgestiegen war, und schon hatten sie die Betrüger überführt. Ich war immer gegen solche Detektivarbeit. Vertrauen, war ich mir sicher, ist der wichtigste Baustein einer gesunden Beziehung, und obendrein hatte ich ja auch keinerlei Grund für Zweifel. Dachte ich."

Ja, dachte ich auch.

„Und wie haben Sie es dann doch herausgefunden?", fragte ich.

„Das war eher ein Zufall. Bernd war nie so unvorsichtig oder stümperhaft. Überprüfen Sie sein Handy, Sie werden nichts finden. Er benutzt ein anderes, wenn er mit mir telefoniert. Rufen Sie unvorbereitet in seinem Büro an, möglicherweise ist er sogar tatsächlich dort. Seine Arbeit, die Reisen, das ist nicht erfunden. Wenn er auf Außendienst ist, steigt er wirklich in den Hotels ab, die er Ihnen beschreibt. Und wenn er Ihnen sagt, es dauert länger, weil es vor Ort Probleme gab, dann hat er seinem Chef dasselbe erzählt. Genau genommen betrügt er mich, Sie und seinen Arbeitgeber."

Das klang extrem anstrengend. Ich fragte mich, wie man über Jahre hinweg ein derartig perfektes Doppelleben führen konnte. Gleichzeitig hatte ich instinktiv keinen Zweifel daran, dass es sich genauso abgespielt hatte, wie sie sagte.

„Letztlich war es ein unglaublicher Zufall. Vor einigen Wochen hatte er beruflich in Kopenhagen zu tun, er wollte mindestens eine Woche dort bleiben. Ich blieb mit den Jungs zuhause, wie immer. Doch dann bekam ich ein Angebot meines Chefs – ich arbeite nämlich halbtags in einem Verlagshaus –, ebenfalls zu einer Messe in Kopenhagen zu fahren. Normalerweise nehme ich solche Termine nicht wahr, weil ich immer Schwierigkeiten habe, meine Söhne für mehrere Tage unterzubringen, die Großeltern sind leider zu

weit weg. Ich selbst habe nur noch meine Mutter, und die lebt schon seit einigen Jahren in einem betreuten Wohnheim, weil sie schwere Arthritis hat. Und seine Eltern, das wissen Sie ja sicher, leben an der Ostsee. In diesem Fall jedenfalls war es kein Problem für mich, den Außentermin anzunehmen, weil unsere Söhne mit der Jugendgruppe in einem Ferienlager waren, ausnahmsweise auch der jüngere von ihnen schon. Ich würde zurück sein können, bevor die beiden nach Hause kamen, und ich hätte die Gelegenheit, ein paar Tage mit Bernd zu verbringen. Ich war so begeistert, dass ich beschloss, ihm nicht Bescheid zu sagen, sondern ihn in Kopenhagen zu überraschen. Natürlich rechnete Bernd nicht mit mir. Er wusste, dass ich keine Termine annehme, die Übernachtung gefordert hätten. Wir haben eine Tagesmutter für die Termine, die ich in der näheren Umgebung habe, aber darüber hinaus bleibe ich nie von zu Hause weg. Dass ich ausgerechnet nach Kopenhagen geschickt wurde, konnte er wirklich nicht ahnen. Er hatte mir am Telefon gesagt, in welchem Hotel er wohnte. Also fuhr ich vom Flughafen aus direkt dorthin. Ich hatte mir kein Hotelzimmer gebucht, die Stadt war ohnehin ausgebucht, wegen der Messe. Und schließlich konnte ich ja zusammen mit meinem Mann in seinem Hotel bleiben. Mein Chef fand das sehr praktisch, er hatte schon vergeblich nach einer Unterkunft für mich gesucht. Nun, jedenfalls, ich kam in dem Hotel an und sagte der freundlichen Dame an der Rezeption, dass ich die Ehefrau ihres Gastes sei. Ich erwartete, dass sie sagen würde, ich müsse im öffentlichen Bereich des Hotels warten, bis Bernd zurückkäme, bevor ich auf sein Zimmer könne, doch sie hatte keine Einwände. Sie gab mir den Zweitschlüssel zu seinem Zimmer und wies mir den Weg. Auf Bernds Zimmer angekommen, hegte ich immer noch nicht den geringsten Verdacht. Glauben Sie mir, Bernd ist wirklich sehr professionell in der Vertuschung seines Doppellebens. Aber es dauerte lange, bis er endlich ins Hotel zurückkam. Ich hatte also Zeit. Zunächst einmal räumte ich meinen

Koffer aus, machte mir einen Kaffee mit dem Wasserkocher auf dem Zimmer und setzte mich ein wenig auf den Balkon. Schließlich ließ ich mir ein Bad ein, dann beschloss ich, mich ins Bett zu legen und ein bisschen zu dösen, bis er käme. Ich war gerade eingeschlafen, da riss mich ein Klingeln aus dem Schlaf. Ich nahm an, dass es das Hoteltelefon war, doch es war niemand am anderen Ende der Leitung. Ich ging dem Klingeln nach und fand ein Handy im Schrank, das ich nicht kannte. Inzwischen hatte das Klingeln aufgehört. Ich nehme an, Sie dachten, er wäre noch im Dienst?"

Während sie erzählt hatte, war mir eine Gänsehaut langsam vom Nacken über den ganzen Rücken gekrochen. Ich erinnerte mich an die Dienstreise nach Kopenhagen. Bernd war früher zurückgekommen als gedacht und er hatte gestresst gewirkt. Ich hatte das darauf geschoben, dass er die Nacht durchgefahren war, um früher bei uns zu sein. Und ja, ich erinnerte mich auch daran, dass ich ihn im Hotel anzurufen versucht hatte, jedoch niemanden erreichen konnte.

„Ihre Nummer zurückzuverfolgen war einfach. Sie stehen im Telefonbuch. Ich spielte ein wenig mit dem fremden Handy herum, weil ich herausfinden wollte, wem es gehörte. Bernds war es nicht, denn das kannte ich. Dachte ich. Und dann stellte sich schnell heraus, dass es eben doch Bernds war. Nur eben nicht das, mit dem er mich und seine Söhne anrief, sondern jenes, das er sich für Sie und für Ihre Familie besorgt hatte. Glauben Sie mir, das war ein unendlicher Schock für mich."

Ich glaubte ihr. Es war auch einer für mich. „Und dann?", fragte ich tonlos. „Haben Sie ihn zur Rede gestellt?"

Jacqueline schüttelte den Kopf. „An dem Abend kam ich noch nicht hinter das volle Ausmaß des Betrugs, der hier stattfand. Ich stellte lediglich fest, dass es Dinge über meinen Mann gab, von denen ich offensichtlich nichts wusste. Und ich wollte erst einmal herausfinden, was genau es damit auf sich hatte. Inzwischen bin ich zu dem Schluss gekommen, dass es sinnvoller ist, erst einmal mit Ihnen zu sprechen."

Bernd hatte also keine Ahnung. Er wusste gar nicht, dass sein Doppelleben aufgeflogen war. Und natürlich wusste er auch nicht, dass Jacqueline, seine Ehefrau, jetzt in diesem Moment bei mir auf dem Sofa saß und mir das alles erzählte. Ich wusste nicht recht, ob mich das jetzt mit Genugtuung erfüllte. Ich war mir auch nicht sicher, ob ich so reagiert hätte wie Jacqueline. Ich an ihrer Stelle hätte vermutlich einen Riesenaufstand angezettelt, Bernd auf jeden Fall zur Rede gestellt und eine Antwort von ihm gefordert. „Und jetzt?"

Jacqueline sah mich eindringlich an. Wir näherten uns offenbar dem heikelsten Punkt ihrer gut durchdachten Visite bei mir. Langsam fragte ich mich, was sie eigentlich genau bezweckte. Sie rückte auf dem Sofa ganz nach vorne und beugte sich zu mir herüber. Ihre perfekt geschminkten Augen fixierten mich. „Ich möchte Ihnen etwas vorschlagen", eröffnete sie. „Aber zuerst muss ich Sie etwas fragen, Paula. Wie fühlen Sie sich mit dieser Erkenntnis jetzt?"

Was für eine Frage war denn das? Wie sollte ich mich wohl fühlen? Ich war entsetzt, enttäuscht, verunsichert, wütend, verängstigt und völlig außer mir. Ich war kaum imstande, einen klaren Gedanken zu fassen, geschweige denn zu verarbeiten, was sie mir da in den letzten Minuten erzählt hatte! Was erwartete Sie denn? Dass ich jetzt ganz ruhig dasaß und einen klaren Plan davon hatte, wie es jetzt weitergehen sollte? Nein, das erwartete sie nicht. Das konnte ich ihr ansehen.

„Sie sind jetzt sicher furchtbar wütend, nicht?", half sie mir auf die Sprünge.

Ich nickte, dann schüttelte ich sofort wieder den Kopf. „Was heißt wütend? Ich weiß gar nicht, wie ich damit jetzt umgehen soll ..."

Jacqueline nickte zustimmend. „Das ist vollkommen verständlich. Mir würde es nicht anders gehen. Glauben Sie mir, ich war wie versteinert. Tagelang! Ich wusste überhaupt nicht, wie es weitergehen sollte. Aber es muss ja weitergehen, nicht wahr?"

Keine Ahnung, musste es das? Ich wusste nicht einmal das.

„Lieben Sie Bernd?"

Auch diese Frage kam mir reichlich sinnlos vor. Natürlich liebte ich Bernd! Hals über Kopf hatte ich mich in den charmanten, äußerst attraktiven Mann verliebt und, obwohl ich immer geschworen hatte, dass mir so etwas im Leben nicht passieren würde, relativ schnell, aber mit voller Absicht ein Kind mit ihm gezeugt! Ich liebte Bernd natürlich! Oder ich *hatte* ihn geliebt. Bis eben. Kann Liebe plötzlich in sich zusammenfallen, verschwinden, weil man etwas über den Geliebten erfährt, das man lieber nicht erfahren hätte? Meine Gefühle zu diesem Mann, den ich auch ohne Trauschein als meinen betrachtet hatte, waren mir ebenfalls unklar in diesem Moment.

Wieder schien Jacqueline genau das hören zu wollen. „Sie wissen es nicht mehr, oder? Ich wusste es auch nicht mehr. Eine Weile habe ich ihn wahrscheinlich mehr gehasst als geliebt. Hass und Liebe liegen oft recht nah beieinander, nicht?"

Das war mir jetzt zu philosophisch. Ich hasste Bernd nicht, jedenfalls nicht richtig. Aber liebte ich ihn noch?

„Inzwischen bin ich mir über meine Gefühle klarer geworden", sagte Jacqueline. Da hatte sie mir offensichtlich etwas voraus.

„Ich habe mich vom ersten Augenblick an ganz unsterblich in Bernd verliebt. Damals, als wir uns kennenlernten. Das war im Jahr 1994, müssen Sie wissen, ist also schon eine ziemliche Weile her. Und bis heute hat sich daran nichts geändert. Bernd ist der Mann, den ich wollte. Er ist der Vater meiner beiden Kinder. Er ist der Mann, dem ich bei der Hochzeit versprochen habe, in guten wie in schlechten Zeiten ... Verstehen Sie?"

Ich nickte, obwohl ich nicht sicher war, ob ich verstand, worauf sie hinauswollte. Weshalb war sie dann hier? Wieso erzählte sie *mir* das alles und nicht *ihm*?

„Sehen Sie, Paula, es ist doch so: Ich kenne Bernd schon länger als Sie. Mich hat er geheiratet. Natürlich, er hat ein

Kind mit Ihnen, das will ich gar nicht abstreiten. Sicher muss ihm viel an Ihnen liegen. Aber glauben Sie, dass er mehr an Ihnen und Ihrer Tochter hängt als an mir?"

Ich runzelte die Stirn. Bevor ich etwas erwidern konnte, fuhr Jacqueline unbeirrt fort: „Sie glauben es auch nicht. Nein, es kann ja überhaupt nicht so sein. Ich denke, dass er mich immer geliebt hat. Das mit Ihnen ... ich weiß nicht, vielleicht war es für ihn anfangs eher eine Affäre. Vielleicht wollte er es gar nicht so weit kommen lassen und dann kam das Kind. Bernd ist sehr verantwortungsbewusst, er konnte Sie natürlich nicht im Stich lassen mit dem Baby. Das hätte nicht zu ihm gepasst. Ich denke, was dann kam, ist etwas aus dem Ruder gelaufen."

Jetzt fühlte ich mich noch mehr verunsichert. Plötzlich fragte ich mich, ob Bernd das größte Problem in dieser Dreiecksgeschichte war. Das, was Jacqueline da sagte, war keineswegs die Geschichte, wie ich sie erlebt hatte! Aus meiner Sicht hatte Bernd sich wahnsinnig über die Schwangerschaft gefreut. Er war bei allen Ultraschallterminen dabei gewesen, ebenso bei der Geburt seiner Tochter, er hatte sie gewickelt, gefüttert und herumgetragen, wenn sie nachts nicht schlafen wollte. Nie im Leben wäre ich auf die Idee gekommen, dass er mir damit etwas vormachte. Es war alles so absurd.

Es wurde noch absurder, als Jacqueline weitersprach. „Können Sie damit leben, dass Ihr Mann gleichzeitig der Mann einer anderen ist?"

„Ich weiß es nicht ...", räumte ich ein.

„Sehen Sie, Sie wären doch immer nur die zweite Wahl. Sie wüssten, dass er Sie niemals heiraten wird, weil er bereits verheiratet ist. Und möglicherweise liebt er Ihre Tochter, aber er wird seine erstgeborenen Söhne immer mehr lieben. Und was ist mit Ihnen? Könnten Sie ihm je wieder vertrauen? Würden Sie nicht hinter jeder Ecke den nächsten Betrug wittern? Glauben Sie, dass Ihre Beziehung so eine Chance hätte?"

Natürlich war etwas dran an dem, was sie sagte. Aber gleichzeitig störte mich die Bestimmtheit, mit der Jacqueline zu wissen glaubte, wie mir zumute sein musste und wie ich mich zu fühlen hatte. Offenbar hatte sie sich genaue Gedanken über mich gemacht. Ich fühlte mich überfahren. Sie hatte mir einiges voraus. Sie hatte Zeit gehabt, über all das nachzudenken, anscheinend war sie damit auch zu einem Ergebnis für sich gekommen. Diese Zeit hatte ich nicht. Ich musste erst einmal den Schock verdauen, und jetzt konfrontierte sie mich mit Zukunftsüberlegungen. So weit war ich noch lange nicht. Sah sie das denn nicht?

„Ich kann Ihnen sagen, wie es weitergehen würde. Ich habe diese Überlegungen alle durch. Sie wären ständig auf der Hut, jeder kleinste Fehltritt würde unweigerlich zu einem Riesenkrach führen, bis sie schließlich nur noch am Streiten wären. Das wäre sehr zermürbend. Für sie beide, aber auch für Ihre Tochter. Und wenn Sie nicht lautstark mit ihm in Konflikt kämen, dann würden Sie sich still und heimlich selber damit quälen. Bis Sie schließlich nicht mehr weiterkämen. So oder so, es würde in einem langen, schmerzhaften Kampf enden, der sie alle drei kaputt machen würde. Sie müssen dabei auch an Ihre Tochter denken. Ein klarer Schnitt, klare Verhältnisse, das ist es, was Kinder in so einem Fall brauchen."

Es war zum Wahnsinnigwerden! Einerseits hatte sie mit allem, was sie sagte, recht. Gleichzeitig kam mir jedes ihrer Worte so falsch vor. Ich wollte schreien und ihr Einhalt gebieten, aber ich wusste nicht wie. Wir saßen doch im selben Boot! Jacqueline versuchte nur, mir zu helfen. Oder etwa nicht?

Ich war nicht in der Lage, etwas zu entgegnen. Aber Jacqueline erwartet es offenbar auch nicht, sie redete immer weiter. „Geben Sie Bernd auf, Paula. Überlassen Sie ihn mir, seiner Ehefrau und seiner wahren Familie. Sie können nur verlieren. Besser, Sie gehen jetzt und bewahren sich Ihren Stolz. Ich werde Bernd jedenfalls nicht kampflos aufgeben." Jetzt wirkte Jacqueline gar nicht mehr so besorgt und

freundlich. Ihre Miene zeigte Entschlossenheit. Kein Zweifel, sie meinte es ernst. Aus ihrer Sicht mochte das auch alles Sinn machen, was sie sagte. Doch was war mit mir? Hatte ich kein Recht darauf, mir selber eine Meinung zu bilden? Jetzt keimte doch endlich Wut in mir auf. Aber sie richtete sich nicht hauptsächlich gegen Bernd, sondern erst einmal gegen Jacqueline, die hier einfach aufkreuzte und meinte, mir sagen zu können, was ich zu tun hatte!

Endlich fand ich die Sprache wieder: „Hören Sie, Jacqueline, da mag ja durchaus etwas dran sein. Ich möchte gar nicht abstreiten, dass Sie mit einigem wahrscheinlich Recht haben. Aber ob Bernd Sie oder mich, seine Söhne oder seine Tochter mehr liebt, das können Sie wohl schwerlich beurteilen. Und ich glaube, das spielt auch keine Rolle im Moment. Ich möchte seine Reaktion sehen, ich möchte mit ihm selbst darüber sprechen. Erst einmal muss ich wissen, wie es zu alldem kam und was er dazu zu sagen hat. Dann sehen wir weiter."

Bevor ich die Worte aus meinem eigenen Mund laut ausgesprochen hörte, war ich mir selber nicht so klar darüber, was ich wollte. Doch es fühlte sich richtig an. Ich erhob mich, um Jacqueline anzuzeigen, dass das Gespräch für mich hiermit beendet war.

Da schoss sie vom Sofa hoch wie eine Rakete und ging auf mich los. Ich zuckte unvermittelt zurück. „Das können Sie nicht machen! Sie können nicht mit ihm darüber reden, das lasse ich nicht zu!", fauchte sie.

Ich versuchte, ganz ruhig zu bleiben. „Doch, das kann und das werde ich tun. Sie können mich nicht daran hindern, mir selbst eine Meinung zu bilden."

„Und ob ich das kann!", schrie Jacqueline außer sich und packte mein Handgelenk. Ich versuchte, mich aus ihrem Griff zu entwinden, doch sie war unerwartet stark. „Sie werden kein Wort darüber verlieren!"

Erst in diesem Augenblick wurde mir klar, dass ich es mit einer Verrückten zu tun hatte. Jacqueline schnappte über und ich bekam es mit der Angst zu tun.

„Bitte, bleiben Sie doch ruhig! Setzen Sie sich wieder hin", beschwor ich sie. „Wir können doch über alles reden."

Doch die Zeit für Gespräche war vorüber, Jacqueline hörte mich überhaupt nicht mehr. Sie drängte mich gegen die Wand, ich konnte weder nach vorne noch nach hinten ausweichen. Plötzlich zog sie ein Messer hervor, offenbar hatte sie es die ganze Zeit unter ihrer Kleidung verborgen. Sie war auch darauf vorbereitet, dass dieses Gespräch nicht so enden könnte, wie sie es sich erhofft hatte. Wenn ich nicht einwilligte, Bernd zu verlassen, dann wollte sie sich ihr vermeintliches Recht augenscheinlich mit Gewalt nehmen. Tausend Dinge schossen mir gleichzeitig durch den Kopf: Um Hilfe schreien hatte wenig Aussicht, denn das Haus stand in einer ruhigen Wohnstraße, die Nachbarn waren weit weg und womöglich gar nicht zu Hause. Hier war nur Amelie, und die wollte ich um jeden Preis aus dieser Situation heraushalten.

Jacqueline fuchtelte mit dem Messer vor meinem Gesicht herum. Sie wirkte plötzlich so irre, dass ich mich fragte, wie ich jemals auch nur ein Wort hatte ernstnehmen können. Die Wut und die Angst um mein Kind verliehen mir die Kräfte, die ich vorher nicht verspürt hatte. Mit einem beherzten Schubs stieß ich Jacqueline von mir weg und sprintete zur Tür, bevor sie mir hinterher kommen konnte. Doch sie hatte mich am Arm erwischt. Ich spürte, wie das Messer in meine Haut schnitt. Die Wunde blutete sofort stark und der Schmerz raubte mir den Atem. Aber ich hatte ein Ziel, ich wollte zum Telefon greifen und Hilfe herbeirufen. Das Handgerät des Telefons lag auf dem Küchentisch. Ich erreichte die Küche kurz vor Jacqueline und griff nach dem rettenden Apparat. Schon war Jacqueline wieder hinter mir. Ich duckte mich unter einem ihrer Stiche hinweg und zog die Schublade mit den Messern auf. In der einen Hand das Telefon, in der anderen ein langes Küchenmesser, wandte ich mich meiner Verfolgerin wieder zu. Die scharfe Klinge auf sie gerichtet, hielt Jacqueline doch einen Moment lang inne. Ihr Messer war kleiner, sie musste näher an mich heran, wenn sie mich weiter verletzen wollte.

Mit dem langen Messer konnte ich sie ein Stück von mir fernhalten. Hoffentlich weit genug, um telefonieren zu können. Blind drückte ich die Notrufnummer auf dem Tastenfeld und hielt mir das Gerät ans Ohr. Es klingelte.

Jacqueline schien die Attacke aufgegeben zu haben. Sie schob sich rückwärts aus der Küche und verschwand aus meinem Blickfeld. Ich drückte fieberhaft das Telefon ans Ohr und betete, dass sich rasch jemand melden würde.

Da war das Freizeichen auf einmal weg. Ungläubig blickte ich auf das Display und stellte fest, dass es nichts mehr anzeigte. Das Telefon war tot. Schon war Jacqueline wieder da, sie hielt triumphierend den Stecker des Netzteils in der Hand. „So nicht, meine Liebe. Das regeln wir schön unter uns!" Damit kam sie wieder auf mich zu.

Unglücklicherweise hatten wir jetzt Amelies Aufmerksamkeit erregt. Sie machte sich nämlich in ihrem Stubenwagen bemerkbar. Ich versteckte unwillkürlich das Messer hinter dem Rücken.

„Ma-mamama", machte Amelie und streckte mir ihre dicken Ärmchen entgegen.

Auch Jacqueline schien zu zögern, aber nur für einen Moment. Sie lief zurück ins Wohnzimmer, packte Amelie, hob sie aus dem Stubenwagen und dann, das Messer mit der anderen Hand wieder auf mich gerichtet, stand sie wie ein fleischgewordener Alptraum mitten in meinem Hausgang.

„Jetzt hab ich dich!", rief sie voller Verachtung. „Du drängst dich nicht mehr zwischen mich und meine Familie, du nicht!"

Entsetzt starrte ich auf das Messer, das mich von meinem Baby trennte. Sie würde doch wohl hoffentlich Amelie nichts antun! Beide Hände abwehrend erhoben, versuchte ich, mich ihr vorsichtig zu nähern. „Bitte, lassen Sie doch das Messer fallen. Das bringt doch nichts ... Wir können doch in Ruhe über alles sprechen ...", versuchte ich sie zur Vernunft zu bringen, obwohl mir deutlich vor Augen stand, dass Vernunft gerade nicht das war, was sie auszeichnete. Wie war ich nur in diesen Alptraum geraten?

Gerade in diesem Augenblick hörten wir beide, wie ein Schlüssel im Schloss der Haustür umgedreht wurde. Einen Moment blickten wir beide wie erstarrt auf die Tür. Sie öffnete sich und plötzlich stand Bernd im Flur. Ich schickte ein Stoßgebet zum Himmel, der mir offenbar die einzige denkbare Hilfe geschickt hatte. Bernd wirkte verwirrt. Er sah zwischen mir und der anderen hin und her. Wir mussten ein mehr als groteskes Bild abgeben: Ich mit der verschmierten Küchenschürze, beide Hände vor der Brust erhoben, daneben Jacqueline, von der er sicher nicht erwartet hatte, sie hier anzutreffen, wenn er zu mir nach Hause kam, mit einem Messer in der Hand und unserem gemeinsamen Kind auf dem Arm.

Glücklicherweise hatte Bernd sich schnell wieder unter Kontrolle. Er ging mit ruhigem Schritt auf Jacqueline zu. „Um Gottes willen, was soll das denn? Was ist denn hier los?"

Tatsächlich ließ Jacqueline das Messer sinken. Bernds unerwartetes Auftauchen hatte anscheinend auch sie verwirrt. Bernd gelang es, Amelie aus ihrem Griff zu lösen und an sich zu nehmen. Die Kleine verstand zum Glück überhaupt nicht, was hier los war. Sie sah ihren Vater und quäkte zufrieden.

„Bring das Mädchen weg!", herrschte Jacqueline Bernd an und ich wunderte mich, wieso mein sehnlichstes Flehen aus ihrem Mund zu hören war.

Bernd überquerte den Gang zwischen Jacqueline und mir und trug Amelie behutsam zurück ins Wohnzimmer. Auf der Schwelle drehte er sich zu Jacqueline um und sagte, immer noch völlig ruhig: „So geht das doch nicht ...", aber Jacqueline unterbrach ihn barsch: „Geh mit der Kleinen hinaus und lass mich machen!"

Bernd zuckte die Schultern und tat, wie ihm geheißen. Ich hatte aufgehört, mich über irgendetwas zu wundern. Als Jacqueline, kaum dass Bernd im Wohnzimmer verschwunden war, auf mich zu stürzte, entfuhr mir nicht einmal mehr ein Schreckensschrei. Das Messer drang glatt und sauber in meinen Brustkorb ein. Ich konnte es noch fühlen. Das Letzte, was ich sah, war Jacquelines lachendes Gesicht.

Bernd kehrte aus dem Wohnzimmer zurück. Er sah Paula auf dem Fußboden liegen, auf ihrem Gesicht lag ein verwunderter Ausdruck, aus ihren Augen jedoch war jegliches Leben gewichen.

Jacqueline stand über ihr und hielt immer noch das Messer in der Hand, das jetzt blutverschmiert war.

Bernd seufzte. „Wieso musste das jetzt wieder so enden?", fragte er resigniert.

„Wie hätte es sonst enden sollen?", gab Jacqueline gereizt zurück.

Bernd nahm ihr das Messer aus der Hand und ging damit in die Küche. „Ich habe doch gesagt, lass mich das dieses Mal erledigen. Ich hätte das anders gelöst."

Jacqueline, die ihm gefolgt war, lachte verächtlich. „Ach ja? Wie denn? Du hättest gesagt: Komm, ich nehm das Kind und geh damit zu meiner Frau und meinen Söhnen. Du kannst einfach weiterleben und so tun, als wäre nichts geschehen? Und du glaubst, dass sie das akzeptiert hätte? Sie wollte ja noch nicht einmal dich aufgeben!"

Bernd spülte das Messer akribisch unter dem laufenden Hahn ab. „Nein, vermutlich hätte sie das nicht getan. Aber so ..."

Jacqueline trat ganz nah an ihn heran und sah ihm forschend in die Augen. „Du hast sie geliebt. Gib es zu!"

Bernd ließ das Messer sinken. „Geht jetzt das wieder los? Glaubst du, man könnte eine Beziehung zu einem Menschen aufbauen, aus der sogar ein Kind hervorgeht, ohne dass dabei irgendwelche Gefühle aufkommen? Aber ich liebe dich und das weißt du."

„So? Weiß ich das?", giftete sie zurück.

„Ich bin bei dir geblieben, obwohl du keine Kinder bekommen konntest. All die künstlichen Befruchtungen, die Behandlungen, die Krankenhausaufenthalte. Ich habe alles mitgemacht, oder etwa nicht? Ohne Klage. Ich bin mit dir ins Ausland gefahren, damit du dich dort anderen Methoden unterziehen konntest, die in Deutschland nicht zugelassen

waren. Um ein Adoptivkind habe ich mich bemüht, wieder und wieder. Und zu guter Letzt habe ich mittlerweile drei Kinder mit anderen Frauen für dich gezeugt! Für *dich*! Oder etwa nicht?"

Jacqueline war still geworden, während Bernd immer lauter wurde. „Du hast nie gefragt, wie ich mich dabei fühle! Nicht einmal hast du darüber nachgedacht, wie ich damit klarkomme! Und als das zweite Kind wieder ein Sohn war, hast du nicht Ruhe gegeben, bis ich eingewilligt habe, noch ein drittes Mal eine Frau zu betrügen, ihr so lange etwas vorzuspielen, bis sie bereit war, ein Kind zu bekommen. Ein Kind, das ich ihr danach weggenommen hätte. Ich hätte es getan, Jacqueline. Aber auf meine Art! Ohne Blutvergießen! Denn damit, *damit*, Jacqueline, komme ich nicht zurecht."

Einen Moment lang schwiegen sie. Dann sagte Jacqueline zaghaft: „Und wie geht es jetzt weiter?"

Bernd seufzte ergeben. „Jetzt bringen wir das zu Ende. Hol Amelie. Ich räum das hier auf."

Während Jacqueline Amelie aus dem Stubenwagen nahm und mit ihr vor das Haus ging, holte Bernd aus dem Gartenschuppen zwei Kanister mit Rasenmäherbenzin. Als das Feuer auf die Gardinen übergriff, ließ Bernd draußen den Motor seines Wagens an, wendete und verließ die Straße.

Rendezvous mit Mord

„Er sah in ihre großen, rehbraunen Augen und wusste es. Das war die Frau, nach der er immer gesucht hatte. Er zog sie in seine Arme ..." Ach, nein. Da fehlt noch was. „Er zog sie in seine *starken* Arme ..." Immer noch blöd. Hmm. Ich scrolle eine Seite hinauf und überfliege die letzten Zeilen, die ich geschrieben habe. Nicht, dass der Rest viel besser gewesen wäre. Aber das erwartete mein Lektor auch nicht von mir. Schließlich war das hier die 387. Folge von „Der Landtierarzt", einem handlichen Heftchenroman.

Groschenromanautorin klingt langweilig, finden Sie?

Nun, ich sage Ihnen, das ist es auch. Eine wirklich angenehme Langeweile. Manchmal sehne ich mich geradezu nach dieser Langeweile. Weil die Schreiberei nur mein Nebenberuf ist. Das Alibi, quasi. In Wahrheit bin ich eine hoch dotierte Auftragskillerin.

Entsetzt?

Eigentlich ist es ein Job wie viele andere. Ich bekomme einen Auftrag, ich führe ihn aus, ich bekomme Geld. Bei freier Zeiteinteilung und sozusagen freier Wahl der Waffen. Aber so glatt geht es leider meistens nicht. Mein letzter Auftrag war ein alter Mafiaboss, der seiner Sippschaft lästig geworden war. Ein zäher, alter Brocken. Sehr unangenehmer Typ. Ihn zu ermorden, war keine leichte Sache. Er wäre als Mafiaboss sicher nicht so alt geworden, wenn er zum Leichtsinn geneigt hätte. Ich war fast einen Monat in Italien gewesen, ehe ich den Hirsch vor den Lauf bekam. Was hilft es da schon, dass ich einen geradezu unanständigen Haufen Geld dafür bekommen habe?

Aber nun schreibe ich erst einmal wieder. Vom Oberförster und seiner drallen Sennerin, vom Oberarzt und der hingebungsvollen Krankenschwester, vom Oberleutnant und dem Mädchen aus gutem Haus. Bei Männern benutze ich

gern das *Ober-*, es zeigt an, dass der Mann Karriere gemacht hat. Und dazu braucht es dann ein hübsches Weibchen, das voller Liebe zu ihm aufblickt, dann ein paar Verwicklungen, einen Schuss Romantik, etwas Tragik und schon hat man ihn – den Groschenroman. Es ist ganz einfach.

In meinem Leben gibt es keinen *Ober-*. Noch nicht einmal einen *Unter-*. Das Schreiben wäre ja kein Hindernis. Aber welcher Mann trifft sich schon mit einer Frau, die eine Kleinkaliberpistole am Gürtel trägt und mehr Männer erschossen als im Bett gehabt hat? Und ich bin noch nie ein Mauerblümchen gewesen. Ganz zu schweigen davon, dass sie es nicht gerne haben, wenn die Frau mehr verdient. Ich kann behaupten, ich habe eine ziemlich steile Karriere hingelegt. In meiner Branche jedenfalls. Wenn man das so sagen kann. Ich krieg nämlich sogar die ganz großen Nummern. Und ich bin noch nicht einmal dreißig! Ich hatte sie alle! Politiker, Wirtschaftsbosse, sogar Schauspieler bisweilen.

Jetzt muss ich mich aber erst einmal um den Zweitjob kümmern. Mein Lektor schimpft schon wieder, weil ich meinen Abgabetermin mal wieder nicht eingehalten habe. Das passiert mir ständig. Man sollte meinen, dass er sich langsam daran gewöhnt, aber er macht jedes Mal wieder einen Aufstand. Ich muss wirklich zusehen, dass ich das Heft fertigbekomme, der Mann ist nicht mehr der Jüngste, nicht, dass ihn noch der Schlag trifft. Noch ein Mensch, den ich dann auf dem Gewissen hätte. Muss ja nicht sein.

Außerdem habe ich bereits einen neuen Auftrag. Klingt spannend. Und noch einmal lässt sich mein Lektor sicher nicht vertrösten.

Und obendrein habe ich noch ein Date. Es ist zum Haareraufen, wieso kommt eigentlich immer alles zusammen? Ein spannender Job, der Abgabeschluss und dann auch noch ein neuer Mann. Nicht, dass ich die Hoffnung hätte, dass es dieses Mal was Festes werden könnte. Kann es ja nicht. Dazu gehört, dass man sich alles sagt und offen und ehrlich ist. Aber genau darin liegt mein Problem, ich kann ja diesem Mann

nicht erzählen, was ich wirklich mache. Und dass man als Groschenromanautorin ständig zur Recherche ins Ausland fahren muss, glauben sie einem auch nicht lange. Das hab ich alles schon versucht. Aber das Date nehm ich noch mit. Der Typ war süß! Allerdings hat die ganze Sache noch einen Haken. Abgesehen davon, dass ich eine Profikillerin bin.

Mein Date ist ein Bulle. Also eigentlich schon aus Prinzip mein Gegenpart. Es ist ja nicht gerade legal, was ich so mache. Ich habe ein Girokonto bei der Stadtsparkasse, wie jeder meiner Nachbarn, aber ich habe eben auch noch ein gut gefülltes Nummernkonto auf den British Virgin Islands. Ich weiß ja, dass das so nicht geht, es ist von vornherein zum Scheitern verurteilt. Der Cop und die Mörderin. Das ist ein super Thema für einen Groschenroman – vielleicht sollte ich darauf einmal zurückkommen –, aber im wahren Leben funktioniert das nicht.

Jetzt sitze ich also bereits seit einer Stunde vor der Tastatur und schreibe. Eigentlich schreibe ich nicht wirklich. Ich tippe lustlos ein paar Worte, lese sie erneut und lösche sie. Ich finde irgendwie kein gutes Ende für dieses Heft. Dabei ist es jetzt zwanzig vor sieben. Ich muss noch duschen und mich umziehen, denn um acht treffe ich meinen Bullen.

Das Telefon klingelt. Ich brauche nicht einmal auf das Display zu sehen. Ich weiß, dass es Kevin, mein Lektor ist. Er hat schon drei Mal angerufen heute. Gestern vier Mal.

Herrgott, ich weiß es doch, davon, dass er öfter anruft, wird mein Heft auch nicht schneller fertig. Ich sollte ihm dringend klarmachen, dass es meine Kreativität nicht fördert, wenn ich das Gefühl habe, dass er neben mir steht und nervös mit den Fingern auf die Tischplatte trommelt. Ich kann es fast hören. Da er sich nicht davon abschrecken lässt, dass das Telefon schon zum zehnten Mal klingelt, gehe ich doch ran.

„Was?", motze ich.

Stille.

„Mach hin, ich hab zu arbeiten. Was gibt's?"

Räuspern.

Gerade kommt mir der Gedanke, dass es vielleicht nicht Kevin sein könnte. „Ähh ... hallo?", frage ich.

„Hallo?", fragt mein Gegenüber zurück.

„Ja. Hallo. Wer ist denn da?"

„Wer ist denn *da*?", echot mein Gesprächspartner. Die Stimme kommt mir nicht bekannt vor. Kevin ist es nicht. Seine weinerliche Stimme würde ich unter allen anderen erkennen. Jederzeit.

„Sollten Sie nicht wissen, wen Sie angerufen haben?", frage ich, etwas genervt.

„Spreche ich mit Elisabeth Baumann?"

Ich verziehe das Gesicht. Ich hasse es, mit meinem ganzen Namen angesprochen zu werden. Nur meine Eltern nennen mich noch so. Ich brumme so etwas wie eine Zustimmung.

„Haben Sie unsere Nachricht erhalten?"

Ich überlege kurz. Habe ich eine Nachricht erhalten? „Ich weiß nicht ...?"

„Codewort: Gangbang", erläutert mein Anrufer.

Ich mache ein empörtes Geräusch. Wofür hält der sich? „Hey, Freundchen, du bist hier nicht auf der 0190. Da hast du dich verwählt." Ich will auflegen.

Diese Perversen werden auch immer dreister. Da fällt mir wieder ein, dass er ja meinen Namen kannte.

„Legen Sie nicht auf", rät er prompt. Mir schwant etwas. Ich krame in meinen geistigen Notizen, in meinem Kopf herrscht immer ein fürchterliches Chaos, wenn ich so zwischen allen Stühlen sitze. Doch, das könnte es gewesen sein. Ich bin mir sicher. Also ziemlich sicher. Das ist das Codewort für meinen neuen Auftrag. Der Perverse ist vermutlich der Auftraggeber.

„Oh!", mache ich. „Äh ... alles klar. Jetzt weiß ich Bescheid." Ich kann förmlich hören, wie er die Augen verdreht.

„Sind Sie sicher, dass Sie ein Profi sind?"

Was ist das denn für eine Frage? Nein, sorry, bin ich nicht? Was glaubt der, was ich ihm darauf antworte?

„Selbstverständlich."

„Hm. Wie auch immer. Sie sind besser professionell, sonst endet das hier nicht gut für Sie." Die üblichen Drohungen. Und wehe, wenn Sie nicht erfolgreich sind. Was glauben diese Leute eigentlich? Dass ich in meiner Branche noch leben würde, wenn ich regelmäßig daneben schieße?

„Ja, ja", brumme ich.

„Sind Ihnen die Eckdaten des Auftrags klar?", fragt er jetzt wieder ganz businesslike.

„Ja, ich denke schon. Ich bring den Typ um die Ecke und Sie zahlen dafür ..."

Ich horche, was mein Gegenüber dazu zu sagen hat. Nennt er die Prämie? Als ich sie höre, muss ich husten.

„Äh ... Sie zahlen dann eine verdammt hohe Summe. Sind Sie sich sicher, dass Sie sich nicht vertippt haben? Ich meine, da hat man ja schnell mal eine 0 zu viel, nicht? Ich kenn das ..."

„Eine Million", erklärt er ungerührt. „Wir zahlen eine Million. Bei Erfolg."

Ja klar, bei Erfolg. Ich kenne leider niemanden, der so dämlich wäre, eine Million für Misserfolg zu zahlen. Ich schlucke. So viel Geld. Das bringt mich definitiv in eine andere Liga.

„Gut. Wir melden uns wieder. Schönen Tag." Klack. Aufgelegt. Was wollte er mir jetzt eigentlich sagen?

Ich starre das Handy noch eine Weile an. Dann wende ich mich seufzend meiner Arbeit zu. Es hilft ja nichts. Inzwischen ist es sieben. Soll die Krankenschwester jetzt in ein schweres Gewitter kommen? Aber das habe ich erst neulich schon mal geschrieben, das wird Kevin sicher nicht gefallen. Sie könnte auch einen Unfall haben. Und dann kommt sie ins Krankenhaus und da ist ihr Doktor. Genau. Auch nicht sonderlich originell, aber das geht. Ich tippe eifrig. Keine zehn Zeilen später klingelt mein Handy erneut.

Oh, Kevin! Ich hab's doch schon. Gib mir noch zehn Minuten.

Es klingelt schon wieder ohne Unterlass. Dieses Mal sehe ich auf das Display. Nicht, dass ich wieder einen Kunden anmotze.

Es ist nicht Kevin. Es ist meine Mutter. Auch das noch. „Ja, Mama?" Ich wappne mich geistig schon gegen ihre Schimpf-

tirade. Die auch prompt folgt. Wieso ich mich nicht gemeldet habe, seit wann ich wieder in der Stadt bin und wann ich endlich einmal vorbeikomme. Immer dasselbe. Sie weiß es natürlich auch nicht. Niemand kann seiner eigenen Mutter sagen: Du, Mama, ich verdiene mein Geld jetzt damit, dass ich Menschen erschieße.

Aber ich verdiene echt gut damit. Saugut, muss ich sagen. Eine Million. Ich kann es immer noch nicht fassen. Das ist eine eins mit sechs Nullen dahinter. Ich hab das natürlich nicht schriftlich. Nicht, dass mir das viel ausmachen würde, vor Gericht würde das sicherlich eh nicht lange standhalten. Aber immerhin. Eine Million!

Scheiße. Akut habe ich leider nicht gehört, was meine Mutter als Letztes gesagt hat, und jetzt ist sie still. Ich vermute, sie erwartet nun eine Antwort von mir. Was kann sie mich wohl gefragt haben?

„Mama, ich komme am Wochenende. Versprochen." Es war ein Schuss ins Blaue. Aber meistens liege ich damit bei meiner Mutter ziemlich gut.

Prompt schimpft sie weiter: „Das sagst du jedes Mal! Und weißt du, wann du das letzte Mal da warst?"

„Naja, es ist schon ein paar Wochen her", gebe ich zu.

„Ein halbes Jahr! Um genau zu sein."

Oh. Wirklich? So lang kam es mir nicht vor. Ich rechne im Kopf zurück. Aber doch, das könnte stimmen. Ich hatte ne Menge Aufträge. Und jetzt zum Schluss noch der Mafiaboss. Das hat ganz schön Zeit in Anspruch genommen.

„Die ganze Zeit ziehst du in der Weltgeschichte herum", klagt meine Mutter, als könnte sie meine Gedanken lesen.

„Das muss ich nun mal ...", versuche ich auszuweichen.

„Das verstehe, wer will. Aber am Sonntag hat dein Vater seinen sechzigsten Geburtstag. Und wenn du da wieder nicht kommst, dann enterbe ich dich. Nein, ich gebe dich zur Adoption frei!"

Meine Mutter ist sauer. Gut, ist vielleicht auch nicht anders zu erwarten.

Ich sehe auf die Uhr. Verdammt! Schon zwanzig nach sieben. Ich muss sie abwimmeln. „Mama ... Ja, ich weiß, es tut mir leid. Du weißt doch, die Arbeit ... Ich verspreche dir hoch und heilig, dass ich am Sonntag da bin."

Wie ich das mache, ist mir zwar noch nicht klar, aber das überlege ich mir zu gegebener Zeit. Jetzt muss ich meine Mutter erst mal beruhigen und loswerden. Ich muss doch noch duschen. Und das fertige Manuskript muss noch rüber zu Kevin.

Meine Mutter jammert noch ein bisschen über meine Unzuverlässigkeit. Aber richtig verärgert klingt sie nicht mehr. Im Hintergrund klopft ein weiterer Anrufer an. Schon wieder ein Anruf?

„Mama, du, ich bekomme noch einen Anruf ... Bleib mal schnell dran." Ich drücke die Tastenkombination, um meine Mutter in die Warteschleife und den anderen Anrufer nach vorne zu holen. „Kevin?", frage ich hastig.

„Allerdings!", motzt mein Lektor zurück.

„Kevin, ich weiß, ich bin spät dran, ich hab's gleich. Noch fünf Minuten, okay?"

„Drei", feilscht er.

„Hör mal, ich habe meine Mutter auf der anderen Leitung und in einer halben Stunde hab ich ein Date, ich bin grad wirklich in Eile."

„Und in fünf Minuten hast du keinen Job mehr!", faucht Kevin. Herrje, der hat aber heute wirklich schlechte Laune. „Hast du mich verstanden?", bellt er.

„Ja, ja, ich bin ja nicht taub. Noch fünf Minuten, dann bin ich dich endlich los, alter Jammerlappen." Von wegen *kein Job mehr*. Als wäre ich auf die lächerlichen Kröten des Verlags angewiesen. Hey, ich hab einen Auftrag in der Hand, da krieg ich eine Million für!

Schon wieder klopft jemand an. Also, was ist denn heute los? „Kevin, hör mal, da ist noch ein Anruf."

„Du machst dir keine Vorstellungen, wie egal mir das ist. Ich bleib jetzt hier am Telefon, bis auf meinem Computer die E-Mail von dir blinkt!"

Ich stöhne. „Schön! Bleib dran. Kannst dich mit meiner Mutter in der Warteschleife vergnügen." Ich drücke ihn weg und nehme den dritten Anruf entgegen. „Hallo?"

„Liebes, was machst du denn so lange? Wann kommst du denn jetzt am Sonntag?" Wieso hab ich jetzt wieder meine Mutter am Ohr? „Entschuldige Mama, noch einen Moment. Da ist noch ein dritter Anruf in der Leitung." Ich drücke sie weiter. „Hallo?"

„Hallo Elisabeth ..." Ich zucke wieder zusammen. Wieso kann mich dieser komische neue Auftraggeber nicht Liz nennen, wie der Rest der Welt – ausgenommen von meinen Eltern?

„Is noch was?", frag ich ihn. Er setzt an, mir in aller Breite zu erklären, wo ich mein neustes Opfer finde und wie er sich das alles vorstellt. Ich unterbreche ihn. „Stopp mal, ich bin es eigentlich gewöhnt, dass ich das selber entscheiden kann, wie und wann und so. Und ich hab jetzt grad ehrlich gar keine Zeit." Er lässt sich nicht beirren. Ob mir klar wäre, von welchem wichtigen Auftrag wir hier sprechen? Es ist immer furchtbar wichtig. Wenn es nicht wichtig wäre, würde wohl kaum jemand sich die Mühe machen, einen Killer zu engagieren.

„Moment." Ich drücke ihn weg und hole Kevin zurück. Mit der freien Hand klicke ich auf meinem PC herum. „Kevin, ich hab's gleich!"

„Wer ist Kevin, Liebes? Hast du endlich einen Freund?", fragt meine Mutter begeistert.

Ich verdrehe die Augen. „Nein, Mama. Kevin ist mein Lektor beim Verlag. Moment." Ich drücke mit der einen Hand auf dem Handy, mit der anderen auf der Maus herum. „Gleich ist es durch."

„Was ist durch? Junge Frau, kann es sein, dass Sie das hier nicht ernstnehmen?"

Nein! Wo kommt denn jetzt wieder der Auftragstyp her? Ich krieg noch die Krise! Wo ist denn Kevin bloß hin?

Ich drücke und drücke. „Mama?"

„Ich warte, Liz! Schick endlich die verdammte Mail durch!" Ah! Da ist Kevin.

„Kevin, ich bin gleich so weit. Ich hab's schon. Jetzt. Jetzt ist es raus. Okay? Hast du die Mail?"

„Nein, ich habe sie noch nicht."

„Wie auch immer. Gleich hast du sie." Ich fahre den Computer runter und mache mich mit dem Handy am Ohr auf ins Bad. Kevin will dran bleiben, bis die Mail eingegangen ist. Soll er. Ich drücke ihn wieder weg.

„Passen Sie auf. Ich weiß, was ich da mache, okay? Das ist nicht mein erster Mord", versuche ich, den neuen Auftraggeber zu beruhigen.

Stille am anderen Ende der Leitung. Ich höre nicht einmal mehr ein Atmen. Ups. Wen habe ich denn jetzt wieder am Ohr gehabt? Diese Technik hat's aber auch in sich.

„Wie meinst du das?", japst meine Mutter schließlich. Ach herrje! „Mama, nein, Scheiße! Ich dachte, ich hab Kevin dran. Sorry. Ich schreibe gerade nen Krimi, verstehst du? Mit Mord und so. Er traut mir das nicht so zu."

Meine Mutter atmet hörbar aus. „Ach so. Was ist jetzt mit Sonntag?"

„Mama, ich sag doch. Ich bin da. Ehrlich." Damit gibt sie sich endlich zufrieden.

„Gut. Dann also bis Sonntag. Wie gesagt ..."

„Ich komme in die Babyklappe. Ich weiß, ich weiß. Ich bin da. Versprochen."

Mama verabschiedet sich. Einer wenIger. Ich fange an, mich auszuziehen, was mit einer Hand und Handy am Ohr nicht so einfach ist. Ich hüpfe wackelig von einem Bein auf das andere.

„So. Jetzt hören Sie mal. Ich mach das, okay? Sie können sich auf mich verlassen." Das Wort *Mord* vermeide ich dieses Mal vorsichtshalber, man weiß ja nie.

Und prompt: „Das will ich dir auch dringend geraten haben! Und deshalb musst du mich noch nicht gleich siezen. Die Mail ist da. Also dann: Schönen Abend!" Okay, Kevin ist

auch weg. Dann bleibt nur noch der Auftraggeber. Ich stopfe meine Klamotten in die Wäschetonne.

„Hallo? So. Ich krieg das hin. Ehrlich. Überlassen Sie das einfach mir, okay?"

Schließlich steige ich doch noch unter die Dusche. Es ist bereits nach halb. Ich schlüpfe hinein, weiche hüpfend dem Strahl des noch kalten Wassers aus und gehe in Gedanken dabei meinen Kleiderschrank durch. Was trägt man als Auftragskillerin, wenn man ein Date mit einem Bullen hat? Lieber etwas Unauffälliges. Eine hübsche Bluse vielleicht. Wobei ... Er weiß ja nicht, was ich beruflich mache, und sicher denkt er sich bei einem sexy Ausschnitt nicht als erstes: Wow, die bringt sicher Menschen um! Oder denken Polizisten so? Müssen sie vielleicht. Also, was jetzt? Das Wasser ist inzwischen warm. Ich stecke den Duschkopf wieder in die Halterung und platziere mich darunter. Ich schließe die Augen und atme tief durch.

Scheiße!

Jetzt ist es zu heiß. Erschrocken ducke ich mich aus der Reichweite des Strahls. Wieso kann man dieses verdammte Wasser nicht vernünftig einstellen? Aber nass bin ich immerhin. Also beginne ich mit dem Einseifen. Der Duft von Papaya-Kiwi-Duschgel steigt mir in die Nase, erinnert mich daran, dass ich den ganzen Tag noch nichts gegessen habe. Dieser Stress! Aber so ein Bulle wird sich ja hoffentlich ein ordentliches Lokal leisten können. Der ist doch Beamter. Eine Million kriegt der aber natürlich nicht mal eben so.

Ich muss grinsen.

Eine Million. Verdammt, was muss das für ein Kerl sein, den ich da umlege?

Eigentlich weiß ich noch nichts über mein neustes Opfer – wieso er umgebracht wird und wen er sich da eigentlich zum Feind gemacht hat. Muss auf jeden Fall ein dicker Fisch sein.

Ich stelle das Wasser wieder an und schrubbe mich ab. Dann wasche ich mir die Haare. Früher waren sie lang und blond. Aber das ist unpraktisch in meinem Job. Übrigens nicht

nur die Länge. Auch blond ist nichts für eine Auftragskillerin. Ehrlich, da wird man gleich in die falsche Schublade gesteckt. Blond ist gleich doof. Das ist leider so in den Köpfen verankert. Und eine Doofe kriegt das mit einnem Mord nie auf die Reihe. Schon gar nicht so, dass es nicht gleich auffliegt. So dachten meine Auftraggeber wirklich. Dabei habe ich damals nicht schlechter gemordet als heute. Heute bin ich aber braunhaarig und die Haare sind kürzer. Das einzig Positive an der langen Mähne war: Lange blonde Haare am Tatort betrachten Polizisten nicht als Hinweis auf den Mörder. Eher als Indiz für das Motiv. Eifersucht, Sex und Liebeskummer sind immer gute Motive. Sehr glaubhaft. So muss man es aussehen lassen. Ein verlassener Geliebter, der plötzlich durchdreht. Das hat so etwas Romantisches. Ich mag das.

Wieso sollte ein Auftragskiller einen Mafiaboss erschießen? Viel eher ist es doch ein anderer Mafioso gewesen, der sich mit ihm um dieselbe sexy Juanita gezofft hat. So was gibt's auch in den allerhöchsten Kreisen. *Gerade* da, wenn man den Gazetten Glauben schenken darf.

Inzwischen stehe ich mit nassen Haaren vor meinem Kleiderschrank. Ich entscheide mich für eine Kombination: Ich nehme legere Jeans und dazu ein schickes Oberteil, das gerade so viel verdeckt, dass es noch schicklich ist, aber gleichzeitig genug freigibt, um die Fantasie anzuregen. Wer weiß, wie fantasievoll so ein Beamter ist?

Ich schaffe es eben noch, mich zu föhnen und Make-up aufzulegen, da klingelt es. Pünktlich ist er, das muss man ihm lassen. Aber das ist wahrscheinlich auch ein großer Pflichtpunkt für einen Beamten.

Ich öffne die Tür. Doch der Typ da draußen ist nicht mein Date. Ich kenne den Mann nicht. Fragend schaue ich ihn an. Vielleicht hat er sich in der Tür geirrt?

„Guten Abend. Ich störe Sie nur ungern, ich weiß auch, dass Sie wenig Zeit haben."

Gar keine, will ich ihn verbessern, aber da steht er schon mitten in meiner Wohnung. Wie sieht das denn aus? Wenn

gleich mein Bulle kommt und ich hab hier schon einen andren Typen im Flur stehen! Wieso geht denn heute alles schief?

„Elisabeth, mir war es wichtig, dass wir uns persönlich kennenlernen." Jetzt erkenne ich die Stimme wieder. Das ist der Auftraggeber vom Telefon vorhin! Schon wieder dieses *Elisabeth*.

„Es gibt da einige Dinge, die Sie wissen müssen, bevor Sie ... loslegen können."

Ich nicke. „Muss das jetzt sein?"

„Es geht ganz schnell."

Okay, ich sehe schon, ich werde den Typen jetzt eh nicht los, bevor er losgeworden ist, was er loswerden will. Ich bitte ihn also ins Wohnzimmer. Zu trinken biete ich ihm wohlweislich nichts an, er soll sich's nicht zu gemütlich machen.

„Schießen Sie los!", fordere ich ihn auf. Der Typ ist gar nicht so unsympathisch. Er ist groß und schlank und noch keine vierzig. Jetzt grinst er. Nette Grübchen.

„Ist das nicht eher Ihre Aufgabe, Eli ..." Ich unterbreche energisch. „Lassen Sie endlich das dämliche *Elisabeth*. Nennen Sie mich Liz!" „Wie Sie wollen, *Liz*. Ich bin etwas verwundert, dass Sie eine Frau sind. Aber da Sie uns nun einmal empfohlen wurden ..." Das übliche Klischee. Gut, dass ich nicht mehr blond bin, sonst käme jetzt die Tirade über Blondinen und ihre buchstäbliche Dummheit.

Ich gucke gleichgültig. „Könnten wir zum Punkt kommen?"

„Sicher. Sie haben Felipe Tramezzini erledigt, richtig?"

Ich verziehe keine Miene. Es ist schlecht fürs Business, über andere Aufträge zu sprechen. Bei uns hält man nichts von Referenzen. Vor allem nicht, weil sie in der Regel tot sind.

„Es ist sehr wichtig, dass wir das wissen", betont er.

Mag sein. Ich sag trotzdem nichts.

„Felipe war sozusagen der Gegenspieler von unserem ... nun ja ... nennen wir es mal Opfer."

Das klingt ja interessant, die beiden feindlichen Lager holen sich denselben Killer? Krass ... Na gut, immerhin wissen sie ja jetzt, dass ich's drauf habe.

Laut sage ich jedoch: „Dann sind Sie ein Anhänger Tramezzinis?"

Der Typ grinst wieder. „Nein, kann man so nicht sagen."

„Aha. Wie kann man es denn sagen?"

„Ich sage es mal so: Tramezzini hatte etwas, das uns gehört, jetzt hat es Eugen Ivanowitsch Ruschkin."

Ich nicke. „Dann ist dieser Puschkin also jetzt dran?"

Der Typ lacht. „Ruschkin. Ja, genau. Aber das Entscheidende ist nicht, dass Sie ihn umlegen. Das Entscheidende ist, dass wir vorher zurückbekommen, was wir suchen."

Aha. Verstehe. „Schön. Wovon sprechen wir denn? Geld? Edelsteine? Koks?"

Der Typ schüttelt den Kopf. „Nein, tut mir leid, das kann ich Ihnen nicht sagen. Es ist besser für Sie, wenn Sie es nicht wissen."

„Was besser oder schlechter für mich ist, entscheide ich gern selbst."

„Nein." Und damit scheint das Gespräch für mein Gegenüber beendet zu sein.

„Woher weiß ich, dass er das *Was-auch-immer* noch hat? Und wie soll ich Ihnen etwas zurückbringen, von dem ich gar nicht weiß, was es ist?"

„Lassen Sie das unsere Sorge sein." Er erhebt sich. In dem Moment klingelt es wieder an der Tür. „Ihre Verabredung, nehme ich an", sagt der Typ und knöpft sich nonchalant die Knöpfe an seinem Sakko zu.

Ich gehe öffnen. Es ist wirklich der Bulle. Er hat Blumen dabei. Wie nett.

Mein Besuch geht an uns vorbei zur Tür hinaus, als gäbe es nichts Selbstverständlicheres. Mein Bulle guckt doof.

„Darf ich vorstellen?", frage ich lahm. Könnte ich ja gar nicht, ich weiß ja nicht mal, wie der Typ heißt.

Doch der sagt eh nur: „Nicht nötig, Liz, ich rufe Sie wieder an. Ich denke, für heute haben wir alles geklärt." Dann geht er straffen Schritts quer durch das Wohnzimmer. Klack. Unten fällt die Tür ins Schloss.

Der Bulle – Mirko – sieht mich fragend an.

„Mein ... äh ... vom Verlag", erkläre ich. Also, normalerweise lüge ich besser. Gehört ja zu meinem Job. Aber Mirko, der Bulle, akzeptiert diese Erklärung.

„Ich musste heute mein Manuskript für das neue Heft abgeben", füge ich wahrheitsgemäß hinzu.

Ich stelle die Blumen ins Wasser, dann ziehe ich mir Schuhe an. Mirko wartet im Flur. Er sieht gut aus, auch ohne seine Polizeiuniform. Groß ist er eigentlich nicht, aber muskulös. Das T-Shirt liegt gerade eng genug um seine Brustmuskeln, dass man sie gut erkennen kann, es aber noch nicht affig aussieht. Dazu trägt er lässige Shorts. Er hat eine Glatze. Ob das nun Ausdruck einer politischen Überzeugung oder nur der Tatsache geschuldet ist, dass einfach keine Haare mehr wachsen, weiß ich nicht. Dadurch kommen auf jeden Fall seine unglaublich blauen Augen zur Geltung. So attraktiv hatte ich ihn irgendwie gar nicht mehr in Erinnerung.

Wir können los. Mirko schlägt ein gutes Restaurant am Flussufer vor. Ich kenne es – man kann dort draußen sitzen und das Essen ist gut, also stimme ich zu. Wir fahren mit seinem Auto. Ich bin fast etwas enttäuscht, als ich den schwarzen Seat sehe.

„Och, kein Blaulicht?", frage ich.

Mirko lacht. Er hat ein ansteckendes Lachen. „Nein, heute nicht."

Im Restaurant wählen wir einen Tisch direkt am Wasser. Es ist ein lauer Abend, der Biergarten gut besucht. Wir ordern jeder ein Glas Wein, stoßen an und beginnen, uns über dies und das zu unterhalten. Wie immer bei solchen Gelegenheiten bin ich gegen meine sonstigen Gewohnheiten supernervös. Nicht unbedingt wegen Mirko. In seiner Gegenwart fühle ich mich erstaunlich wohl. Aber ich habe Angst, ich könnte mich verplappern oder in Widersprüche verstricken. Kann man denn wissen, wie so ein Polizist reagiert? Vielleicht haben die doch so eine Art siebten Sinn für Kriminelle. Mirko wirkt hingegen vollkommen entspannt.

Wir plaudern über Belanglosigkeiten. Einige gemeinsame Bekannte finden wir auch.

Wir stellen übereinstimmend fest, dass das Singleleben durchaus seine positiven Seiten hat, aber in unserem Alter, in dem das soziale Umfeld sich immer mehr ins Familienleben zurückzieht, fühlen wir uns beide irgendwie außen vor.

„Es geht doch immer nur noch um dieselben Themen!", ereifert sich Mirko gerade, als unser Essen kommt.

Ich nicke: „Babybrei, Windeln und Schwangerschaftsstreifen."

Mirko lacht. „Genau. Irgendwie hat man ja schon manchmal den Eindruck, man selber wär der einzige Idiot, der's irgendwie nicht auf die Reihe kriegt."

Wie wahr, wie wahr ... Wobei ich leider sehr genau weiß, woran es bei mir hakt.

Er dagegen plaudert munter weiter. „Meine Eltern nerven mich auch schon immer. Wieso mein Bruder schon seit Jahren verheiratet ist, obwohl er jünger ist als ich, und ich noch nicht einmal eine Anwärterin habe."

Ich weiß genau, wovon Mirko spricht. Bei mir ist es nicht anders. Für meine Mutter bin ich auf diesem Gebiet auch eine ständige Enttäuschung. Aber was soll ich machen? Man kann ja als Auftragskillerin auch nicht einfach so in Mutterschutz gehen.

Wir reden weiter über Hochzeiten und Kinder, die nicht unsere sind, jedoch ohne dabei die Möglichkeit anzukratzen, dass wir das gegenseitig füreinander ändern könnten. Je mehr ich mich aber mit Mirko unterhalte, umso deutlicher wird für mich, dass ich mir das vorstellen könnte. Mit ihm. Aber das ist ja vollkommen indiskutabel. Was denk ich denn da?

Wir essen und trinken noch ein Glas, dann wechseln wir die Location. Wir gehen in eine kleine Bar und machen es uns dort gemütlich. Die Gesprächsstoffe gehen uns nicht aus. Das schwierige Thema *Arbeit* haben wir auch schon angeritzt. Er scheint aber auch nicht so gern über seine Arbeit zu reden. Ich erzähle, dass ich gerade aus Italien zurückkomme.

„Hast du dort recherchiert?", will Mirko wissen.

Naja, irgendwie schon. „Ja, ja. Genau."

„Stell ich mir spannend vor. Wenn man so rumkommt im Job."

Ja, rum komme ich wirklich. „Mhm. Ich kann mich nicht beklagen."

„Und eigentlich kannst du ja arbeiten, wo du willst."

„Ja, in gewisser Weise schon."

„Verdient man denn gut?"

Scheiße ja, du machst dir keine Begriffe!

„Ah, geht so."

„Aber Geld hat man ja nie genug, oder?"

Ich bin mir nicht sicher, ob es bei mir nicht doch bald soweit ist.

„Eben. Und selber? Wie ist das so als Polizist?" Wie ist es wohl, wenn man auf der anderen Seite steht?

Mirko lacht. Er lacht ziemlich viel. Ob er mich wohl albern findet?

„Mein Gott, wie ist es? Es ist ein Job wie jeder andere."

Stimmt, meiner auch. Aber das würdest du sicher anders sehen ...

„Hast du schon viele Verbrecher gefangen?", frage ich neugierig.

„Naja. Einige schon. Aber das ist eigentlich nur ein geringer Teil meiner Arbeit. Es ist viel Schreibkram. Die Bürokratie ..."

Das ist das Schöne an meiner Seite, da hat man mit sowas nichts zu tun. Kein Auftraggeber erwartet einen detaillierten Bericht zum Abheften über den Mord, den er in Auftrag gegeben hat. Im Gegenteil. Ist der Gewünschte erst einmal hin, möchte niemand mehr damit in Verbindung gebracht werden. Logischerweise.

„Das klingt ja irgendwie langweilig."

„Naja, so spannend, wie man sich das aus dem Fernsehen vorstellt, ist es in der Tat nicht. Oder selten."

Das kann ich jetzt eigentlich nicht behaupten. Mein Job ist spannend.

„Und? Schon mal nen Mörder geschnappt?", rutscht es mir raus, ehe ich drüber nachdenken kann.

Mirko lacht schon wieder. „Ob du's glaubst, oder nicht, ja. Das hab ich schon mal."

Ich schlucke. Ups. Wollte ich das so genau wissen?

„Und?", frage ich trotzdem.

„Er war's. Ist inzwischen verknackt worden. Sitzt seit vier Jahren im Knast."

Scheiße! Was mach ich hier?

„Und was, äh ... hat dich so sicher gemacht, dass es der war?"

Mirko wirkt fast ein wenig stolz. „Ich habe recherchiert und ermittelt und schließlich war es klar. Aber bis wir ihn dann geschnappt haben ... Das war gar nicht so einfach."

Na klasse, immerhin. Ob ich ihm wohl entwischt wäre? Aber in der Liga, in der ich spiele, ist es eigentlich schon ein No-Go, wenn überhaupt polizeiliche Ermittlungen laufen. Man lässt es so aussehen, als ob es ein Unfall war, oder Selbstmord. Die Polizei hält man sich besser vom Leib. Wobei ich dieses Exemplar hier jetzt speziell eigentlich schon gern nah an mich ranlassen würde. So nah er will ...

Schließlich wenden wir uns wieder anderen Themen zu. Erst deutlich nach Mitternacht brechen wir nach Hause auf. Irgendwie hoffe ich, dass er mich fragt, ob er mit hinaufkommen soll. Gleichzeitig befürchte ich genau das. Aber er macht keine Anstalten. Er küsst mich freundschaftlich auf die Wange. Links, rechts. Und wünscht mir eine gute Nacht. Jetzt bin ich enttäuscht.

Ich schlafe schlecht in dieser Nacht. Wälze mich schlaflos hin und her. Frage mich, was dieses Date jetzt bedeutet hat. Denke über meinen neuen Auftrag nach, welches Mysterium mir dieser Typ wohl verschweigt. Und auch an Mama und Papa denke ich und wie ich es schaffen soll, am Sonntag dort die gute Tochter zu geben. Als es draußen hell wird, falle ich in einen unruhigen Schlaf, aus dem mich gefühlte Minuten später das Telefon reißt.

Ich taste schlaftrunken nach meinem Handy. „Mhm ...", nuschle ich.

„Wo sind Sie?", fährt mich mein Auftraggeber an.

Wie, wo bin ich? Im Bett! Dumme Frage. Wie spät ist es überhaupt? Weshalb ruft der Kerl mitten in der Nacht an? Ich schiebe den Radiowecker so, dass ich das Display lesen kann.

Ach du Scheiße! Schon gleich Mittag! Wie ist das denn passiert? Mit einem Schlag bin ich hellwach.

„Ähh ... waren wir verabredet?" Verdammt, hab ich da was vergessen? Wie unprofessionell. Kein Typ der Welt ist es wert, dass man dafür seinen Job vernachlässigt. Was soll das überhaupt? Es steht außer Frage, dass ich diesen Polizisten wiedersehe. Das geht nicht, und Schluss aus.

„Nein, nicht direkt. Aber unsere Zielperson ist gerade in der Stadt. Wir sollten uns abstimmen."

Ich schiebe die Gedanken an Mirko beiseite und widme mich ganz meinem Auftrag. Ich ziehe einen Block unter verschiedenen Zeitschriften und Heftchen hervor, die sich auf meinem Nachtisch türmen, und mache mir Notizen: In welchem Hotel er abgestiegen ist, dieser Ruschkin, wie ich ihn erkenne und was mir sonst noch nützlich erscheint. Jetzt bin ich wieder ganz in meinem Element.

„Wie hätten Sie's denn gern?", frage ich. „Soll's nach Selbstmord aussehen? Oder wäre Ihnen ein Unfall lieber?"

Der Typ am andren Ende der Leitung zögert. „Ich weiß nicht. Das überlasse ich ganz Ihnen. Sie sind der Profi."

Nanu? Hat da jemand Skrupel? Macht einen auf obercool und dabei kann er kein Blut sehen, oder wie?

Nach dem Telefonat fahre ich zum Hotel, in dem Ruschkin untergekommen ist, und erforsche das Gelände. Das *Vierjahreszeiten*, ziemlich nobler Schuppen. Ich setze mich eine Weile in die Lobby und beobachte die Leute. Ich bin sehr gewissenhaft, was das angeht. Deshalb bin ich auch so erfolgreich. Hinterher gehe ich zum Karatetraining. Ich war lange nicht mehr dort und ich habe das Gefühl, es ist an der Zeit, wieder etwas für meine Fitness zu tun. Man weiß nie,

wie so ein Auftrag genau abläuft. Auch wenn man noch so gut recherchiert und plant, ein Restrisiko, das man nicht kalkulieren kann, bleibt immer.

Ich bin Schwarzgurt. Es ist ein Klischee, aber ich fühle mich trotzdem wohler damit. Und manches Mal hat mir die eine oder andere Kampftechnik schon gute Dienste geleistet. Natürlich habe ich auch verschiedene Schusswaffen. Ich kann sogar ein bisschen mit Pfeil und Bogen umgehen, aber das ist heutzutage zu auffällig. Kein Mensch kann mehr einen Bogenschuss vertuschen.

Gedankenschwer brüte ich noch ein wenig über meinen Notizen. Am Abend habe ich eine grobe Vorstellung, wie das Ganze ablaufen könnte. Vielleicht schaffe ich es ja, den Ruschkin vor Sonntag aus dem Weg zu räumen. Dann wäre zumindest der familiäre Haussegen gerettet.

Später telefoniere ich noch einmal mit dem unbekannten Auftraggeber. Er gibt mir ein paar letzte Hinweise. Worum es aber eigentlich geht, verrät er wieder nicht.

„Belassen wir es dabei. Es ist besser, Sie wissen nichts Genaues."

Am nächsten Morgen finde ich mich schon früh in Ruschkins Hotel ein. Wieder setze ich mich in die Lobby, falte eine Zeitung auseinander und beobachte aufmerksam meine Umgebung über den Rand der Zeitung hinweg.

Es ist früher Samstagmorgen, die meisten Gäste des Nobelschuppens hier schlafen noch. An der Rezeption lehnt ein Typ, der sicher auch schon bessere Zeiten gesehen hat und der sich offensichtlich wünscht, auch noch schlafen zu dürfen. Darf er aber nicht. Augen auf bei der Jobwahl, kann ich da nur sagen. Wobei. Ich bin auch hier, ich bin auch noch müde und außerdem frustriert. Mr. Right, oder besser gesagt, Mr. Eventuell-Right, hat sich seit unserem gemeinsamen Date nicht mehr gemeldet. Schön, ich mich auch nicht. Aber hey, ich bin eine Frau! Er ist der Mann. Also, wer muss sich jetzt bei wem melden? Es gibt schließlich Regeln,

Herrgott nochmal. Aber ich rege mich nicht auf. Ich rege mich erst auf, wenn ich diesen Fall hier zu Ende gebracht habe. Professionalität ist in meinem Beruf sehr wichtig. Lebenswichtig geradezu.

Mit derselben hart eingeredeten Professionalität händigt der Rezeptionist einer aufgedonnerten Tussi am Tresen ihre Schlüssel aus. Der kleine, etwas untersetzte Page am Aufzug rückt seine Kappe zurecht und nimmt der Tussi den Koffer ab. Ein Riesenkoffer! Und offenbar scheiße schwer. Der arme Kleine mit der schlechtsitzenden Kappe auf der gleichermaßen schlechtsitzenden Frisur müht sich verzweifelt ab, damit hinter der Tussi in den Aufzug einzuparken. Ich nehme die Tussi noch einmal unter die Lupe. Sie ist groß. Ziemlich groß für eine Frau. Der Eindruck wird von der Zwergwüchsigkeit des Pagen noch verstärkt.

Ihr Kostüm ist sicherlich teuer gewesen. Der Rock ist einen Tick zu kurz, um gediegen zu sein. Und darunter hat sie Beine ... Beine, sage ich Ihnen ... Beine ... Moment! Ihre Beine sind lang, wirklich lang, unverschämt lang. Und sehr schlank, sportlich. Durchtrainiert. Sie scheint Damenfußball zu spielen, die Gute. Passt gar nicht zu ihr. Und sie sind ... *haarig!*

Ich klatsche die Zeitung auf das Beistelltischchen, raffe meine Sachen zusammen und sprinte zum Aufzug. Manchmal muss man in meinem Job einfach auf seine Intuition hören. Was übrigens der Grund ist, weshalb es viel mehr Killer*innen* als Killer geben sollte. Denn Intuition ist ja bekanntermaßen ein weibliches Attribut.

Also quetsch ich mich hinter die Tussi mit den haarigen Stelzen, dem zwergigen Pagen und dem dicken Koffer auch noch in den Aufzug. Die Tussi schnaubt und dreht sich weg. Der Page ächzt und zieht den Bauch ein. Ich lächle entschuldigend und gucke auf die gedrückte Taste für das gewählte Stockwerk. Es handelt sich um das vierte.

„Hach, so ein Zufall. Da muss ich auch raus." Im Stockwerk vier wohnt auch die zukünftige Leiche von Herrn Ruschkin.

Die Tussi wendet sich mir doch wieder zu. Huch. Nicht nur die Beine sind haarig. Die Gute hat ein echtes Problem! Zu viele männliche Geschlechtshormone, tippe ich. Ihre Wangen und das Kinn ziert der Schatten eines rasierten Bartes.

„Bella, die Russe ist mein Verabredung!", mosert sie mit starkem italienischen Akzent. Der Page zieht vorsichtshalber den Kopf ein.

„Vielleicht hat unser gemeinsamer russischer Freund genügend Wodka für uns beide gekauft?", vermute ich.

Bevor die vor Testosteron strotzende Tussi etwas erwidern kann, signalisiert der Aufzug mit einer Tonabfolge, dass wir den vierten Stock erreicht haben. Ich steige aus, gefolgt vom Pagen und der schimpfenden Italienerin. Wir stehen im Eingangsbereich einer luxuriösen Suite. Freund Ruschkin hat keine Kosten und Mühen gescheut. Der Page schaut unsicher von einer von uns zur andren. Will er Trinkgeld?

Das Mannweib macht keine Anstalten, ihm welches zu geben. Schließlich zieht er es offenbar vor, sich aus der Gefahrenzone zu begeben. Ohne Zweifel rechnet er damit, dass wir beide uns jetzt gleich vor Eifersucht gegenseitig die Augen auskratzen. Wie peinlich. In so einem Nobelhotel darf es eigentlich nicht passieren, dass die Geliebte und die Ehefrau im selben Fahrstuhl fahren. Das kann eine Abmahnung bedeuten. Unser Page weiß das und verschwindet.

„Was du wolle?", fragt die Tussi, als wir allein sind.

„Na, ich nehme an, dasselbe wie du."

Sie lacht ein sehr unweibliches Lachen. „No, das glaube isch nicht." Mit einer ruckartigen Handbewegung zieht sich die italienische Tussi die gestylte Haarpracht vom Kopf. Meine Intuition hatte wieder einmal recht. Bevor ich mich versehe, zückt der Italiener eine Waffe. Es ist eine halbautomatische Browning, 9mm. Reflexartig ziehe ich meine QSZ-92-9. Wir stehen uns gegenüber wie bei einem affigen Westernduell. Der Italiener sieht etwas perplex aus.

Tja, damit hast du jetzt nicht gerechnet, was?

„Glaubst du's jetzt?"

Da ertönt von der Tür zum Nebenraum eine energische Stimme: „что происходит?"

Der Italiener und ich fahren herum. „Was?"

„Come?"

Die Tür geht auf und ein dicker, alter Typ schiebt seinen nackten Bauch heraus. Ich starre angeekelt auf seinen enormen Bauchnabel. Ich habe den Eindruck, man könnte eine ganze Hand darin versenken. Der Typ trägt nichts außer Schiesser Doppelripp um die Hüften. „тишина!", bellt er.

Der Italiener und ich sehen uns an, dann wieder ihn. Was will der Mensch bloß?

„Sprechen Russisch, Bella?", fragt mich der Italiener. Ich schüttle den Kopf. Ich bin im Westen aufgewachsen, wir hatten Englisch in der Schule.

„Parli italiano?", fragt er den Russen überflüssigerweise.

„заколотить!", befiehlt der Russe. Erst jetzt sehe ich, dass er ebenfalls bewaffnet ist. Na wunderbar. Also stehen wir uns jetzt im Dreieck gegenüber. Der halbnackte Russe, der Italiener im Röckchen und ich. Jeder mit einer Knarre im Anschlag.

Die oberste Regel für unsereinen in solchen Situationen ist: Ruhe bewahren.

„Sind Sie Ruschkin?", frage ich den Russen. Die Antwort lautet: „да."

Da. Ach, das hab jetzt sogar ich verstanden. Heißt *da* nicht so viel wie *ja*? Wunderbar. Haben wir das also geklärt. Jetzt muss ich zunächst mal den Italiener loswerden. Ich schwenke den Lauf meiner Pistole zu ihm hinüber.

„Drei sind einer zu viel, finde ich."

Der Italiener in seinem lächerlich kurzen Kostüm hält ebenfalls wieder die Mündung seiner Pistole auf mich gerichtet. „Das finde ich auch."

„Sähr schön", bellt Ruschkin. „Sie machen unter Sie aus." Er knallt die Tür hinter sich wieder ins Schloss. Arsch! Der kann tatsächlich Deutsch und sagt es nicht!

„Attenzione, Bella, ist meine Russe! Capice?" Der Italiener drängt Richtung Tür, ich stelle mich ihm in den Weg.

„No. Nichts da. Der Ruschkin gehört mir!", erkläre ich entschieden.

„No. Machen Platz, sonst ich machen bumbum!" Dabei wedelt er mir demonstrativ mit seiner Browning vor der Nase herum. Beeindruckt mich nicht. Mit einem gezielten Tritt ramme ich ihm mein Knie in seine Weichteile. Der Italiener grunzt und geht zu Boden.

„Gibt es nicht so etwas wie *Ladies first* bei euch Spaghettifressern?"

Er blinzelt mich vom Boden aus böse an. Ich wende mich ab und öffne die Tür. Drinnen steht ein riesiges Bett, darauf liegt, wie ein gestrandeter Wal, der fette Russe. Angeekelt wende ich mich ab. Ob da eine Kugel überhaupt reicht? Ich entsichere meine Pistole und richte sie auf den Fettwanst. Gerade als ich abdrücken will, spüre ich, wie ich den Halt verliere. Ich taumle, kann mich nirgends abstützen und schlage lang hin. Dabei löst sich ein Schuss. Aber ich verfehle mein Ziel. Das Projektil schlägt hinter dem Russen in der Wand ein. Ruschkin schreckt hoch. Sein wabbeliger Ranzen schwabbelt erschrocken.

Hinter mir krabbelt der Italiener auf allen Vieren durch die Tür. Er war es. Er hat mich von den Füßen geholt. Jetzt legt er an und zielt ebenfalls auf Ruschkin.

„Nein!" Mit einem Aufschrei stürze ich mich auf ihn. Kommt ja überhaupt nicht infrage! Das ist meine Million! Wieder löst sich ein Schuss. Auch der verfehlt Ruschkin.

„Porca miseria!", schimpft der Italiener.

Ruschkin sucht Deckung hinter dem Bett.

„Come? Was soll das?"

„Ich habe doch gesagt, der Russe gehört mir!", fauche ich. Ich trete dem Italiener seine Knarre aus der Hand. Unbewaffnet packt der mich beherzt an den Schultern und schleudert mich gegen die Wand. Meine Schulter schmerzt, als ich an der Wand entlangschramme. Ich kann Ruschkin unterm Bett liegen sehen. Der Italiener stürzt auf ihn zu. Da geht die Tür auf.

„Keine Bewegung! Polizei!"

Auch das noch.

Wo ich aufgeschlagen bin, ist die Tür zum Badezimmer. Ich zwänge mich hindurch und ducke mich. Durch den Spalt sehe ich, wie ein Beamter mit gezogener Dienstwaffe hereindrängt. Hinter ihm folgen noch zwei weitere. Alle haben ihre Knarren im Anschlag und sind dick gepolstert mit schusssicheren Westen. Der Italiener bleibt wie angewurzelt stehen. Ruschkin kann ich von hier aus nicht sehen, aber ich höre ihn rasselnd schnaufen. Der dritte Beamte, der hereinrückt, kommt mir bekannt vor.

Ach du Scheiße! Wie viel Pech kann man eigentlich haben? Mirko legt dem Italiener Handschellen an. Der andere Polizist hebt die Waffe auf, die der Italiener verloren hat. Der Dritte kümmert sich um den Dicken hinter dem Bett. Ich drücke mich eng an die kalten Fliesen und warte. Sie führen den wüst schimpfenden Italiener ab. Einer der Beamten spricht Russisch, ich verstehe kein Wort. Er wechselt einige Sätze mit Ruschkin, dann tippt er sich an die Kappe und alle verschwinden so schnell, wie sie gekommen sind.

Die Tür fällt ins Schloss. Vorsichtig linse ich hinaus in das Schlafzimmer. Der Dicke steht an der Minibar und schenkt sich auf den Schreck hin ein üppiges Glas Wodka ein. Ich drücke mich durch die Tür und zücke meine Pistole.

Jetzt bist du aber fällig, Ruschkin!

„Lasse sein", sagt der Russe, ohne sich umzudrehen. „Trinke Wodka?"

Bietet der mir jetzt ehrlich einen Drink an? Hallo? Ich bin eine Auftragskillerin!

Und du bist so gut wie tot!

Ruschkin dreht sich um. Sein fetter Ranzen bringt mich wieder aus dem Konzept. Kann der sich nicht endlich was anziehen?

„Wenn du jetzt schießen, Polizia sofort zurück", gibt er sachlich zu bedenken.

Scheiße. Wo er recht hat, hat er recht. Das fehlte mir jetzt noch – dass Mirko mich inflagranti mit dem fetten Russen erwischt.

„Auf welche Seite?", fragt er und nimmt einen großen Schluck Wodka. Dabei bekleckert er sich. Der Wodkatropfen rinnt seinen dicken Wanst hinunter und sammelt sich in den unendlichen Weiten seines Bauchnabels. Ich schlucke angeekelt.

„Mitkommen!", erkläre ich bestimmt.

Ruschkin sieht an sich hinunter und dann wieder zu mir. Ich verstehe.

„Vorher anziehen!", präzisiere ich meinen Befehl und wedle bekräftigend mit meiner Pistole. In dem Moment klingelt mein Handy. Meine Güte, wie dämlich! Wieso kann ich es nie auf lautlos stellen?

„Gehst du ran. Ich ziehe an", bietet der Fette großzügig an.

Hey, ich stelle hier doch die Bedingungen! Ich krame trotzdem nach dem Handy. Ohne den Dicken aus den Augen zu lassen, der sich an seinem Kleiderschrank zu schaffen macht, nehme ich das Gespräch an. „Ja?"

„Hi, Liz!" Ich merke, wie meine Knie nachgeben. Lass das jetzt bitte nicht wahr sein! Es ist Mirko, der Bulle. Hat der nicht noch mit der Entsorgung des Italieners zu tun?

„Oh ... Hi ..." Vollidiot! Zwei Tage hat er nichts von sich hören lassen. Und jetzt?

„Rufe ich ungelegen an?"

Kann man so sagen, ja.

„Ähh ... na ja. Ich arbeite." Ist ja nicht gelogen.

„So? Schreibst du an was Neuem? Ich mach gerade Feierabend. Hatte Nachtschicht. Ich dachte, wir könnten uns vielleicht auf einen Kaffee treffen?" Das ist ein Leben! Einen Gangster geschnappt und schon Feierabend.

„Ähh ... Ja. Das heißt, nein. Ich kann jetzt hier nicht weg."

„Ach, komm schon. Leg doch mal ne kreative Pause ein!"

Ich muss mir ein Lachen verkneifen. „Geht das nicht morgen?"

Ach scheiße, nein, morgen kann ich ja auch nicht. Ich muss zum Geburtstag meines Vaters, sonst steht auf mich auch ganz schnell ein Kopfgeld ausgeschrieben.

Der Russe wühlt mir schon etwas zu lange in seinen Klamotten herum. Ich mache einen Schritt auf ihn zu und halte ihm den Lauf meiner Pistole an den Stiernacken. Er zuckt zusammen und lässt los, was er eben in der Hand hatte. Mit einer unwirschen Bewegung bedeute ich ihm, er soll zurücktreten. „Das da!", weise ich ihn an.

Er nimmt gehorsam das Hemd und beginnt, es sich umständlich anzuziehen.

„Wie bitte?", fragt Mirko am anderen Ende der Leitung.

„Oh nichts, nichts. Wohin willst du denn gehen?" Ich ziehe noch eine Hose aus dem Schrank, das Telefon klemmt zwischen meiner Schulter und meinem Ohr, die Pistole ist auf den Dicken gerichtet. Da soll noch mal einer sagen, wir Frauen hätten das nicht drauf mit dem Multitasking.

„Also kannst du doch heute?", fragt Mirko hoffnungsvoll.

Nein. Ich kann weder heute noch morgen. Aber morgen noch weniger.

„Ja, mir ist gerade eingefallen, morgen ist schlecht. Da feiert mein Dad seinen sechzigsten Geburtstag. Da muss ich wirklich hin."

„Na, das versteh ich. Dann lass uns heute treffen. Nur auf einen Kaffee, okay? Wohin möchtest du denn?", gibt Mirko zurück. „Ich bin nämlich gerade im Foyer des *Vierjahreszeiten*. Die haben eine tolle Bar hier."

Ach, das trifft sich ja gut. Ich bin auch im Vierjahreszeiten. *Ich leg nur noch schnell den dicken Russen hier um, dann komm ich runter. Bestell mir schon mal einen Cocktail. Aber bitte keinen Wodka!*

Der Dicke klettert in seine Hose. Er schwankt und bebt dabei so heftig, dass ich Angst habe, er fällt gleich um. Ich muss unbedingt Mirko da unten wegkriegen.

„Das *Vierjahreszeiten*? Das ist doch so wahnsinnig teuer. Lass uns woanders hingehen."

Mirko lacht sein unwiderstehliches Lachen. „Keine Sorge, du bist eingeladen."

Verdammt. „Gibt's was zu feiern?"

„Kann man so sagen. Wir haben nen ziemlich dicken Fisch geangelt heute. Dem sind wir schon lange auf der Spur. Kommst du?"

So, so, ein dicker Fisch ist er also, der dürre Italiener. Was würde er dann erst zu meinem Russen sagen? Was sag ich da jetzt?

„Hör mal ... ich stecke gerade wirklich in einem ... äh ... schöpferischen Prozess fest. Ich brauche noch mindestens ..." Mein Blick streift den Dicken, der frech grinsend auf dem Bett hockt, wie eine fette Kröte, und mit den speckigen Beinen baumelt.

„... mindestens eine Stunde."

Mirko ist nicht begeistert, das kann ich hören. „In Ordnung. Also in einer Stunde im *Vierjahreszeiten?*"

Herrgott nochmal, nein! Nicht im *Vierjahreszeiten*.

Der Russe sieht mich erwartungsvoll an.

Ja, ist ja gut, ich hab's ja gleich. Man sollte meinen, dass es ihm nicht so eilig wäre mit dem Sterben.

„In Ordnung. Ich komme dann runter. Äh ... Ich meine ... ich komme dann *dorthin*, okay?"

Mirko gibt sich damit zufrieden. Jetzt muss ich nur noch den Russen loswerden. Ich stecke mein Handy weg und richte die Pistole wieder mit mehr Überzeugung auf ihn.

„Ist Freund?", fragt der Russe ungerührt. Was soll das denn jetzt?

„Das geht dich überhaupt nichts an, Ruschkin!"

Der Russe grinst. Er hat die Frechheit, mich anzugrinsen, während er in den Lauf meiner Pistole schaut.

„So. Genug gequatscht. Auf jetzt!" Ich weise mit der Knarre Richtung Fenster.

Ruschkin folgt mit den Augen meiner Anweisung. „Hinaus? Aus Fenster?"

Ich nicke bestimmt. „Auf geht's!"

Er guckt mich an, als hätte ich von ihm verlangt, sich mit einer Liane von Baum zu Baum zu schwingen. Wir können nicht durch die Lobby latschen, das muss doch auch ihm einleuchten.

„Stopp. Kenne Hintenausgang. Nicht Fenster. Okay? Hinten. Hintenausgang", versucht der Russe, mich zu überzeugen.

Na schön. Ich habe auch keine Lust, mich mit dem Dicken abzuseilen. „Schön. Auf, auf. Ich habe keine Zeit!"

„Warte Freund", grinste der Russe schon wieder. Das Telefonat muss ihn ja irre fasziniert haben.

Ich schubse ihn vor mir her Richtung Ausgang.

„Halt!", ruft er plötzlich aus.

Was ist denn nun wieder? Himmel!

„Brauche Tasche." Was denn für eine Tasche, Herrgott? Ruschkin sieht sich hilfesuchend um.

„Nerv mich nicht!", motze ich ihn an. Wenn er mir jetzt mein zweites Date mit Mirko versaut, wehe ihm! Eigentlich war das ja doof. Ich hätte den Bullen zappeln lassen sollen. Oder? Macht *frau* doch so. Ich lasse die Pistole sinken. „Also: Was für eine Tasche?"

„*Das* Tasche!"

Ich verdrehe die Augen. „*Die* Tasche."

Ruschkin strahlt mich an: „Da! Genau!" Oh, dieser Russe macht mich wahnsinnig. Ich folge ihm zurück in sein Zimmer. Er bewegt sich so schwerfällig wie ein Elefant mit eingeschlafenen Beinen. Schließlich zieht er eine dicke, braune Ledertasche unter dem Bett hervor. Sie ist so alt und so abgewetzt, dass ich vermute, dass sie den Zar noch persönlich gekannt hat. Ruschkin strahlt schon wieder.

„Los", sagt er, als wollten wir einen Ausflug machen.

Ich zücke, um die Situation klarzustellen, wieder die Pistole. Er steigt in den Aufzug, ich folge ihm. Den Lauf der Pistole drücke ich ihm als Erinnerung in die Seite. Es fühlt sich an wie Wackelpudding. Fast habe ich ein bisschen Angst, dass seine Wampe den Lauf ansaugt und ich sie nachher nicht mehr herauskriege. Der Fahrstuhl bewegt sich. Wir fahren nach unten. Wieso fahren wir nach unten? Ich bohre noch etwas tiefer in die Fettschichten, am Ende spürt er es sonst gar nicht.

„Hey, willst du mich verarschen? Wo fahren wir hin?"

Ruschkin sieht mich erstaunt an. „Runter."

Ach. „Und *wieso* fahren wir *runter*?"

Ruschkin sieht mich an, als hätte ich nicht alle Latten am Zaun. „Du wollen raus. Wir gehen raus."

Ja, verdammt. Aber ich meinte den *Not*ausgang!

Der Lift hält mit einem markerschütternden *Bling* im Erdgeschoss. Hoffentlich sieht mich jetzt mein Bulle nicht. Oh bitte, mach, dass er nicht mehr da ist!

Gott hat es nicht so mit Auftragskillern, ist mir schon früher aufgefallen. Da steht Mirko. In seiner niedlichen khakibraunen Uniform mitten in der Hotelhalle. Mein Bulle. Ich ducke mich hinter den Russen; er bietet bequeme Deckung, das muss man ihm lassen. Da die Pistole beinahe komplett zwischen seinen Fettschichten verschwindet, fällt das Geheimnis unseres Zusammenseins auch nicht weiter auf. Ich lotse Ruschkin mit gezielten Stößen meines Pistolenlaufs in seine Eingeweide.

Der Russe wiederum hat die Ruhe weg. Dass ihm gleich zwei Killer auf den Fersen waren, kümmert ihn null. Ebenso wenig wie die Tatsache, dass ihm einer davon immer noch im Pelz sitzt. Lässig hängt er sich die hässliche, braune Tasche über die Schulter und schlendert zur Rezeption. Obwohl der Lauf meiner Pistole ganz klar in die andere Richtung weist. Zum Ausgang. Schnell.

Da ich nicht plötzlich ohne Deckung und mit einer geladenen Pistole im Anschlag allein in der Halle stehen will, bleibt mir nichts andres übrig, als ihm zu folgen, peinlich darauf bedacht, den Russen immer zwischen mir und Mirko zu haben.

Ruschkin knallt seinen Zimmerschlüssel auf den Tresen. „Ich kommen wieder. Bin kurz in die Stadt."

Der Rezeptionist nickt verständnisvoll, bedenkt mich mit einem kurzen Seitenblick und hängt den Schlüssel an den Haken. Jetzt nichts wie raus. Ich bedeute Ruschkin auf unserer nonverbalen Ebene, dass ich zum Ausgang will. Aber Ruschkin hat es immer noch nicht eilig. Zu spät geht mir auf, dass er absichtlich Zeit schindet. Wütend fauche ich ihm ins

Ohr: „Pass auf, Freundchen. Wir gehen jetzt ganz schnell und unauffällig durch die Tür, oder es gibt hier sehr hässliche Flecken auf dem Marmor!"

„Schlechte Idee. Polizia ist da", erwidert Ruschkin und grinst. Schlaumeier. Und ich finde es in doppelter Hinsicht mehr als unpassend, meinem Bullen jetzt zu begegnen. Aber genau darin sieht Ruschkin offenbar seine Chance.

Ich ducke mich. Aber es ist zu spät. Mirko sieht Ruschkin, erkennt ihn, lächelt ihm zu und will sich wieder abwenden. In dem Moment macht der Russe eine Art Ausfallschritt zur Seite und bevor ich mich zur Seite ducken kann, treffen sich Mirkos und mein Blick.

Nein ... Oh, Ruschkin! Wenn du nicht sowieso schon auf meiner Abschussliste stündest, spätestens jetzt wär es soweit!

Mirkos Miene zeigt Erkennen. Dann wandert sein Blick von Ruschkin zu mir und wieder zurück, er überlegt, kombiniert und kommt zu einem Schluss. Ich kann jede gedankliche Wendung in seinem Gesicht ablesen. Er war gerade noch oben auf Ruschkins Zimmer. Da war der Russe allein. Mit einem Mann, der ihn offenbar umbringen wollte. Und er war nackt. Jetzt schleiche ich hinter ihm durch die Halle. Alles klar. Nein, nein, Mirko, das ist falsch. Das ist alles falsch!

Ich versuche, ihn wortlos anzuflehen. Es ist doch alles ganz anders. In dem Moment fällt mir die Pistole wieder ein. Okay. Es *ist* anders. *Aber vielleicht ist deine Version doch nicht so schlecht.*

Ich drücke mich etwas näher an Ruschkin, damit die Pistole versteckt bleibt, und lächle entschuldigend.

Es hätte eh nicht geklappt mit uns beiden, Schätzchen, du bist ein Bulle.

Jetzt ist auch Ruschkins genialer Plan geplatzt. Mirko wirft ihm einen letzten abfälligen Blick zu, dreht sich auf dem Absatz um und verlässt die Hotellobby. Vielleicht kann ich das ja irgendwann klarstellen. Irgendwie. Jetzt ist dafür jedenfalls keine Zeit. Ich bugsiere Ruschkin aus dem Hotel und zu seinem Auto. Er fährt einen geradezu monströsen Mercedes.

Ich würde es eher ein Schiff nennen als ein Auto. Ich bedeute ihm, einzusteigen. Ruschkin steuert auf die Fahrertür zu.

„Oh nein, nichts da. Ich fahre!"

Als wir im Auto sitzen, drücke ich die Notverriegelung – nicht dass Fetti auf die Idee kommt, während der Fahrt auszusteigen. Wohin? Ich fahre aus der Stadt hinaus. Ich werde ihn irgendwo in ein Waldstück kutschieren und dann bringen wir das hier zu Ende.

Ich fahre schneller, jetzt da ich weiß wohin. Das Ding fährt sich gut. Ich drehe an den Radioknöpfen herum. Mit einem Mal wirkt mein russischer Begleiter nicht mehr ganz so selbstsicher. Er umklammert die braune Tasche, als hinge sein Leben davon ab. Ich suche weiter einen passenden Sender.

„... *red light, stop and go, what you gonna do, when you play with danger? Sometimes love's a loaded gun* ...", röhrt Alice Cooper. Dabei bleibe ich. Liebe ist wie eine geladene Pistole, das passt doch. Irgendwie. Ich versuche, Mirkos Gesicht aus meinem Hirn zu verbannen, indem ich mich auf meinen Auftrag konzentriere. In Gedanken spule ich noch einmal alles ab, was mein mysteriöser Auftraggeber mir vorgegeben hat. Abrupt trete ich auf die Bremse. Mein Russe ist nicht angeschnallt und knallt beinahe mit dem Kopf auf das Armaturenbrett. Erschrocken schaut er mich an. „Hey!", brummt er.

Meine Güte, hockt mit einem Killer im Auto und beschwert sich über den Fahrstil, oder was? Aber mir ist eben etwas eingefallen. Es geht nicht nur um den Russen, es geht um etwas, das er dem toten Mafioso abgenommen hat. Ich kann ihn nicht einfach abknallen. Erst muss ich wissen, was es ist und es an mich bringen. Shit.

Was jetzt? Also nicht in den Wald. Sondern? Ich überlege fieberhaft. Aber mir fällt nichts ein. Außer ... Aber das geht auf gar keinen Fall. Das kann ich nicht machen. Auf der anderen Seite, wenn ich es nicht mache, bin ich morgen früh Waise. Mit meiner Mutter ist auch nicht zu spaßen.

Ich lenke den Mercedes in eine Parkbucht und kehre um. Gar nicht so einfach mit diesem Schiff. Ruschkin vertraut

meinen Fahrkünsten offenbar immer weniger. Vorsichtshalber zieht er den Gurt über seinen Ranzen. Ein Wunder, dass er überhaupt drum herum passt. Ist sicher eine Maßanfertigung.

Wir brausen in die andere Richtung zurück, durch die Stadt hindurch und zum Haus meiner Eltern. Sie wohnen zwanzig Kilometer außerhalb der Stadt in einem beschaulichen Vorort. Unterwegs überlege ich fieberhaft, wie ich ihnen den Russen erkläre.

„Mama, Papa, darf ich vorstellen, das ist Eugen, mein neuer Freund ... äh ... nee ... mein Arbeitskollege Eugen ... ähem ... mein guter, alter Kumpel Eugen, die fette Sau ..." Wie ich es auch drehe und wende, irgendwie klingt es immer bescheuert.

Oh Gott, wahrscheinlich hätte ich meiner Mutter früher Bescheid sagen müssen, dass ich den Russen mitbringe, wer weiß, was der so frisst ... Womöglich reicht jetzt das Essen gar nicht mehr für alle. Das wäre allerdings so ziemlich das Schlimmste, was ich meinen Eltern antun könnte. Beinahe so schlimm, wie gar nicht zu kommen. Der Russe beobachtet mich belustigt vom Beifahrersitz. Ich wirke wohl reichlich bescheuert, wie ich da so vor mich hin sinniere und lautlos vor mich hinsage, was ich meinen Eltern als glaubhafte Erklärung auftischen könnte.

„Wo fahre hin?", fragt er schließlich.

„Planänderung", erkläre ich.

„Nicht bumbum in Wald?", fragt Ruschkin weiter. Der Fettsack ist gar nicht so doof.

„Nein, nicht bumbum", erwidere ich resigniert.

Ruschkin nickt, als wäre damit alles klar. „Musst finden die Ding", sagt er nach einer Pause.

Okay, offensichtlich *ist* alles klar. Allerdings kann man wahrscheinlich erwarten, dass so ein Kerl wie unser Russe hier weiß, wieso ihm gleich zwei Killer auf den Fersen sind. Ich mache eine Kopfbewegung, die sowohl *ja* als auch *nein* bedeuten könnte.

„Wollen alle die Ding. Warum du?"

„Weil ich Geld dafür bekomme."

Ruschkin nickt. „Weiße du gar nicht, worum geht?" Klingt es unprofessionell, wenn ich ja sage?

„Interessiert mich nicht", sage ich vorsichtshalber.

„Sollte dir interessiere."

Herrgott, ich hab jetzt andere Probleme.

Wir sind noch ungefähr zweihundert Meter vom Haus meiner Eltern entfernt. In der Auffahrt steht schon der alte Saab meiner Tante Gerti. Auch das noch. Wieso muss von allen meinen Verwandten ausgerechnet die schon da sein? Ich kenne keine neugierigere Person! Mein Vater sagt immer scherzhaft von seiner Schwägerin: Sollte sie jemals entführt werden, würden die Entführer sie spätestens am nächsten Tag freiwillig wieder zurückbringen. Da kann ich ihm nur absolut recht geben. Und ja, das würden sie. Ich kenne solche Leute.

Das Unangenehme an Gerti ist außerdem, dass sie nie alleine auftritt. Immer hat sie meinen unnützen Cousin Herbert dabei. Herbert ist fast vierzig und ohne Gerti vollkommen lebensunfähig. Ich vermute, dass er sich nicht einmal die Schnürsenkel selber bindet. Gerti jammert zwar den ganzen Tag, dass ihr Sohn nicht erwachsen wird, insgeheim glauben wir aber, dass sie froh ist, dass sie nach dem Tod von Onkel Waldi jetzt wenigstens noch Herbert verhätscheln kann.

Doch warum mache ich mir nun solche Gedanken, wenn neben mir eigentlich das Opfer sitzt, das mir eine Million einbringt?

Ich lasse den Mercedes in einigem Abstand zum Haus stehen, damit er nicht sofort die Aufmerksamkeit von Gerti auf sich zieht. Das wird schon mein russischer Freund hier erledigen. Ich atme tief durch. Dann wende ich mich Ruschkin zu und erkläre: „Pass auf, wenn du den heutigen Tag überleben willst, dann benimmst du dich hier vollkommen unauffällig, okay?"

Ruschkin zieht eine Augenbraue hoch und sieht mich unverwandt an.

„Du und ich, wir sind alte Freunde, verstanden?"

„Freunde", echot er lahm.

„Kein Wort von Mördern, Bumbum, Entführungen oder ähnlichem, ist das klar?"

Ruschkin sieht mich immer noch etwas verständnislos an.

„Ob du mich verstanden hast, will ich wissen!"

„Verstehe ich Deutsch", sagt er. „Aber verstehe ich nicht, was willst du."

„Macht nichts. Du musst es nicht verstehen, es reicht, wenn du dich dran hältst." Ich fuchtle ihm zur Sicherheit noch einmal mit der Pistole vor der Nase herum. „Ich hab die dabei, vergiss das nicht."

Damit stecke ich die Waffe erst einmal weg und steige aus. Ruschkin wagt es jetzt, da ich den Wagen verlassen und den Schlüssel abgezogen habe, sich auch endlich abzuschnallen. Umständlich klettert er aus dem Mercedes. Ich beobachte ihn scharf. Aber Ruschkin macht keine Anstalten davonzurennen. Er kommt um das Auto herum und sieht mich erwartungsvoll an. Stellenweise frage ich mich, ob es sein kann, dass er mich nicht ganz ernst nimmt.

Ich komme nicht dazu, mir weitere Gedanken über den Russen zu machen. Die Haustür geht auf und meine Mutter kommt auf uns zugeschossen, wie eine ärgerliche Bulldogge auf den Briefträger. Sie bellt aber nicht.

„Ich fass es nicht, Elisabeth, du bist da!" Damit fällt sie mir mit ihrem typischen Klammergriff um den Hals.

Ich nicke bestätigend. „Ja, habe ich doch gesagt." Hinter meiner Mutter kommt Gerti aus der Tür, gefolgt von ihrem unvermeidbaren Schatten. Herbert sieht so dämlich aus, dass er einem schon fast wieder leidtun könnte. Gerti hat ihn zur Feier des Tages in einen Anzug gesteckt, der ihm vielleicht früher einmal gepasst haben mag, jetzt aber aussieht, als trüge er seinen Kommunionanzug. Das Hemd hat er sich vorne schon bekleckert und versucht erfolglos, den Fleck mit seiner abgrundtief hässlichen 90er Jahre-Krawatte zu kaschieren.

Ich werde von der Umarmung meiner Mutter in die von Gerti weitergereicht und dann zu Herbert. Herbert schüttelt mir dankenswerterweise nur die Hand. Seine ist schwitzig-

feucht. Dann kommt noch mein Vater heraus, ich gratuliere ihm, lass mich auch von ihm drücken und danach haben Mama und Tante Gerti, wie konnte es auch anders kommen, den Russen entdeckt.

„Wer ist das denn?"

„Liebes, hast du endlich einen Freund?"

„Um Gottes willen, Helga! Das kann doch unmöglich ihr Freund sein. Nicht, Elisabeth, das ist nicht dein Freund, oder?"

Ich warte, bis die beiden ihr erstes Mitteilungsbedürfnis gestillt haben, dann sage ich schlicht: „Mama, Gerti, darf ich vorstellen? Das ist Eugen Ruschkin. Eugen, das ist meine Mutter und ihre Schwester Gerti."

Ruschkin schüttelt höflich die entgegengestreckten Hände. Mit einer umklammert er immer noch den Griff der ab-ge-wetzten Reisetasche. Wieso hat er das Herrenhandtäschchen nicht einfach im Wagen gelassen? Das Ding ist ja peinlich.

Herbert und Papa setzen die Begrüßung fort, dann gehen wir alle im Entenmarsch hinein in die Wohnung. Mein Vater hat den Grill draußen angeworfen, es riecht nach schlecht brennenden Kohlen und nach Brandbeschleuniger.

„Ihr kommt grade recht. Ich hoffe, ihr habt Hunger!" Damit mustert meine Mutter Ruschkin von der Seite. Ich kann fast hören, wie sie im Geiste hinzusetzt: *Ich hoffe, nicht zu sehr ...*

Papa und Herbert umstellen den Grill. Mama und Gerti waren offenbar gerade dabei, das Gemüse für die Salate zu putzen, als wir kamen. Ich schubse Ruschkin auf die Eckbank in der Küche und setze mich daneben. Mein dicker Russe wirkt wie ein überdimensionales Baby, das man in seinen Kindersitz gesperrt hat. Der Tisch klemmt in seiner Wampe, er kann sich nicht mehr bewegen.

„Und? Woher kennt ihr euch?", fragt meine Tante Gerti auch gleich fröhlich darauf los. Ihre Neugierde braucht Nahrung.

„Och ...", mache ich.

„Arbeit", sagt Ruschkin überzeugend. Er grinst. Ich bekomme den Eindruck, dass er die Situation genießt. Naja, inmitten meiner Familie erschossen zu werden, damit rechnet er wohl zu Recht nicht.

Gerti nickt. „Schreiben Sie auch solche grässlichen Geschichten?"

Ruschkin sieht mich belustigt von der Seite an. „Nijet. Nix schreiben Geschichten."

„Eugen arbeitet im Verlag, Gerti", werfe ich helfend ein.

„Aha. Das ist ja interessant. Was machen Sie da?"

Ruschkin zuckt mit den Achseln. „Was macht Verlag? Verlegen."

Gerti nickt wieder. „Das ist hochinteressant."

Oh, warte, bis du die richtige Geschichte hörst, denke ich.

„Mein Herbert ist ja Manager."

Oh nein, bitte nicht. Jetzt kommt wieder der Teil, in dem meine Tante ihren Sohn in den Himmel lobt, weil er der Filialleiter einer Drei-Mann-Bankaußenstelle ist, die eh so gut wie keine Schalterkunden mehr hat. Tatsächlich hebt Gerti an, ihre Lobeshymnen auf ihren unselbstständigen Sohn zu singen. Ich blende ihr Geplapper aus. Stattdessen überlege ich fieberhaft, wie es jetzt weitergehen soll. Ich muss unbedingt herausfinden, was dieser Russe hat, das meine Auftraggeber haben wollen, und wo er es versteckt. Ganz kurz streifen meine Gedanken auch Mirko, aber den schiebe ich sofort wieder weg. Ich kann im Moment sowieso nichts tun.

Mein Handy klingelt. Ich lächle entschuldigend und schlüpfe in den Flur hinaus. Ruschkin und Gerti sind in eine angeregte Unterhaltung über das Bank- und das Verlagswesen verstrickt, wobei ich mich frage, wer von den beiden weniger Ahnung hat. Draußen ziehe ich trotzdem vorsichtshalber die Tür zu, ehe ich den Anruf annehme. Es ist mein Auftraggeber.

„Wo zum Teufel sind Sie?", herrscht er mich an.

Hey, locker, Alter.

„Ich bin zu Hause."

„Wofür glauben Sie, dass wir Sie bezahlen? Heute wurde ein Italiener festgenommen, der Ruschkin umlegen wollte! Und seitdem ist der Russe aus dem Hotel verschwunden."
Ich grinse. „Ja, ich weiß."
„Ach ja? Schön! Dann sagen Sie mir doch mal, wo Ruschkin jetzt ist, wenn Sie so schlau sind!"
Ich grinse noch mehr. „Der Ruschkin? Och, der ... Der sitzt in der Küche meiner Mutter und unterhält sich mit meiner Tante über den Verlag, in dem er arbeitet."
Stille.
Ich kann förmlich hören, wie mein Gegenüber versucht, diese Informationen zu verarbeiten. „Bitte was?"
„Nochmal: Ich bin zu Hause bei meinen Eltern. Mein Vater feiert seinen Sechzigsten und meine Mutter hat mir angedroht, sie steckt mich in ein Waisenhaus, wenn ich nicht komme."
„Ihre familiären Probleme interessieren mich nicht. Wie kommen Sie dazu, Ruschkin mit zu Ihren Eltern zu schleppen?"
Ich zucke die Achseln. „Was hätte ich sonst tun sollen?"
In diesem Moment klingelt es an der Haustür.
„Moment, es hat geklingelt", sage ich zu meinem Auftraggeber. Nach hinten in Richtung Küche schreie ich: „Ich geh schon!" Ich mache die Tür auf und schlage sie sofort wieder zu.
„Hallo? Sind Sie noch dran?", flüstere ich ins Handy. „Jetzt sitze ich schön in der Scheiße."
Mein Auftraggeber brummt etwas, das so klingt, als wüsste er das bereits.
„Wissen Sie, wer da vor der Tür steht? Da kommen Sie nie drauf! Das ist der Italiener, der heute versucht hat, unsren Russen umzulegen. Wie kommt der denn hierher, verdammte Scheiße?"
Mein Auftraggeber stöhnt. „Das wollte ich Ihnen eben sagen, aber Sie lassen mich ja nicht zu Wort kommen. Der ist den Beamten entwischt, als sie ihn zum Verhör bringen wollten."
Meine Güte, ist denn auf nichts mehr Verlass heute? Da hat Mirko ja schön gemurkst. „Und jetzt?", frage ich.

„Ja, was weiß ich denn? Werden Sie ihn los! Legen Sie ihn um! Wer ist denn hier der Killer, ich oder Sie?"

Ich. Aber ich bin auch die Tochter meiner Eltern. „Aber was sage ich meinen Eltern?"

Ich kann fast hören, wie er die Augen verdreht. „Bleiben Sie, wo Sie sind, ich komme hin."

Auch das noch. „Nein, nein, das ist nicht nötig." Aber er hört mich nicht mehr, er hat bereits aufgelegt.

Es klingelt erneut. Meine Mutter kommt aus der Küche und wischt sich die Hände an ihrer Küchenschürze ab. „Was ist denn, Liebes? Ich dachte, du wolltest aufmachen?"

Bevor ich etwas sagen kann, zieht sie an mir vorbei die Tür auf. Der Italiener und meine Mutter schauen sich einen Moment lang ratlos an.

„Luigi Trappatoni, ich möchte zu Ihre Tochter, Signora Baumann", sagt er mit seinem schmierigen, italienischen Akzent. Er sieht aus wie einem fiesen Mafiastreifen entsprungen. Meine Mutter wirft mir einen fragenden Blick zu.

„Ähh ... ja. Mama, das ist ..."

„Luigi. Hat er ja gesagt. Noch ein Arbeitskollege von dir?"

Äh ja. Und ob. Und unser gemeinsamer Auftrag sitzt in deiner Küche.

„Bin eigentlich eine amigo von Eugen Ruschkin. Ist er da?", fragt Luigi prompt.

Jetzt kennt sich meine Mutter wieder aus. Sie nickt freudig. „Das ist ja schön, dass Sie alle zum Essen kommen. Kommen Sie rein, kommen Sie rein."

Ich presse die Augen zusammen und hoffe, dass das alles ein böser Traum ist. Als ich sie wieder aufmache, ist der Italiener mit meiner Mutter gerade auf dem Weg in die Küche. Ich sprinte hinterher. An der Tür zischt sie mir zu: „Du, der italienische Freund von deinem Russen gefällt mir aber viel besser. Wenn's schon unbedingt ein Ausländer sein muss."

Eine Antwort bleibt mir glücklicherweise erspart, weil wir die Küche erreicht haben. Ruschkins Gesicht entgleist, als

meine Mutter den Neuankömmling in die gute Stube führt. Sein panischer Blick streift mich. Ich zucke nur die Schultern.

Glaubst du, mir macht das Spaß?

Luigi, die alte Schleimbacke, begrüßt meine Tante Gerti mit Bussi-Bussi. Sie ist hin und weg. Sie vergisst vor Begeisterung sogar zu fragen, wer er ist. Ich kann hinten aus Luigis Sakko das Ende eines Maschinengewehrs ragen sehen. Oh, bitte lass das nicht wahr sein! Ich verfluche Mirko, der nicht mal einen italienischen Serienkiller ordentlich einbuchten kann. Ich verfluche die ganze deutsche Polizei und noch mehr verfluche ich mich, weil ich nicht bedacht habe, in welche Gefahr ich meine Eltern bringe.

Es klingelt schon wieder. Wer mag das nun schon wieder sein? Mein Auftraggeber? Das ging ja flink.

Meine Mutter sieht mich fragend an. „Noch mehr Kollegen?"

Ich zucke die Achseln und trolle mich zur Tür. Als ich öffne, ist mein Gegenüber in etwa so überrascht wie ich.

„Mirko?"

„Liz? Was machst du denn hier?" Allerdings sieht er in etwa so begeistert aus, als hätte er eben auf eine unreife Zitrone gebissen.

„Wie, was mache ich hier? Ich wohne hier! Also, zumindest hab ich hier mal gewohnt. Das ist das Haus meiner Eltern. Die Frage muss also lauten: Was machst *du* hier?"

Mirko steht zusammen mit einem Kollegen auf der Türschwelle, beide in Uniform. Hatte er nicht was von Feierabend gesagt? Mirko wirkt sehr distanziert und übertrieben dienstlich. Die Szene in der Hotellobby hat er sich offenbar sehr zu Herzen genommen. Ist ja irgendwie positiv, dass es ihn stört, mich mit einem mindestens zweimal so alten, fetten Russen anzutreffen. Negativ ist, dass er mich seitdem ansieht, als hätte ich eine höchst ansteckende Krankheit.

„Wir haben Grund zu der Annahme, dass hier ein entflohener Straftäter versteckt wird", erklärt er.

Nicht nur einer, wenn wir genau sind. Aber wenn er den Italiener mitnimmt, würde es eigentlich reichen. Vielleicht sind die Bullen doch nicht so unnütz, wie ich dachte. In diesem Moment hören wir einen quietschenden Schrei. Das war meine Tante Gerti. Es folgt ein polterndes Geräusch, Glas zerspringt, ich höre meine Mutter kreischen. Dann die Stimme meines Vaters. Dann einen Schuss.

Danach folgt Stille.

Ich sehe Mirko an, Mirko sieht mich an. Vor Schreck vergesse ich fast, dass ich die Profikillerin bin. Mirko und sein Kollege schieben mich zur Seite und stürmen ins Haus. Beide haben ihre Dienstwaffen gezogen. Oh nein, oh nein. Was habe ich da nur gemacht? Bin ich eigentlich von allen guten Geistern verlassen?

Mirko und sein Kollege reißen die Tür zur Küche auf. Ich luge hinter ihnen hinein. Vorsichtshalber habe ich auch meine Waffe gezückt, denn wenn meine Eltern in Gefahr sind, kann ich nicht mehr vorsichtig sein. Die beiden Polizisten verstellen mir die Sicht. Ich kann erkennen, dass der Küchentisch umgestürzt ist, die Zutaten des Salates liegen auf dem Boden verstreut. Hinter dem Tisch kniet Luigi mit seinem Maschinengewehr im Anschlag. An der Küchenzeile steht Ruschkin mit meiner Tante im Schwitzkasten, er hält ihr ein Messer an die Kehle. Meine Mutter steht kreidebleich neben dem Kühlschrank, halb verdeckt von meinem Vater, der sich schützend vor sie geworfen hat.

Alle Anwesenden starren auf die beiden Polizisten, die eben durch die Tür kamen. Luigi richtet den Lauf seines Gewehrs auf sie. „Keine Bewegung. Waffen fallen lassen", befiehlt er.

Ich schlucke. Mirko und der andere Bulle machen keine Anstalten, der Anweisung nachzukommen.

„Herrgott nochmal, tut, was er sagt!", zische ich. Inzwischen habe ich mich wieder gefangen.

Der Italiener kann mich hinter Mirkos breitem Rücken nicht sehen. Aber ich sehe sein Gewehr, es ist ein SG 550. So

eine Waffe kann einen immensen Schaden anrichten und er würde nicht zögern, sie zu benutzen, das weiß ich.

Mirko und der andere lassen ihre Waffen schließlich auf den Küchenboden fallen. Ich stecke meine vorsichtig weg, noch hat Luigi mich nicht gesehen. Ich ducke mich an die Wand.

„Hände hoch und langsam hereinkommen", befiehlt der Italiener den Bullen. Ich drücke mich so eng an die Wand, wie ich kann und wage kaum zu atmen. Im Nu hat der Italiener die beiden Polizisten mit ihren Handschellen auf zwei Küchenstühlen gefesselt. Dann wendet er sich wieder meiner Familie zu. „Runter!", brüllt er. Meine Mutter und mein Vater sacken augenblicklich auf die Knie. Mit dem Lauf seines Gewehrs tippt er Ruschkin in die Wampe. „Dai, stich sie ab und dann auf den Boden mit dir! Ich habe nicht ewig Zeit. Tempo, tempo!"

Ruschkin sieht ein, dass meine Tante als Geisel gegen den Italiener nicht wirkt und lässt sie los. Meiner sonst so herrischen Tante knicken die Beine weg. Wimmernd kriecht sie hinter einen Stuhl in Deckung.

„Wo ist Tochter?", fährt er meine Eltern an. Jetzt ist mein Auftritt. *Tut mir leid, Mama.*

Auf den kommenden Kampf vorbereitet, springe ich aus meiner Deckung. Das Überraschungsmoment nutzend, kicke ich dem Italiener das MG aus der Hand. Ich höre, wie meine Mutter zischend die Luft einsaugt. Luigi geht mit bloßen Händen auf mich los. Wir ringen einen Moment, dann zieht er mir mit einem gekonnten Tritt die Beine weg. Ich lande unsanft auf meinem Hintern. Meine Mutter quiekt. Ich reiße den Italiener mit mir zu Boden. Er stürzt sich auf mich, ich kann ihn abwehren und einen gezielten Haken an seinem Kinn platzieren, bevor mir seine Faust in den Magen fährt. Ich japse nach Luft. Luigi fischt nach seinem Gewehr. Das kann ich nicht zulassen. Ich rapple mich auf und trete ihm so fest ich kann auf die Schulter. Er stöhnt und rollt sich zur Seite. Leider kann ich sein Gewehr ebenfalls nicht greifen, aber ich gebe der Waffe einen Tritt, sodass sie unter die

Eckbank gleitet. So ist sie zumindest auch aus seiner Reichweite. Seine Schulter schmerzt, das sieht man ihm deutlich an, aber das ist nichts im Vergleich zu meinem Bauch. Ich kann kaum atmen.

Der Italiener stürzt wieder auf mich zu. Da sehe ich aus dem Augenwinkel, wie Ruschkin nach einer Flasche Essig greift, die auf der Anrichte steht. Ehe er und ich uns versehen, pfeffert der Dicke dem Italiener den Essig auf den Schädel. Luigi kippt zur Seite, ich bekomme einen Schwall Essig ins Gesicht. Ich huste und spucke. Während ich mir das scharfe, stinkende Zeug aus dem Gesicht wische, überwältigt der Russe den Italiener, indem er sich auf ihn setzt. Der Spargeltarzan hat gegen Goliath keine Chance.

„Schnell, eine Seil!", brüllt Fetti.

In meine Mutter kommt Leben, sie hastet in den Garten hinaus und kommt mit dem Wäscheseil in der Hand zurück.

Gut gemacht, Mama. Sehr gut.

Ruschkin wickelt den Italiener damit ein. Dann greift er sich seine räudige Reisetasche und will zur Tür hinaus. Jetzt ziehe ich meine Pistole wieder. „Halt! Hiergeblieben!", fauche ich. „Nichts da, mein Lieber. Schön wieder hinsetzen." Ich rapple mich auf und ziehe das Maschinengewehr unter der Eckbank hervor.

Meine Eltern und die beiden Polizisten starren mich an, als hätte ich mich vor ihren Augen in einen achtarmigen Kraken verwandelt. Luigi funkelt mich böse an.

Tja, mein Guter, schon wieder bin ich am Zug.

Ruschkin stoppt seinen Fluchtversuch. Ich bedeute ihm, sich auf die Eckbank zu setzen. Dann wende ich mich an meine Eltern. „Geht bitte raus in den Garten, das wird jetzt nicht schön."

Statt den Moment zur Flucht zu nutzen, richtet sich meine Mutter zu ihrer vollen Größe auf.

„Elisabeth Baumann! Bist du von allen guten Geistern verlassen? Leg sofort das Ding da weg! Und hör auf, deinen Kollegen zu bedrohen!"

Mein Vater stellt sich schützend neben sie und nickt zur Bekräftigung.

„Mama, das verstehst du nicht ...", versuche ich, sie zu besänftigen.

Aber ich sollte es besser wissen. Meine Mutter läuft zur Hochform auf. „So haben wir dich nicht erzogen, dein Vater und ich! Ich bin entsetzt! Leg augenblicklich das Ding weg! Und hör auf, damit herumzufuchteln, du tust dir noch weh!"

Ich seufze. „Mama ..."

In dem Moment stürmt mein Auftraggeber durch die Küchentür, auch er hat ein Sturmgewehr im Anschlag. Meine Mutter macht einen erschrockenen Satz zur Seite. „Sind denn heute alle verrückt geworden? Wer sind Sie denn schon wieder?", fährt sie ihn an.

Ich bin heute eigentlich auf alles vorbereitet. Doch was nun folgt, damit hätte ich im Leben nicht gerechnet.

Mein Auftraggeber wedelt mit dem Lauf seines Gewehrs. „Hände hoch, niemand bewegt sich." Mit der freien Hand zieht er eine Art Ausweis aus der Hemdtasche. „Martin Krüger, Bundesnachrichten-dienst."

Bitte was?! Ich arbeite für den BND? Jetzt wird es aber langsam hinten höher als vorne.

Alle, ausnahmslos alle, starren den Neuankömmling an. Der Typ, den ich bis eben für eine Schattengestalt aus dem kriminellen Milieu hielt, befreit Mirko, ohne uns andere dabei aus den Augen zu lassen. Dann kommt er zu mir rüber und klopft mir anerkennend auf die Schulter. „Das haben Sie gut gemacht, Liz." Er hält Ruschkin den Lauf seines Gewehrs vor die Nase. „Auf geht's, Ruschkin, wo ist das Zeug?"

Ruschkin umklammert seine Tasche noch ein bisschen fester.

„Da haben wir's ja, nicht wahr?" Krüger entreißt dem Russen die Tasche. Er zieht den Reißverschluss auf und guckt hinein. Er sieht zufrieden aus.

Meine Güte! Das *Was-auch-immer* war die ganze Zeit hier! Da hätte ich den Russen auch im Wald abknallen

können. Der ganze Stress umsonst. Mirko hat inzwischen seinen Kollegen befreit und die beiden kümmern sich um den Italiener.

Ich knabbere noch an der Neuigkeit, dass mein Auftraggeber dem deutschen Geheimdienst angehört. Meine Eltern und Tante Gerti sind endgültig an der Grenze ihrer Auffassungsmöglichkeiten angelangt. Sie stehen einfach nur da und glotzen. Draußen fährt noch mehr Polizei vor. Sie nehmen den Italiener und den Russen fest. Die mysteriöse Tasche nehmen sie auch mit. Am Ende bleiben neben den Mitgliedern meiner Familie noch der BND-Mann und Mirko übrig. Mirko sieht unendlich verwirrt und auch ein bisschen verletzt aus; er tut mir richtig leid.

Er und der BND-Mann, von dem ich jetzt weiß, dass er Martin heißt, hieven den Esstisch meiner Eltern wieder in Position. Meine Mutter macht sich daran, den Saustall vom Boden zu wischen. Zerquetschte Tomaten auf dem Teppich, das sind Probleme, die kennt sie, damit kann sie umgehen. Mein Vater tut das einzig Richtige, er holt aus dem Wohnzimmer eine Flasche Schnaps und ein Tablett voll Gläser. Als er wieder hereinkommt, hat er Herbert dabei. Genau, wo war der eigentlich die ganze Zeit?

Unter Papas Gartenbank, erfahren wir. Dort hat mein großartiger Cousin Zuflucht vor den Gangstern in der Küche gesucht. Deshalb hat er jetzt zusätzlich noch Grasflecken auf seinem Hemd.

Papa schenkt den Williamsgeist aus. Irgendwie können jetzt alle ein Gläschen vertragen. Einträchtig, als wäre nicht eben in unserer Küche geschossen worden, sitzen wir um den Tisch: Mama, Papa, Tante Gerti mit Herbert, Martin vom BND, Mirko, der Bulle, und ich. Wenn es nicht so wahnsinnig grotesk wäre, würde ich jetzt lachen.

Meinen Eltern ist nicht zum Lachen zu Mute, das sieht man deutlich. Okay, man erfährt vielleicht auch nicht täglich in seinem beschaulichen Eigenheim, dass die Tochter mit der Mafia zu tun hat.

„Vielleicht könnten Sie uns kurz erklären, was das hier alles sollte?", fragt mein Vater Martin vom BND.

Der schüttelt bedauernd den Kopf. „Das sind leider alles Dinge, die wirklich topsecret sind."

Meine Mutter schnaubt wie ein ärgerlicher Preisbulle. „Vielleicht ist das in Ihren Kreisen nichts Besonderes, aber in meiner Küche wird normalerweise nicht geschossen! Ich habe ein Recht darauf, zu wissen, was hier vorgeht! Außerdem ist meine Tochter darin verwickelt! Als Mutter darf man doch wohl erfahren, in welche Scheiße die Tochter sich geritten hat?"

Also Mama, wirklich! Ich fühle mich spontan wieder wie sechzehn und als hätten die beiden Beamten mich irgendwo betrunken aufgegriffen. Das kann sie sehr gut.

Mirko und Martin wechseln einen belustigten Blick und grinsen sich gegenzeitig zu.

Na super, Mama!

„Ihre Tochter hat nichts Verkehrtes getan, Frau Baumann", versucht Martin vom BND, meinen Arsch zu retten. Naja, das ist ja jetzt vielleicht auch nicht ganz richtig. Ich ziehe es vor, meine Eltern lieber nicht direkt anzusehen.

„Wer waren diese Typen?", übernimmt Gerti das Verhör. Sie hat das einfach besser drauf. Irgendwie arbeiten sie und Martin ja doch in derselben Branche. Sie macht dasselbe wie er, nur auf lokaler Ebene.

„Das waren Vertreter der italienischen und der russischen Mafia."

Gerti nickt befriedigt. „Na, da haben wir doch schon ein Teilchen der Wahrheit. Und weiter? Was wollten die voneinander?"

„Der Russe hatte was, was der Italiener haben wollte", werfe ich ein. Ein bisschen was weiß ich ja auch.

Gerti sieht mich strafend an. Also bin ich lieber wieder still und lasse den heiligen Martin sprechen.

„Wahrscheinlich schulden wir Ihnen tatsächlich ein paar erklärende Worte", gibt er zu. „Also schön. Die italienische Mafia wurde kürzlich einer veritablen Menge waffenfähigen

Plutoniums habhaft, wovon wir, also der BND, Wind bekamen. Bevor wir das Zeug sicherstellen konnten, wurde der Boss dieser Gemeinschaft ermordet und das Plutonium gestohlen."

Tramezzini, denke ich.

„Die Auftraggeber gehörten zu einer russischen Vereinigung, die das Plutonium an ihre terroristischen Zellen weitergeben wollte. Sie können sich sicher vorstellen, wozu das geführt hätte. Wir mussten handeln. Und deshalb haben wir Ihre Tochter engagiert."

„Du arbeitest für den BND?", fragen meine Eltern, Tante Gerti und Mirko im Chor.

Ich schüttle den Kopf. „Ich wusste doch überhaupt nicht, wer mir den Auftrag gegeben hat!"

Meine Mutter sieht mich an, als hätte ich eben zugegeben, regelmäßig Drogen zu konsumieren.

„Du wusstest gar nicht, worum es ging und hättest trotzdem ein Menschleben in Gefahr gebracht?"

Öhm ... Ja. „Mama ..."

Aber meine Mutter ist außer sich. „Es hätte jemand verletzt werden können!"

„Mama, das war auch der Sinn des Ganzen." Schön, jetzt bin ich wohl an der Reihe, einige Dinge klarzustellen. „Ich bin gar keine Autorin. Jedenfalls nicht eigentlich", gestehe ich. Puh. Jetzt ist es raus.

Wieder antwortet meine Familie mit Mirko im Chor: „Nein?"

„Nein."

„Das hab ich mir schon immer gedacht!", mischt sich jetzt auch Tante Gerti triumphierend ein. „Ich hab mal eines dieser Heftchen gelesen. Was du schreibst, ist unterirdisch!"

Ja, ich weiß. Aber so Leute wie du lesen sowas halt gern.

„Sondern?", japst meine Mutter, ohne auf Tante Gertis Einwurf einzugehen, und ungefähr eine Oktave höher als sonst.

„Ich bin sozusagen ein Auftragskiller." Dass ich auch schon für die russische Mafia den Italienerboss umgepustet habe, lasse ich jetzt mal dezent unter den Tisch fallen.

Stille im Raum. Dann unterbricht Herbert das Schweigen. Er lacht. Er lacht aus voller Kehle, so wie ich ihn noch nie lachen habe hören. Was um alles in der Welt ist jetzt bitteschön daran so lustig?

Herbert kann gleich nicht mehr, er prustet und kichert und hält sich den Bauch. Schließlich stimmen meine Eltern und sogar Tante Gerti mit ein. Jetzt versteh ich das erst. Die lachen mich aus! Mirko weiß noch nicht, ob er lachen oder weinen soll. Martin vom BND schweigt. Als sich meine alberne Familie wieder beruhigt hat, sieht meine Mutter mich mit Lachtränen in den Augen an.

Mit einem Schlag ist sie wieder ernst. „Du hast das eben echt so gemeint, oder?"

„Ja. Durchaus. Mit so etwas macht man keine Scherze."

Und schon schlägt der Lachflash meiner Mutter in Wut um. „Bist du von allen guten Geistern verlassen, Kind?"

„Lassen Sie es gut sein, Frau Baumann. Der BND, also die Bundesrepublik Deutschland, ist Ihrer Tochter wirklich sehr dankbar für die Mithilfe bei der Sicherstellung des Plutoniums. Und ich bin mir sicher, dass sich das strafmildernd auswirken wird."

Strafmildernd? Hab ich mich eben verhört? Entgeistert starre ich den BND-Typen an.

„Liz, Sie werden wohl zugeben, dass Sie nicht ganz gesetzestreu waren, in der Ausübung Ihres ... na ja ... *Berufes*."

Das wird ja immer schöner! Die Drecksarbeit darf ich machen, dazu sind die feinen Herren Geheimdienstler sich zu schade, aber dann drehen sie den Spieß um oder was?

Einen Moment lang bin ich versucht, meine Pistole zu ziehen. Aber ich erkenne schnell, dass das vermutlich auch keine gute Idee wäre.

Mirko sieht von Martin zu mir und wieder zurück. „Ich glaube, ich muss dich dann festnehmen, Liz", sagt er halbherzig.

Auch das noch! „Und wenn ich mich nicht festnehmen lasse? Schon gar nicht von dir?", ereifere ich mich.

„Sie kennen sich auch?", fragt Martin belustigt.

„Allerdings", bestätigt Mirko.

„Nein!", fauche ich.

Martin zieht eine Augenbraue hoch, meine Mutter und Gerti horchen auf. Vater versucht es mit Diplomatie. „Lässt sich da denn gar nichts machen? Immerhin hat Elisabeth Ihnen ja doch ziemlich geholfen, nicht wahr? Ich meine, ohne sie wäre das Zeugs, dieses Plutonium, doch immer noch in den Händen der Mafia. Und Sie ja vielleicht sogar eher tot ..."

Martin zuckt die Achseln. „Das entscheidet die Staatsanwaltschaft, nicht wir."

Mirko und Martin bringen mich hinaus zum Polizeiauto. Ich muss hinten sitzen. Martin steigt in seinen eigenen Wagen und fährt voraus. Meine Eltern, Herbert und Gerti stehen besorgt am Gartenzaun, ich winke lahm. So hatte ich mir das alles nicht vorgestellt.

„Es tut mir leid", sagt Mirko unvermittelt.

Ich schmolle. „Was genau?"

„Dass ich dir eine Affäre mit dem Russen unterstellt habe."

Ich sauge empört die Luft ein. „Wofür hältst du mich?"

Mirko sucht meinen Blick im Rückspiegel. Ich bemühe mich, zickig auszusehen.

„Also, für eine Serienkillerin habe ich dich jedenfalls nicht gehalten."

„Enttäuscht?"

Er grinst. „Naja ... geht so."

Ich schnaube wütend.

„Liz, findest du nicht, dass ich auch allen Grund hätte, wütend zu sein? Ich bin es aber nicht."

Tja, dein Bier. Ich habe vielleicht keinen Grund, aber ich bin wütend! Ich werde gerade verhaftet! So etwas ist mir noch nie passiert. Ich bin geliefert. Meinen Job kann ich vergessen.

„Willst du gar nicht hören wieso nicht?"

Eigentlich nicht wirklich. Ich frage trotzdem. „Wieso nicht?"

Mirko hält abrupt den Wagen an und dreht sich zu mir um. Ich sehe ihn immer noch herausfordernd an. „Ich fand unser Date eigentlich sehr schön."

Aha. Eigentlich. Jetzt kommt's. „Ich auch ...", gebe ich kleinlaut zu.

„Aber ein Polizist und eine Killerin, das ist nicht so einfach ..."

Ach.

„Ich könnte gefeuert werden für das, was ich jetzt tue." Und damit steigt er aus, öffnet die hintere Wagentür auf meiner Seite, beugt sich zu mir herein und küsst mich. Vor Überraschung vergesse ich, mich zu wehren. Mein Hirn setzt aus. Es ist plötzlich nur noch weiche, weiße Watte in meinem Kopf. Und das fühlt sich wunderbar an. Ich schwebe und ich möchte, dass dieses Gefühl nie wieder aufhört.

Tut es aber. Mirko löst sich so plötzlich von mir, wie er damit begonnen hat. Ehe ich mich versehe, zieht er den Kopf wieder zurück und steht stramm neben der Wagentür, die er einladend aufhält. Ich sehe ihn fragend an.

„Mach schon", flüstert er.

Ich klettere aus dem Auto. Ich begreife immer noch nicht recht.

„Jetzt hau schon ab!"

Ich schlinge Mirko meine Arme um den Hals und küsse ihn. Leidenschaftlich.

Dankbar.

Traurig.

Dann lass ich ihn los. Ich greife mir meine Handtasche vom Rücksitz, in der grundsätzlich alles Lebenswichtige drin ist, darunter ein gefälschter Reisepass, Schecks und die Zugangsdaten zu meinem Konto auf den Jungferninseln, und sprinte über das Feld davon.

Am Flughafen von Road Town empfängt mich schwül-heiße Luft. Die Kokospalmen wiegen sich träge im Wind vor einem makellos blauen Himmel. Ich atme erleichtert aus und folge den Hinweisen zum Ausgang.

Auf Gepäck brauche ich ja nicht zu warten, also kann ich gleich durch die Zollkontrolle und mir draußen ein Taxi schnappen. Ich lasse mich zu einem 5-Sterne-Hotel chauffieren, das ich vor meinem überstürzten Abflug noch schnell über mein Zweitsmartphone gebucht habe.

Man erwartet mich bereits.

Von der breiten Veranda der hübschen Villa im Empirestil lasse ich meinen Blick über den feinen, weißen Sandstrand und das Mangrovenwäldchen wandern. Es gibt schlimmere Orte für einen Neuanfang im Exil. Ein Kellner reicht mir einen Drink in einer aufgebohrten Kokosnuss, in der ein Strohhalm und ein Glitzerfähnchen stecken. Ich ziehe meine Schuhe aus und laufe hinunter zum Meer.

Ich muss eingenickt sein. Plötzlich fällt ein Schatten auf meine Liege und nimmt mir die Sonne. Ich schlage die Augen auf und sehe zunächst nichts in dem gleißenden Licht.

„Schön hast du's hier." Die Stimme kommt mir vage vertraut vor, oder ist das immer noch ein Traum und ich bin gar nicht wach? Der Schatten setzt sich zu mir auf die Liege und ich schirme meine Augen ab, um ihn besser sehen zu können.

„Was machst du denn hier?", entfährt es mir und zu mehr komme ich nicht. Denn dann verschließen Mirkos Lippen mir den Mund und mein Hirn schaltet in den Stand-by-Betrieb.

Danksagung

Mein Debütroman „Burgfried" fand sein Zuhause im Verlag ohneohren, bei der buchstäblich fantastischen Ingrid Pointecker. Bei meiner Schreiberei konnte und wollte ich mich bislang nicht auf ein bestimmtes Genre festlegen. Die Bandbreite reicht ansonsten von Low Fantasy und Märchen, bis hin zu historischen Romanen, von Familiensagen bis zur Science-Fiction. „Hugo & Leberkäs" ist mein erstes Selfpublishing-Projekt.

Dafür, dass ich es realisieren konnte, bedanke ich mich zuallererst bei meiner Familie: meinem Mann Martin, unserem Sohn Vincent, meinem Vater, meinen Schwiegereltern und meiner Schwägerin für Rückendeckung, Beistand und unermüdliche Ermunterung.

Ich danke außerdem meinen Probelesern Quirin Stöckl, Sandra Fernandez, sowie Lisa Pfarrbacher und meinen Ex-Kollegen vom Kaiserhof-Team für die Inspiration.

Außerdem gilt mein Dank meinen fleißigen kleinen Helfern im Hintergrund: Grit Richter, Jacqueline Mayerhofer, Melanie Vogltanz, Ingrid Pointecker, Michael Lindner, Ingo Lackerbauer und allen, die ich noch vergessen habe zu erwähnen.

Über die Autorin

Geboren 1981 wuchs ich im niederbayerischen Markt Mallersdorf-Pfaffenberg auf. Nach dem Abitur zog es mich zunächst fort von daheim, ich studierte Tourismus-Management in Kempten und Brünn, machte Praktikum in Dubai und Frankfurt. Anschließend arbeitete ich einige Jahre in der gehobenen Hotellerie, bis ich 2011 an die Universität zurückkehrte und in Passau einen Masterstudiengang absolvierte. Während dieser Zeit heiratete ich und bekam unseren Sohn. Seit dem erfolgreichen Abschluss in Passau arbeite ich freiberuflich als Dozentin und Autorin.

Das Schreiben zählte schon immer zu meinen liebsten Freizeitbeschäftigungen, seit 2008 gelang es mir immer wieder, Kurzgeschichten bei Wettbewerben zu platzieren. 2010 gewann ich dann bei einem Online-Reiseportal den 1. Preis für meinen Reisebericht über einen Rucksacktrip durch Indien.
Mein erster Roman „Burgfried" erschien 2013 als e-book und im Folgejahr als Printversion im Verlag ohneohren. 2015 war „Burgfried" für den Deutschen Phantastik Preis nominiert und erreichte den 5. Platz.

Burgfried
Der spannende Debütroman von Veronika Lackerbauer

... *Zwei Königreiche, zwei junge Frauen, ein Schicksal ...*

Ramana und Luna sind Freundinnen, die unbeschwert ihre Kindheit und Jugend innerhalb sicherer Burgmauern verleben. Doch Dunkelheit zieht über das Land, als ein Feind von außen zwei friedliche Königreiche an den Rand des Abgrunds führt. Je näher die Bedrohung rückt, desto weiter entfernen sich die beiden Frauen voneinander. Im Schatten von Kampf und Tod muss sich jede von ihnen ihrem Schicksal stellen und einen Weg aus den Wirren zweier zerstörter Königreiche finden. Wie werden sie sich entscheiden, wenn Liebe, Blut und Geheimnisse an jeder Weggabelung warten?

Verlag ohneohren
ISBN epub: 978-3-9503670-6-5
ISBN mobi: 978-3-9503670-7-2
ISBN Taschenbuch: 978-3-903006-09-6
E-Book: €8,99
Taschenbuch: €14,99

Ararat: **Die Sündenflut**
Dystopische Spannung von Melanie Vogltanz

*„Dies war der Tag,
an dem die Welt ertrank."*

Wasser reinigt. Wasser ist Leben. Wasser wäscht alle Sünden fort. Doch was geschieht, wenn auch Technologien, die halbe Menschheit und fast alle Erinnerungen an das Leben, wie wir es kennen, von den Fluten weggespült werden?

Alan Derstan findet sich durch seltsame Umstände in einer postapokalyptischen Welt wieder. Ein gottgleicher Herrscher regiert, die Bevölkerung leidet und leise brodelnd regt sich Widerstand. Zwischen dem Aufbegehren und dem Versuch, sich in einer fremden Zukunft zurechtzufinden, entdeckt Alan so manche Regeln dieser neuen Welt, die in seinen Augen besser ein Opfer der Fluten geworden wären. War die Sintflut das Ende oder erst der Beginn einer größeren Katastrophe?

Verlag ohneohren
ISBN epub: 978-3-903006-04-1
ISBN mobi: 978-3-903006-05-8
ISBN Hardcover: 978-3-903006-12-6
E-Book: €9,99
Hardcover: €24,99

Fantuell
Fesselnder Fantasy-Roman von Jacqueline Mayerhofer

Fenrir ist alles andere als ein freundlicher junger Mann und nutzt jede Gelegenheit, um sich selbst zu bereichern. Zudem ist er besessen von einem Konsolenspiel, das sein Leben mehr und mehr in Besitz nimmt, bis es ihn eines Tages vollständig in sich aufnimmt ...
Als Fenrir wieder zu sich kommt, findet er sich in einer fremden und zugleich unheimlich vertrauten Umgebung wieder. Zuerst denkt er, alles sei nur ein Traum, aber dann begegnen ihm bekannte Gesichter. Die Wahrheit lässt sich nicht mehr leugnen: Er befindet sich doch tatsächlich in seinem Lieblingsspiel! Die Charaktere sind so real wie er selbst. Mehr als das, sie sind wahrhaftig lebendig und besitzen ihm unbekannte Eigenschaften. Allerdings ist das Leben in einem Konsolenspiel nicht einmal annähernd so angenehm, wie auf der anderen Seite des Bildschirms zu sitzen. So kommt es, dass Fenrir nur noch einen Plan hat, welcher zu seiner wichtigsten Priorität wird: Weg von hier!
Ein rasantes Spiel gegen die Zeit nimmt seinen Lauf, und Fenrirs bisheriges Weltbild wird in seinen Grundfesten erschüttert. Um zu überleben, bleibt ihm keine andere Wahl, als sich mit den Bewohnern Fantuells zusammenzutun und mit ihnen gemeinsam den Kampf gegen ihre Gegenspieler aufzunehmen.

Ehemals: Nixenblut Verlag
Aktuell: CreateSpace Independent Publishing Platform
ASIN: B008O7DJCM
ISBN-13: 978-1479281305
ISBN-10: 1479281301
E-Book: €3,43
Taschenbuch: €13,97